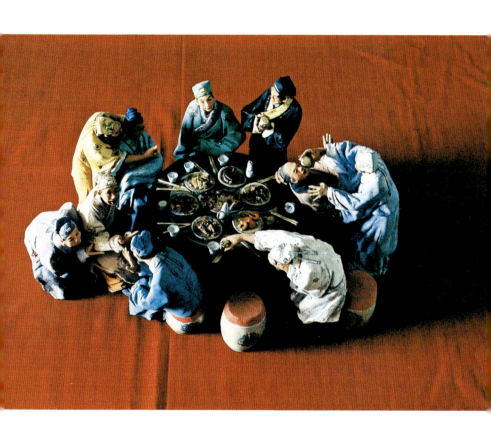

泥人张传人逯彤先生塑：西门庆热结十兄弟

西门庆偷娶潘金莲

赌下棋西门弈双美

李瓶儿隔墙密约

金瓶梅品茗闲话

逢佳节元宵赏灯

宁宗一○著

说不尽的《金瓶梅》

——（增订本）

北方文艺出版社

图书在版编目（CIP）数据

说不尽的《金瓶梅》/ 宁宗一著 . –– 增订本 . ––
哈尔滨 : 北方文艺出版社，2018.9（2021.5 重印）
ISBN 978-7-5317-4062-9

Ⅰ . ①说… Ⅱ . ①宁… Ⅲ . ①《金瓶梅》– 文学研究
– 文集 Ⅳ . ① I207.419-53

中国版本图书馆 CIP 数据核字 (2018) 第 180295 号

说 不 尽 的 《 金 瓶 梅 》
SHUOBUJIN DE JINPINGMEI

作　　者 / 宁宗一
责任编辑 / 路　嵩　张贺然　　　　　　封面设计 / 琥珀视觉
出版发行 / 北方文艺出版社　　　　　　邮　　编 / 150008
发行电话 / （0451）86825533　　　　　经　　销 / 新华书店
地　　址 / 哈尔滨市南岗区宣庆小区 1 号楼　网　　址 / www.bfwy.com
印　　刷 / 三河市腾飞印务有限公司　　　开　　本 / 880x1230　1/32
字　　数 / 281 千　　　　　　　　　　　印　　张 / 12.5
版　　次 / 2018 年 9 月第 1 版　　　　　印　　次 / 2021 年 5 月第 2 次印刷
书　　号 / ISBN 978-7-5317-4062-9　　　定　　价 / 68.00 元

《说不尽的金瓶梅》

（增订本） 序

宁宗一是一位教授，也是一位批评家。作为一位教授，尤其是从事中国古典文学研究的教授，完全可以不必是批评家。他可以只就他所研究的课题搜集整理材料，旁及有关学科的大量知识，运用一定的理论进行科学分析，解决问题得出结论。但是，如果作为一个批评家，就必须把眼光放到今天，着眼于现实，把自己对人生况味的感悟引入对古典文学的研究之中，通过对古典文学作品的研究，对人生、对社会进行批判，从而与今天的生活发生紧密的联系。这不仅仅是为了达到一个使古代的东西成为感发今人思想的某种启迪的目的，反向的，今天的生活仍然可以成为解决古代问题的钥匙。

常听人说宁宗一是一个才子，也有人说宁宗一只重分析评价不重材料考据。其实，这都是从不同的侧面反映了宁宗一兼教授与批评家于一身的特色。他并非不重视材料，本来他在考据方面也有着良好的功底，并且从他对学生在材料考据方面的基本功的严格要求也可以看出他对此高度重视。然而，他有着不可动摇的信念，就是材料是为创造性的见地服务的。他的才气也正是在于把他自己的人生感悟贯通于他对古典文学作品的批评之中。近十年来，他在古典文学研究方面所取得的成就完全可以说明这一点。例如他早年所写的《性格就是命运》，其中对莺莺的性格分析之细腻、深刻，完全把握住了这个封建时代少女爱情初生时的复杂的感情特点。这篇写于1980年的文章，七年以后在1987年北京的《西厢记》学术研讨会上，仍然被一位古代小说研究专家认为是他所见到的迄今为止研究《莺莺传》的论文中最好的一篇。另一位古代小说研究专家刘叶秋先生对该文也做了高度评价，认为他的分析"也是一种艺术"，是一次"再创造"，"在我所见讲《莺莺传》的文章中，以此篇谈得最为细腻深刻"。这篇文章得到这么高的评价，正是因为他对莺莺性格分析的不同寻常。它不仅仅把莺莺放在特定的人文环境之中进行分析，更进一步用从现实生活中感觉到的少女的感情去激活莺莺这一历史人物，因而就将莺莺复杂微妙的内心世界艺术地展现在读者面前，为读者解读《莺莺传》提供了一个前所未有的新境界。

再比如对《儒林外史》的研究，他认为在吴敬梓笔下的"讽刺人物的喜剧行动的背后，几乎都隐藏着内在的悲剧性的潜流"。这显然是批评式的揭示，没有对人生的透彻的洞见，怎么会有这种深刻的发现？在一次《金瓶梅》国际学术讨论会上，他进一步提出了他的"人生况味"说。他认为《金瓶梅》产生以后的《儒林外史》《红楼梦》，表现了吴敬梓、曹雪芹对人生况味的深切感悟。这是一个更高层次的发现，如果批评者自身缺乏对人生况味的品尝，怎么能设想他会发现一个古代作家的人生况味！

宁宗一对洪昇的历史剧《长生殿》的研究也提出了自己的深刻见解。他认为《长生殿》表现了人生永恒的远感。我认为这是研究者在一个很高的层次上与作者的共鸣，而这种共鸣的基础就是研究者对古代的作者的心中都具有同样丰厚的人生感慨。这就是为不能体会个中情由的人所不解的地方。上海昆剧院对宁宗一的见解很重视，昆剧《长生殿》的编导曾不同程度地与他产生过知音之感。

宁宗一笔下的古典文学批评，其批评的对象总会变得活灵活现，套用一句现成的话说，就是他"以灵性激活了历史"。或者更直接地说，他以"生活感悟激活了历史"。其实，在人类历史的长河中，人类生存的共性是主要的，感情体验很多都是相似的，但关键在于需要有对今天生活更丰厚的感悟，或者说需要有更多的灵性，才能够把今天的感悟延及古人。

然而，一个人对人生感悟的薄厚，是与他所受到的磨难的多少成正比的。宁宗一自从走上了文学研究的道路，就命运多舛。有人说是因为他身体里有着清朝皇族血统的缘故，但我想更是因为他那不肯随俗的桀骜不驯的性格。是他总是在叛逆与超越，这几乎使他成为一个命里注定的悲剧命运的承担者。他那股与命运抗争的精气神儿，是绝非一般人所能达到的。宁宗一除去那动荡年代避不开的厄运，其实他若做得像社会观念中一个教授应该是如何如何的那样，像一个本分的第二代人的样子去生活，他将拥有他的幸福和安宁。然而倒霉的就在于，他脑子里没有怎样做一个教授的框子，他心里感觉他仍然像青年一样年轻，他偏偏要与命运抗争！

有人说，如果宁宗一这些年能够过安宁的日子，以他的才华，他的学术成就会比现在高得多。但我想：这种看法大约忽略了宁宗一作为一个批评型教授的特点。他的命运多舛至少使他体验了更复杂的人生，使他对人生对生活有了更加丰厚的感悟。而这些，对于他的学术研究，对于他的古典文学批评，又是具有何等重要的意义！宁宗一执着于生活，他经常对人生进行喋喋不休的评论。如果不是尝到那么多生活的苦果，他怎能有那么多独特而切中肯綮的见解？他的学术实际上是他对人生品评的延长。他之所以能在古典文学作品中见别人所未见，以灵性激活历史，他不平静的生活和不公平的命运为他的批评奠定了坚实的基础。我想：他付出的代价是值得的。

1989年末，他就当时有人对"学院派"批评的评论，和我谈到有必要倡导新学院派批评的问题。我也感觉到他愿意把自己列入学院派批评的行列。但我还是认为他的文学批评只能算半个学院派。他有着学院派批评所要求的受过严格的各种基础训练的条件，还深谙中外文学史，有着良好的理论修养和思辨能力。但是，我总认为他不是个斤斤注重于文本的学者。虽然他的《性格就是命运》一文对文本高度重视（所以《性格就是命运》无论从哪个角度看，都是货真价实的学院派批评作品），但对于更多的作品，他更是通过文本提供的材料去透视那时的社会和人生。他在对《金瓶梅》的研究中就说过，《金瓶梅》为我们提供了像生活本身一样丰富多彩的社会画卷，说它比较符合生活的本来面貌。从这里我们就可以看出他常常是目光穿透文本，去引发对人生、生活的见解。这一点，恰与学院派批评的要求相悖。而我却认为这正是他摆脱了学院派学究气的优长。这样，需要文本研究时就认真研究文本（像对《莺莺传》认真研究一样），而需要穿透文本时，又不计较文本，这才是洒脱的批评。

宁宗一集中对《金瓶梅》进行研究是近几年的事。《金瓶梅》研究总体上保持了他古典文学研究的一贯风格。比如他对《金瓶梅》中"审丑"问题、"杂色的人"问题的洞察，以及对笑笑生描写普通市井生活表现出的巨大热情并充分强调其在小说发展史上的意义，等等，都是他一贯的批评式的古典文学研究的特色。而他对一些理论方法的使用（如对小说史做顺向的和逆向的考察）则表明了他站在学术最前沿位置的一贯主张（他始终要求他的研究生，自己可以提不出高水平的学术新观点，但一定要站在学术研究的最前沿，了解并掌握当时的最高学术水平，并以此为出发点观察思考问题）。然而，用几年的时间集中对一部作品进行系统研究（当然这几年中不是只搞《金瓶梅》），的确是与他"打一枪换一个地方"的习惯不相合的。但他不能任别人随意贬低《金瓶梅》的品位，一再为《金瓶梅》辩护，却是从他的研究文章中可以明察的，这正表现了他的个性。据我所知，国内已有人在搞《金瓶梅》研究史，且将宁宗一列为当代金学研究几家之一。从近几年国内金学研究的情况看，宁宗一的观点也的确是国内研究总成就中的一个重要部分。所以，现在宁宗一教授出版这本集中了他学术成果的金学研究专著，虽然不是鸿篇巨制，但确是成一家之言，对于当前的金学研究以及以后的金学史研究都会有很多裨益的。另外，由于他所使用的批评方法多为印象式的批评，所以这部学术专著对于一般读者阅读《金瓶梅》具有导读作用，我想也会受到一般读者的欢迎。

宁宗一教授是我的老师，他让我这个名不见经传的学生来为他的专著作序，与如今的时尚南辕北辙，我想这也正是他的风格。因为他认为我对他的为人和学术更加熟悉，因而由我来向读者做介绍比较合适，同样重要的一个原因当是他认定我能介绍得客观。我知我师的心意，故未惶恐。因此不敢虚美，不敢隐恶，是为序。

盛　洪　于美国西雅图

目　录

绪　论

史里寻诗到俗世咀味
——明代小说审美意识的演变

从宏观小说诗学角度来观照，史诗性小说是一个民族为自己建造的纪念碑，它真实地描绘了民族的盛衰强弱荣辱兴亡，因此鲁迅把它称之为时代精神之大宫阙。墨写的审美化心灵史册比任何花岗岩建筑更加永久而辉煌，因此劳伦斯称其为最高典范，莫里亚克称之为艺术之首。明代长篇小说在中国古代文学整体发展中占有的重要位置就充分证明了这一点。而明代长篇小说的发展态势又启示我们，小说的文体研究，特别是小说审美意识的研究，应当得到更加深入的把握和探讨。

关于小说审美意识的内涵，我认为有以下四点：

第一，小说审美意识是小说家对小说这种艺术形式的总体看法，包括小说家的哲学、美学思想，对小说社会功能的认识，所恪守的艺术方法，创作原则等；

第二，小说审美意识是小说家和读者（听众）审美思想交互作用的结果，它在创作中无所不在，渗透在作品的思想、形式、风格，特别是意象之中；

第三，小说审美意识具有鲜明的时代色彩，各个历史时代都具有其代表性的小说审美意识，而这种鲜明的时代色彩又不否认各个时代各种小说审美意识之间存在着沿革关系；

第四，小说审美意识的更新、演变像一切艺术观念的变革一样，一般地说都是迂回的、或快或慢的，有时甚至出现了巨大的反复和异化。

基于这样的认识，纵观明代小说艺术发展史，不难发现，它的演进轨迹是波浪式前进和螺旋式上升的形式。

一

元末明初以降，中国古代小说经历了三次小说审美意识的重大更新：《三国演义》《水浒传》是第一次；《金瓶梅》是第二次；清代的《儒林外史》《红楼梦》是第三次。中国古代小说艺术发展史已经证明：每一次小说审美意识的更新，都对小说发展起着极大的推动作用。本文因论述和体例的关系，关于神魔小说系统暂不探讨。

作为中国长篇小说的经典性巨著，《三国演义》《水浒传》是在这样一个社会背景下诞生的：一个千疮百孔的元王朝倒塌了，废墟上另一个崭新的、统一的、生气勃勃的明王朝在崛起。许多杰出人物曾为摧毁腐朽的元王朝做出过史诗般的贡献，这是一个没有人能否认的英雄如云的时代。于是，小说家很自然地产生了一种富有时代感的小说观念，即有效地塑造和歌颂民众心中的英雄形象，以表达对以往历尽艰辛、壮美伟丽的斗争生活的深挚怀念。他们要从战争的"史"里找到诗。而"史"里确实有诗。英雄的历史决定了小说的英雄主义和豪迈的诗情。我们说，明代初年横空出世的两部杰作——《三国演义》和《水浒传》，标志着一种时代的风尚；这是一种洋溢着巨大的胜利喜悦和坚定信念的英雄风尚。这种英雄文学最有价值的魅力就在于它的传奇性。他们选择的题材和人物本身，通常就是富有传奇色彩的。我们谁能忘却刘备、关羽、张飞、赵云、马超、黄忠和李逵、武松、鲁智深、林冲这些叱咤风云的传奇英雄人物？通过他们我们看到的是一个刚毅、蛮勇、有力量、有血性的世界。这些主人公当然不是文化上的巨人，但他们是性格上的巨人。这些刚毅果敢的人，富于个性、敏于行动，无论为善还是为恶，都无所顾忌，勇往直前，至死方休。在这些传奇演义的故事里，人物多是不怕流血、蔑视死亡、有非凡的自制力，甚至残忍的行动都成了力的表现。他们几乎都是气势磅礴、恢宏雄健，给人以力的感召。这表现了作家们的一种气度，即对力的崇拜、对勇的追求、对激情的礼赞。它使你看到的是刚性的雄风，是男性的严峻的美。这美，就是意志、热情和不断的追求。

《三国演义》《水浒传》反映了时代的风貌，也铸造了独特的艺术风格。它们线条粗犷，不事雕琢，甚至略有仓促，但让人读后心在跳、血在流，透出一股迫人的热气，这就是它们共同具有的豪放美、粗犷美。这些作品没有丝毫脂粉气、绮靡气，而独具雄伟劲直的阳刚之美和气势。作者手中的笔如一把凿子，他们的小说是凿出来的石刻，明快而雄劲。它们美的形态的共同特点是气势。这种美的形态是从宏伟的力量、崇高的精神中显现出来的。它引起人们十分强烈的情感：或能促人奋发昂扬，或能迫人扼腕悲愤，或能令人仰天长啸、慷慨悲歌，或能教人刚毅沉郁、壮怀激烈。在西方美学论述中，与美并列的崇高和伟大，同我们表述的气势有相似之处："静观伟大之时，我们所感到的或是畏惧，或是惊叹，或是对自己的力量和人的尊严的自豪感，或是严肃拜倒于伟大之前，承认自己的渺小和脆弱。"[①] 不同之处是，我们是将气势置于美的范畴之中。

《三国演义》《水浒传》的气势美，就在于它们显现了人类精神面貌的气势，而小说作者之所以表达了这种气势美，正是由于他们对生活的气势美的独到的领略能力，并能将它变形为小说的气势美。

可是，在这种气势磅礴、摧枯拉朽的英雄主义的力量的背后，却又不似当时作者想象的那么单纯。因为构成这个时代的背景即现实的深层结构并非如此浪漫。于是，随着人们在经济、政治以及意识形态的各个领域的实践向纵深发展，这种小说审美意识就出现了极大的矛盾，小说审美意识更新的需要已经提到日程上来了。

明代中后期，长篇小说又有了重大进展，其表现特征之一是小说审美意识的加强，或者说是小说文体意识又出现了新的觉醒，小说的潜能被进一步发掘出来。这就是以《金瓶梅》为代表的世情小说的出现。《金瓶梅》的出现，在最深刻的意义上是对《三国演义》和《水浒传》所体现的理想主义和浪漫主义洪流的反动。它的出现也就拦腰截断了浪漫的精神传统和英雄主义的风尚。然而，《金瓶梅》的作者却又萌生了新的小说审美意识，小说正在追求生活原汁形态的写实美学思潮，具体表现在：小说进一步开拓新的题材领域，趋于像生活本身那样开阔和绚丽多姿，而且更加切近现实生活；小说再不是按类型化的配方演绎形象，而是在性格上丰富了多色素，打破了单一

---

① 车尔尼雪夫斯基著，缪灵珠译：《美学论文选》，人民文学出版社1957年版，第98页。

色彩，出现了多色调的人物形象；在艺术上也更加考究新颖，比较符合生活的本来面貌，从而更加贴近读者的真情实感。他为小说写作开辟了全新的道路，它不断地模糊与消解着文学与现实的界限。更为重要的是他以清醒的、冷峻的审美态度直面现实，在理性审视的背后，是无情的暴露和批判。

《金瓶梅》是一部人物辐辏、场景开阔、布局繁杂的巨幅写真。腕底春秋，展示出明代社会的横断面和纵剖面。《金瓶梅》不像它以前的《三国演义》《水浒传》那样，以历史人物、传奇英雄为表现对象，而是以一个带有浓厚的市井色彩，从而同传统的官僚地主有别的豪绅西门庆一家的兴衰荣枯的罪恶史为主轴，借宋之名写明之实，直斥时事，真实地暴露了明代后期中上层社会的黑暗、腐朽和不可救药。作者勇于把生活中的否定性人物作为主人公，直接把丑恶的事物细细剖析来给人看，展示出严肃而冷峻的真实。《金瓶梅》正是以这种敏锐的捕捉力及时地反映出明末现实生活中的新矛盾，从而体现出小说新观念觉醒的征兆。

兰陵笑笑生发展了传统的小说学。他把现实的丑引进了小说世界，从而引发了小说审美意识的又一次变革。

首先是小说艺术的空间因"丑"的发现被大大拓宽了。晚出于笑笑生三百年的、伟大的法国雕塑家罗丹才自觉地悟到：

> 在艺术里人们必须克服某一点。人须有勇气，丑的也须创造，因没有这一勇气，人们仍然停留在墙的这一边。只有少数越过墙，到另一边去。①

---

① 上海文艺出版社编《文艺论丛》第10辑第404页：《罗丹在谈话和信札中》。

罗丹破除了古希腊那条"不准表现丑"的清规戒律，所以他的艺术倾向才发生了质变。而笑笑生也因推倒了那堵人为垒在美与丑之间的墙壁，才大大开拓了自己的艺术视野。他从现实出发，开掘出现实中全部的丑，并让丑自我呈现、自我否定，从而使人们在心理上获得一种升华、一种对美的渴望和追求。于是一种新的美学原则随之诞生。

但是，小说审美意识的变革，一般来说总是迂回的，有时甚至出现了巨大的反复和回流。因此，纵观小说艺术发展史，不难发现它的轨迹是波浪式前进、螺旋式上升的形式。《金瓶梅》小说审美意识的突破，没有使小说径情直遂地发展下去，事实却是大批效颦之作蜂起，才子佳人模式化小说的出现，以及等而下之的艳情"秽书"的泛滥。而正是《儒林外史》和《红楼梦》的出现，才在作者的如椽巨笔之下，总结前辈的艺术经验和教训以后，把小说创作推到了一个新的阶段，又一次使小说审美意识有了进一步的觉醒。

从中国小说经典性作品《三国演义》《水浒传》发展到《金瓶梅》，我们可以明显地发现小说审美意识的变动和更新。往日的激情逐渐变为冷隽，浪漫的热情变为现实的理性，形成了一股与以往不同的小说艺术的新潮流。当然，有不少作家继续沿着塑造英雄、歌颂英雄主义的道路走下去，但是我们不难发现，他们所塑造的英雄人物，已经没有英雄时代那种质朴、单纯和童话般的天真。因为社会生活的多样化和复杂化，已经悄悄地渗入了艺术创作的心理之中。社会生活本身的那种实在性，使后期长篇小说中的普通人物形象，一开始就具有了世俗化的心理、性格，人性被扭曲的痛苦以及要求获得解脱的渴望。这里，小说的艺术哲学中的一个重要范畴——悲剧——的含义，也发生了具有实质意义的改变：传统中只有那种英雄人物才有可能成为悲剧人物，而到后来，一切小人物都有可能成为真正的悲剧人物了。

小说艺术的发展历史，也往往有惊人的相似之处。中国大陆一位作家曾说："文学上的英雄主义发展到顶点的时候就需要一种补充。要求表现平凡，表现非常普通、非常不起眼的人……"这就是说，当代小说有一个从英雄到普通人的文学观念的转变。而中国明代小说也有一个从英雄到普通人的小说观念的转变。事实是，在中国，小说经历了漫长的发展过程，而在最后，即小说创作高峰期，出现了《儒林外史》和《红楼梦》这种具有总体倾向的巨著。它们开始自觉地探索人的心灵世界，揭示人的灵魂奥秘，表现人的意识和潜意识，把小说的视野拓展到内宇宙。当然这种对内在世界的表现，基本上还是在故事情节发展过程中、在人物形象塑造中，加强心理描写的。这当然不是像某些现代小说那样，基本没有完整的情节，对内心世界的揭示突破了情节的框架。但是，对内心世界的探求、描写和表现，不仅在内容上给小说带来了新的认识对象，给人物形象的塑造带来了深层性的材料，而且对小说艺术形式本身，也发生了极大的影响。这就是中国古代小说从低级形态发展到高级形态的真实轨迹。而在这条明晰的轨迹上鲜明地刻印着《三国演义》《水浒传》和《金瓶梅》的名字。

二

14世纪到16世纪在中国诞生的"四大奇书"无疑是世界小说史上的奇迹，无论是把它们放在中国文学发展的纵坐标还是世界格局同类文体的横坐标上去认识和观照，它们都不失为一种辉煌的典范。它们或是过于早熟或是逸出常轨，都堪称是世界小说史上的精品。阅读这些文本，你不能不惊讶于这些伟大作家的小说智慧。这种小说的智慧是由其在小说史上的原创性和划时代意义所体现的。"三国""水浒""西游"通常被说成是世代累积型建构的巨制伟作。但是不可否认，最后显示其定型了的文本的不可重复性和不可代替性的毕竟是一位小说天才的完成品。它们自成体系，形成了自己的空间，在自己的空间中容纳一切又"排斥"一切，正像米开朗琪罗的那句名言：

"他们的天才有可能造成无数的蠢材。"如前所述，他们以后的各种效颦之作不都是遭到了这种可悲的命运吗？因此小说文本从来不可以"古""今"论高下，而以价值主沉浮。正是在这个意义上说，明代四大奇书是永远说不尽的。这里我们不妨从广义的历史小说和世情小说这两种小说类型分别谈谈明代小说审美意识的特征。

中国传统的历史小说创作的大格局，历来是历史故事化的格局。中国源远流长的历史小说审美意识的定规是：历史小说——故事化的历史。历史故事化的第一形式，也是传统历史小说中发育最成熟的形式，是历史演义。历史演义式的历史小说，大抵是以历史朝代为背景，以历史事件为主线，以历史人物为中心，演绎有关历史记载和传说，或博考文献，言必有据；或本之史传，有实有虚。其代表性作品当属《三国演义》。历史小说的第二种形式，是写历史故事。历史故事式的历史小说，以故事为中心为主线加以组织，历史背景、历史事件、历史人物实际上被淡化、虚化了，《水浒传》是为代表。历史故事化具有史诗性质，《三国演义》的社会的审美的价值正在于它不仅仅是一个民族一段时间的历史的叙述，而且它的叙述成为对这个民族的超历史整体性的构建和展示（即概括和熔铸了漫长的古代社会的历史）。这就是为什么后来有那么多重写民族史诗的原因。

与《三国演义》史诗化写作相反，《水浒传》走的其实是一条景观化历史的道路，它有些站在"历史"之外的味道，几乎是为了一种"观念"，写出了传奇英雄人物的历史：一个人物就是一个景观。比如林冲的故事、武松的故事、鲁智深的故事一经串联就是一部"史"。它把社会风俗画的素材或原料作为必要的资源，从而把历史的天然联系有意割断，使历史回忆转化成眼中的一段纯粹风景，于是历史被转换成可以随着自己的审美理想进行想象力充沛的塑造和捏合的意象，随各自的需要剪裁、编制。在这种历史叙事悖论中，历史作为一个对于我们有意义的整体，离我们实际上越来越远。无论是历史的史诗化还是历史的景观化都把历史挪用和转化为宋元以来瓦舍勾栏中的文化消费品。消费历史，严格地说，是写作者、演说者和文化市场合谋制作的一个引人注目的文化景观，在这个景观中，个人也好群体也好都在享受着历史快餐，因而也就远离了历史。

其实这绝非中国历史小说创作的失败，恰恰相反，从一开始，中国的历史故事和历史演义就富有了真正的文学意味。如从时间来说，小说审美意识至迟在元末明初已趋成熟。事实是，以《三国演义》为代表的众多历史小说家无论面对何种形态的历史生活，一旦进入文学的审美领域，就为其精神创造活动的表现提供一种契机，尽管这种契机具备选择的多样性，但绝不能成为严格意义上的历史。历史就是历史，而文学就是文学，文学可以体现历史，但无法替代历史。一部《三国演义》，虽然它以艺术形象的方式体现了三国时期的政治、军事战略思想，但它毕竟不是一部史籍意味上的著作，它仅仅是小说，一部政治史的战争风俗画。

证之以文本内涵，你不能不承认，在罗贯中和施耐庵的理念中都发现和意识到了文学的宗旨并不在于再现历史，而在于表现历史，在于重新创造一个关于逝去岁月的新的世界。从一定意义上说，对于一位小说家来说，依据一定的历史哲学对某些历史现象做出理性的阐释，并不构成小说家的主要任务，即他不是为了充当历史学家，而是为了经由历史生活而获得一种体验，一种关于人与人类的认知，一种富有完整性的情智启迪，一种完全可能沟通现在与未来，因而也完全可能与当代精神产生共鸣的大彻大悟，一种从回忆的漫游中实现的不断显示新的阐释信息的思情寓意……毋庸置疑，像罗贯中这样的小说大师，他对历史生活的追溯与探究，正是为了一个民族的自我发现，但无论是颂扬还是鞭笞，归根结底仍然是为了从一种历史文化形态中向读者和听众提供一点儿精神历程方面的东西。因此《三国演义》虽有史家眼光，但文学的审美总是把作者的兴趣放在表现历史的魂魄之上，从而传出特有的光彩和神采。可以说，史里寻诗，已经明确了文学与非文学的关系，文学就是文学，不是史学，同时又使文学具有了质的规定性，即深刻的文学发现和浓郁的诗情，必须到历史的深处去找。基于这种审美意识，《三国演义》等所揭示的深度，就是把历史心灵化、审美化。

谈到历史心灵化、审美化这一审美意识，乃是一种面对遥远的或不太遥远的历史生活所产生的心灵感应的袒露，所以历史演义是一种充满了历史感与现代感的弹性极强的精神意识行为，一种体现了当时人们的感知方式的审美过程，又是种种精神领会与情智发现的意蕴性的审美积聚。这种对描写素材与文学表现之间的微妙关系的思考与理解，是不是对于今天作家创作历史小说还有着启示意义呢？我的答案是肯定的。

三

中国的小说发展史有它自己繁荣的季节、自己的风景，有自己的起伏波动的节奏。明代小说无疑是中国小说史上的高峰期、成熟期，是一个出大家的时期。要研究这段历史上的小说审美意识，除视野必须开阔、资料储备充分以外，最主要的是如何把握中国传统文化的命脉和中国小说自身的内在逻辑。比如从一个时段来看小说创作很繁荣，其实是小说观念显得陈旧而且浮在表层，有时看似萧条、不景气，也可能地火在运行，一种新"写法"在酝酿着，所谓蓄势待发也。如果从《三国演义》最早刊本的嘉靖壬午年（1522年）算起，到《金瓶梅》最早刊本的万历四十五年（1617年）止，这近一百年的时间里，小说的变革与其说是观念、趣味、形式、手法的变迁，不如说是这个时期"人群"发生了巨大的变化。而"人群"的差异是根本的差异，它会带动一系列的变革。这里的人群，当然就是城镇市民阶层的激增及其势力的进一步扩大，市民的审美趣味大异于以往的英雄时代的审美趣味。而世代累积型的写作在逐渐地消歇，随着人群和审美意识的变化，小说领域越来越趋向于个人化写作。而个人化写作恰恰是在失去意识形态性的宏伟叙事功能以后，积极关注个人生存方式的结果。在已经显得多元的明中后期的历史语境中，笑笑生特异的审美体验应属于一种超前的意识。

这里所说的"超前意识"全然不是从技术层面考虑，而是指《金瓶梅》颇富现代小说思维的意味。比如作者为小说写作开辟了一条全新的道路：它不断地模糊着文学与现实的界限；它不求助于既定的符号秩序；它关注有质感的生活。这是一种什么样的生活？这种追问已经无法从道德上加以直接的判断，因为这种生活的道德意义不是唯一重要的，更重要的倒是那个仿真时代的有质感的生活。于是它给中国长篇小说带来了一股从未有过的原始冲动力，一种从未有过的审美体验。这就是《金瓶梅》特殊的文化价值。

任何文学潮流，其中总是有极少数的先行者，《金瓶梅》就是最早地使人感受到了非传统的异样。它没有复杂的情节，甚至连一般章回小说的悬念都很少。它充其量写的是二十几个重点人物和这些人物的一些生活片段。但每一个人物、每一个片段都有棱有角，因为《金瓶梅》最突出的叙事就是要保持原始的粗糙特征。至于这些人物，在最准确的意义上说，几乎没有一个是正面性的，他们不是什么"好人"，但也并非个个都是"坏人"。他们就是一些活的生命个体，凭着欲念和本能生活，这些生活就是一些日常性的，没有惊天动地的事迹，没有令人崇敬的行为，这些生活都是个人生活的支离破碎的片段，但这里的生活和人物都给人以深刻的印象。在作者毫不掩饰的叙述中，这些没有多少精神追求的人，他们的灵魂并没有隐蔽在一个不可知的深度，而是完全呈现出来。所以，如果你一个个地分析书里面的人物，反而是困难的，而且很难分析出他们的深刻，你的阐释也很难深刻。因为他们的生活就没有深刻性，只有一些最本真的事实和过程，要理解这些人和这些生活，不是阐释、分析，只能是"阅读"和阅读后对俗世况味的咀嚼。

《金瓶梅》的叙事学不是靠故事来制造氛围，它更没有明代其他三部经典奇书那样具有极纯度的浪漫情怀。对于叙述人来说，生活是一些随意涌现又可以随意消失的片段，然而一个个日常生活中最常见的和最微小的元素，被自由地安排在一切可以想象的生活轨迹中。这些元素的聚合体，对我们产生了强烈的心理影响：它使我们悲，使我们忧，使我们愤，也使我们笑，更使我们沉思与品味。这就是笑笑生为我们创造的另一种特异的境界。于是这里显现出小说美学的一条极重要的规律：孤立的生活元素可能是毫无意义的，但系列的元素所产生的聚合体被用来解释生活，便产生了审美价值。《金瓶梅》正是通过西门庆、潘金莲、李瓶儿、应伯爵等人物揭示了生活中注定要发生的那些事件，也揭示了那些俗世故事产生的原因。笑笑生的腕底功力就在于他能"贴着"自己的人物，逼真地刻画出他们的性格、心理，又始终与他们保持着根本的审美距离。细致的观察与精致的描绘，都体现着传统美学中"静观"的审美态度，这些都说明《金瓶梅》的创作精神、旨趣和艺术立场的确发生了一种转捩。

《金瓶梅》审美意识的早熟还表现在事实意义上的反讽模式的运用，请注意，笔者是说作者事实意义上的反讽而不是有意识地运用反讽形式。反讽乃是现代文学观念给小说的审美与叙事带来的一种新色素（我从来反对流行于中国的"古已有之"的说法），但是我们又不能否认在艺术实践上的反讽的可能，虽然它还不可能在艺术理论上提出和有意识地运用。事实上一个时期以来，《金瓶梅》研究界很看中它的讽刺艺术，并认为，作为一种艺术传统，它对《儒林外史》有着明显的影响。但依笔者的浅见，与其说《金瓶梅》有着成功的讽刺笔法，不如说笑笑生在《金瓶梅》中有了事实意义上的反讽。一般地说，讽刺主要是一种言语方式和修辞方法，它把不合理的事象通过曲折、隐蔽的方式（利用反语、双关、变形等手法）暴露突出出来，让明眼人看见表象与本质的差异。而反讽则体现了一种变化了的小说思维方式：叙述者并不把自己搁在明确的权威地位上，虽然他也发现了认识上的差异、矛盾，并把它们呈现出来，然而在常规认识背景与框架中还显得合情合理的事象，一旦认识背景扩大，观念集合体瓦解而且重组了，原来秩序中确定的因果联系便现出了令人不愉快的悖逆或漏洞。因此反讽的意义不是由叙事者讲出来的，而是由文本的内在结构呈现，是自我意识出现矛盾的产物。或者可以更明快地说，反讽乃是在小说的叙事结构中出现了自身解构、瓦解的因素。

　　事实上，当我们阅读《金瓶梅》时，已经能觉察出几分反讽意味，所以对《金瓶梅》的意蕴似应报之以反讽的玩味。在小说中，种种俗人俗事既逍遥又挣扎着，表面上看小说是在陈述一种事实，表现一种世态，自身却又在随着行动的展开而转向一种向往、一种解脱，这里面似乎包含了作者对认识处境的自我解嘲，以庄子的"知止乎（其）所不（能）知"的态度掩盖与填补着思考与现实间的鸿沟。实际上我们不妨从反讽的角度去解释《金瓶梅》中那种入世近俗、与物推移、随物赋形的思维形态与作者对审美材料的关心与欣赏。其中存在着自身知与不知的双向运动，由此构成了这部小说反讽式的差异和亦庄亦谐的调子，使人品味到人类文化的矛盾情境。

　　面对人生的乖戾与悖论，承受着由人及己的震动，这种用生命咀嚼出的人生况味，不要求作者居高临下地裁决生活，而是以一颗心灵去体察人们生活中的各种滋味。于是，《金瓶梅》

不再简单地注重人生的社会意义和是非善恶的简单评判，而是倾心于人生的生命况味的执着品尝。在作品中作者倾心于展示的是他们的主人公和各色人等人生道路行进中的感受和体验。我们研究者千万不要忽视和小看了这个视角和视位的重新把握和精彩的选择的价值。小说从写历史、写社会、写风俗到执意品尝人生的况味，这就在更宽广、更深邃的意义上表现了人性和人的心灵。这就是《金瓶梅》迥异于它以前的小说的地方。

《金瓶梅》中的反讽好像一面棱镜，可以在新的水平上扩展我们的视界与视度。当然，《金瓶梅》反讽形式的艺术把握也有待于进一步思考与评说。

《金瓶梅》在中国小说史上的地位，归结一句话，就是它突破了过去小说的审美意识和一般的写作风格，绽露出近代小说的胚芽。它影响了两三个世纪几代人的小说创作，它预告着近代小说的诞生！

结语：中国小说，从志怪志人，经唐宋传奇、宋元话本一直到明清章回小说，说明小说是一种应变能力极强又极具张力的叙事文体，它的形态可以多姿多彩，它的美学内涵可以常变常新，它的发展更不易被理论所固化。对小说审美意识的研究将是一个长期的、生动广泛的课题。

还《金瓶梅》以尊严

从20世纪80年代我开始追随"金学"精神同道的脚步，对《金瓶梅》进行学习、探索和研究。由于我缺乏坚实的理论思辨能力，很难再把自己的研究工作推进一步。但是，当步入晚景时，我的"问题意识"却不断强化。我深知，随着"金学"的文献学、历史学、美学、哲学的各个层面的提升，对它的研究的起点已被垫高，研究的难度也就越来越大，这是不可否认的事实。然而，一方面是"金学"界有一个从不动摇的共识，即这部小说伟构具有不可替代的永恒价值，是列之于世界小说之林毫无愧色的经典。不过，严格地说，这种认知只是在"金学"研究群体这一层面；而另一方面，即广大群众乃至官方与准官方的认知，却与研究者有着较大距离。时至今日，据我接触的读者群，"《金瓶梅》悖论"仍然是一个活生生的现实存在。

这里我所说的"《金瓶梅》悖论"，就是一方面口头上承认《金瓶梅》是"四大奇书"之一，而且还是"第一奇书"，也知道鲁迅先生在《中国小说史略》中的著名论断："同时说部，无以上之"，是小说史中的伟大杰作。至于阅读视野开阔的读者，还看到了美国资深翻译大家、《金瓶梅》的英译者芮效卫明快地称赞《金瓶梅》是"大师经典"。但是，滔滔今日，这些美誉却并未使强大的"舆情"有根本的变化。如果抛开我们这一主要从事"金学"研究的群体，去看看，去听听，才发现四百多年后的《金瓶梅》在有些人的认知中，仍是一部色情小说，仍然认为它是"黄书""淫书"，不仅少儿不宜，即使成年人也只能看删节本；至于官方和准官方则更可以利用其权力进行花样翻新的删、禁，这实质上充分表现出他们对民族文化的虚无主义态度，这种不同的认知简直是冰炭两重天。

今天，我提出的这个"《金瓶梅》悖论"也许被视为虚妄之说，但是，当您去了解何香久先生以二十年之心血完成的《综合学术本〈金瓶梅〉》，又在完成后整整十五个年头竟延宕至今未能出版。再有，《金瓶梅》的每次出版往往在那一万九千一百多字到底删几千字也要在有关机构、出版社和整理者之间讨价还价。而我个人的《〈金瓶梅〉十二讲》按合同规定本应今年出版，竟也被搁置下来，据说是因为有关管理机构认为今年有关《金瓶梅》的书出得太多了！可见"悖论"真实存在。

针对这些，也许我们无言以对，但是，我们又必须发声。而我们的发声又必须是站在民族文化、思想理论的高度去指出这种小说文化被民族虚无主义所绑架的危害！我在进入"金学"门槛的三十年就是边学、边讲、边写一些普及性的小文，目的就是通过自己的读书体验，直陈《金瓶梅》的核心价值！

不错，中国是一个历史悠久的大国，同样，我们还是一个小说创作的大国。但是在传统观念中延续到今天的是，历史和历史学才是经国之大业，是高大上，而小说和小说研究，在意识形态的管理层和不少读者中、普通群众中则是亚文化，是消闲的，甚至是可有可无的，觉得它无关大局，无关文艺的发展与繁荣。

其实，在中国这个历史大国，在历史的身旁，还有一部真正的心灵史，一部心智史和心态史，这就是一部文学史，是一部小说史、戏曲史等等。在中国文化史中，如果没有了心灵史，肯定地说就是一部不完整的文化史。我们暂且不说别的文类，仅小说文类，就是心灵史的最好的载体，就是鲁迅先生所说的长篇小说乃是"时代精神所居之大宫阙"。中国的文化史正是靠着小说这样的心灵史、心态史和生活史的叙述才显得丰满、灵动、靓丽、完整和生气勃勃，读来令人神往。因此，正史与小说乃是文化史的左右手，不分轩轾！它理应被尊重，这是小说的尊严，也是小说家的尊严。而"金学"研究者们更应为小说的尊严不遗余力地争取真正文化史上的地位。

其实，对文史两家有起码认识的人都能看到：历史是宏观的，偏重经济的、政治的、军事的、典章制度的变迁等等，小说相对而言多做微观，许多叙述都是史家不屑顾及的百姓生活；历史关乎外在，小说注重内在；历史重形，小说重神；历史登高临远，雄视阔步，小说则先天地富于平民气质。所以，历史中的正史和被看作是"小道""邪宗"的小说，绝不能相隔相异，而是必须互相参定，互补相生。史家之眼光虽深邃，但文家之审美眼光又非史家之所长。

具体到《金瓶梅》，在它的全部叙事中，从思想题旨到字里行间，让人处处感受到作者是以全部的智性、灵性和生活的感受力去烛照社会，触摸现实。以自身体验出发去感受历史与现实的美与丑，并且见证丑之生成。其中，蕴含的令人唏嘘不已的人生况味，几乎都是作者心灵历程的外化。

我想到，曾读过的诺贝尔文学奖获得者的讲演录中，2008年诺奖获得者、法国作家勒克莱齐奥在一次讲话中，恳切地也是坦诚地谈到，《红楼梦》《水浒传》和其他中国的小说名著，帮助他探索到"中国思想"。事实是，像《金瓶梅》这样的小说经典文本不仅帮助了我们国人对中国思想的了解，又何尝没有帮助那些不带偏见的外国友人对中国人的生活史、思想史和心灵史有了活生生的形象化的了解呢？

事实是，很多外国学人和中国的小说研究者都发现了，一部部伟大的小说经典文本都有一种深刻的"绝对的"社会学的思考。实际上，我们对《金瓶梅》的意蕴、寓意和象征是有极大的研究空间的。仅就《金瓶梅》那"颠倒混乱的世界"（借用歌德评莎士比亚剧作中语），就充满了使你思考的社会的学问题、生活史的问题，当然也有诸多心态史的问题。

是的，《金瓶梅》命运多舛，但笑笑生和他的《金瓶梅》的生命空间却永远留在世上，这又是不争的事实。

在这里我们又提到了像谜一样的兰陵笑笑生。我曾不无郑重地说，谁能像笑笑生如此勇敢地写这样的小说，谁又能写和会写这样惊世骇俗的鸿篇巨制？周有光老先生凭着他百年积累的认知人生和世界的眼光，提醒我们：要从世界看中国，不要从中国看世界。如果我们把这句颇富哲理的话小心地移植到小说史研究中来，也可以这样说：我们要通过世界来看中国小说，来看《金瓶梅》，也许这样会使我们的眼光明亮一些、清晰一些。

我还读过1938年赛珍珠作为诺奖得主的讲话。她发表的讲话就是径直地以《中国小说》为题，谈她对中国小说的看法和她翻译《水浒传》的深切感受。其中有诸多平实而又准确的论点，而这些看法，我们中国人和中国的小说研究者似乎是见惯不怪的，但一经赛珍珠道出，却又令人深省，我这里记述了几条，不妨一读：

1. 中国小说的作者愿意追求和羡慕无名者的自由；

2. 他们讲述了自己的时代，而他们自己却乐于湮没无闻；

3. 中国小说是自由的，它随意在自己的土地上成长，这土地就是普通人民。它受到最充沛的阳光的抚育，这阳光就是民众的赞同；

4. 中国小说不像在西方那样受一些伟大作家的左右；

5. 中国小说主要是为了让平民高兴而写作；

6. 从智慧中产生出支配灵感的规则，而源自生活深处的灵感是放荡不羁的野泉。

总之，在赛珍珠看来，中国的通俗小说家从不为名而困扰。她说得真好，她还认为中国小说家从不认为自己是艺术家！我终于明白，这恰恰是从不依附于他人的中国小说家的尊严，而化名为兰陵笑笑生正是这样有尊严的小说家。

为了考索兰陵笑笑生何许人也，我们的"金学"研究家，探寻了诸多文献资料来证实谁谁谁就是笑笑生，然而又都一一落空。因此，多年来我始终坚持一个观点：一个作家的最好的传记乃是由他的作品写成的！我的这种文本主义使我认知笑笑生时，就是笑笑生何许人，笑笑生的传记正是由《金瓶梅》告知我们的，他已用他的小说说明了一切。

以上的随性发言，实际上都是在为中国小说，在为《金瓶梅》争取尊严的地位。我们应大声疾呼，当历史走进了21世纪，当我们的文化走向了世界，当呼唤文艺繁荣时，我们再不应为《金瓶梅》那一万九千一百多字而困扰而吓倒了。我们应当按时代前进的步伐和趋势，为小说，为《金瓶梅》在艺术殿堂上争得崇高的地位。让我们的《金瓶梅》这部大师经典，在今日之社会，再不要历经35年的漫长时日还不能出版！再别让一部普通的解读《金瓶梅》的小书，难以出版！

还《金瓶梅》以尊严！！！

"伟大也要有人懂"

——重读《金瓶梅》断想

  《金瓶梅》的文献学、历史学、美学和哲学的研究已初步形成多元化格局。这就是说，对它的研究的起点已被垫高，研究的难度也就越来越大。在这种形势下，我们的《金瓶梅》研究必须面向世界，开辟中外学术对话的通道，注意汲取、借鉴新观念、新方法，在继承前贤往哲一丝不苟严谨治学态度的同时，随时代之前进而不断更新和拓展。事实上，《金瓶梅》这部小说文本已提供了广阔无垠的空间，或曰有一种永恒的潜在张力。因此，从一定意义上来说，每一部"金学"研究论著都是一个过渡性文本。所以，今天重新审视《金瓶梅》仍是学术文化史的必然。

  不要鄙薄学院派。学院派必将发挥"金学"研究的文化优势，即可能将"金学"研究置于现代学术发展的文脉上来考察和思考整个古典小说之来龙去脉，以及小说审美意识的科学建构。黑格尔老人在回忆自己走过的学术道路后在《1800-11-02致谢林》书信中说："我们必须把青年时代的理想转变为反思的形式。"[①] 所以回顾与前瞻，"金学"的研究，反思规范与挑战规范是我们不可推卸的责任。

  《红楼梦》是我们民族文化的骄傲，但又像一位评论家所

---

① 黑格尔，《黑格尔通信百封》，上海：上海人民出版社1981年，第58页。

说，我们又不能总拿《红楼梦》说事儿吧！现在，我们暂时把那几部"世代累积型"的带有集体创作流程的大书，如《三国》《水浒》《西游》先撂一下，我们不妨先看看以个人之力最先完成的长篇小说巨制《金瓶梅》的价值是太重要了。美籍华人哈佛大学教授田晓菲女士在她的《秋水堂论金瓶梅》中说："读到最后一页，掩卷而起时，就觉得《金瓶梅》实在比《红楼梦》更好。"她还俏皮地说："此话一出口不知将得到多少爱红者的白眼。"田晓菲的话，我认为值得思考。为了确立我国小说在世界范围的艺术地位，我们必须再一次严肃地指出，兰陵笑笑生这位小说巨擘，一位起码是明代无法超越的小说领袖，在我们对小说智慧的崇拜的同时，也需要对这位智慧的小说家的崇敬。我们的兰陵笑笑生是不是也应像提到法国小说家时就想到巴尔扎克、福楼拜；提到俄国小说家时就想到陀思妥耶夫斯基和托尔斯泰；提到英国小说家时就会想到狄更斯；提到美国小说家时就想到海明威？在中国小说史上能成为领军人物的，以个人名义出现的，我想兰陵笑笑生和曹雪芹以及吴敬梓是当之无愧的大家。他们各自在自己的时代和创作领域做出了不可企及的贡献。在中国小说史上，他们是无可置疑的三位小说权威，这样的权威不确立不行。笑笑生在明代小说界无人与之匹敌，《金瓶梅》在明代说部无以上之。至于一定要和《红楼梦》相比，又一定要说它比《红楼梦》矮一截，那是学术文化研究上的幼稚病。

当代著名作家刘震云在对媒体谈到他的新作《我叫刘跃进》时说："最难的还是现实主义。"我很同意。现在的文学界已很少谈什么现实主义、浪漫主义了。其实，正是伟大的现实主义文学才提供了超出部分现实生活的现实，才能帮你寻求到生活中的另一部分现实。《金瓶梅》验证了这一点。我们有必要明确地指出,《金瓶梅》可不是那个时代的社会奇闻,而是那个时代的社会缩影。在中国小说史上,从志怪、志人到唐宋传奇再到宋元话本,往往只是社会奇闻的演绎,较少是社会的缩影。《金瓶梅》则绝非乱世奇情,他写的虽有达官贵人的面影,但更多的是"边缘人物"卑琐又卑微的生活和心态。在书中,即使是小人物,我们也能看到那真切的生存状态。比如丈夫在妻子受辱后发狠的行状,下人在利益和尊严之间的游移,男人经过义利之辨后选择的竟是骨肉亲情的决绝,小说写来,层层递进,完整清晰。至于书中的女人世界,以李瓶儿为例,她何尝不渴望走出阴影,只是她总也没走进阳光。

《金瓶梅》作者的高明,就在于他选取的题材决定他无须刻意写出几个悲剧人物,但小说中却都有一股悲剧性潜流。因为我们从中清晰地看到了一个人,一个人以不同形式走向死亡,而这一连串人物的毁灭的总和就预告了也象征了这个社会的必然毁灭。这种悲剧性是来自作者心灵中对堕落时代的悲剧意识。

冷峻的现实主义精神,对《金瓶梅》来说,绝不会因那一阵高过一阵的欲望狂舞和性欲张扬的狂欢节而使它显得热闹。事实上,《金瓶梅》绝不是一部令人感觉温暖的小说,灰暗的色调一直遮蔽和浸染全书。《金瓶梅》一经进入主题,第一个镜头就是谋杀。武大郎被害,西门庆逍遥法外,一直到李瓶儿之死,西门庆暴卒,这种灰暗色调几乎无处不在。它挤压着读者的胸腔,让人感到呼吸空间的狭小。在那"另类"的"杀戮"中,血肉模糊,那因利欲、肉欲而抽搐的嘴脸,以及以命相搏的决绝,真的让人感到黑暗无边,而作者的情怀却是冷峻沉静而又苍老。

于是《金瓶梅》和《红楼梦》相加，构成了我们的小说史的一半。这是因为《红楼梦》的伟大存在离不开同《金瓶梅》相依存相矛盾的关系。同样《金瓶梅》也因它的别树一帜，又不同凡响，和传统小说的色泽太不一样，同样使它的伟大存在也离不开同《红楼梦》相依存相矛盾的关系（且不说，人们把《金瓶梅》说是《红楼梦》的祖宗）。如果从神韵和风致来看，《红楼梦》充满着诗性精神，那么《金瓶梅》就是世俗化的典型；如果说《红楼梦》是青春的挽歌，那么《金瓶梅》则是成人在步入晚景时对人生况味的反复咀嚼。一个是通体回旋着青春的天籁，一个则是充满着沧桑感；一个是人生的永恒的遗憾，一个则是感伤后的孤愤。从小说诗学的角度观照，《红楼梦》是诗小说，小说诗；《金瓶梅》则是地道的生活化的散文。

《金瓶梅》是一部留下了缺憾的伟大的小说文本，但它也提供了审美思考的空间。《金瓶梅》的创意，不是靠一个机灵的念头出奇制胜。一切看似生活的实录，但是，精致的典型提炼，让人惊讶。它的缺憾不是那近两万字的性描写，而是他在探索新的小说样式、独立文体和寻找小说本体秘密时，仍然被小说的商业性所羁绊。于是探索的原创性与商业性操作竟然糅合在一起了。即在大制作、大场面中掺和进了那暗度陈仓的作家的一己之私，加入了作家自以为得意却算不上是高明的那些个人又超越不了的功利性、文学的商业性。

然而，《金瓶梅》的作者毕竟敢为天下先，敢于面对千人所指。笑笑生所确立的原则，他的个性化的叛逆，对传统意识的质疑，内心世界的磊落袒露，他的按捺不住的自我呈现，说明他的真性情，这就够了。他让一代一代人为他和他的书争得面红耳赤，又一次说明文学调动人思维的力量。

结语：《金瓶梅》触及了堕落时代一系列重要问题，即在社会、文化转型过程中人们的生存状况和心态流变。小说中的各色人等都是用来表现人世间的种种荒悖、狂躁、喧嚣和惨烈。若从更开阔的经济文化生产的视野来观照，笑笑生过早地敏感地触及了缙绅化过程中的资本动力，让人闻到了充满血腥味的恶臭。

时至今日，我们重读《金瓶梅》，我们会发现，对于当下的腐败与堕落的分子，我们几乎不用改写，只需调换一下人物符号即可看到他们的面影。于是我们又感悟到了一种隐喻：《金瓶梅》这部小说中的各色人等不仅是明代的，而且也包括当下那些腐败和堕落分子今天的自己。

笑笑生没有辜负他的时代，而时代也没有遗忘笑笑生，他的小说所发出的回声，一直响彻至今，一部《金瓶梅》是留给后人的禹鼎，使后世的魑魅在它面前无所逃其形。

论《金瓶梅词话》的原创性

一、面对"《金瓶梅》悖论"

我曾在《还〈金瓶梅〉以尊严》一文中专门提到关于"金学"研究和阅读的"悖论"问题，我指出：

所谓"《金瓶梅》悖论"，就是一方面口头上承认《金瓶梅》是"四大奇书"之一，而且还是"第一奇书"，也知道鲁迅说过的"同时说部无以上之"的论断，是小说史中的经典之作。至于阅读视野开阔的读者还看到了美国资深翻译大家、《金瓶梅》的译者芮效卫教授明快地称《金瓶梅》是"大师经典"。但是，滔滔今日，这些美誉并未使"舆情"有根本的变化。如果抛开我们这些专门从事"金学"的研究群体，去看看，去听听，才发现四百年后的《金瓶梅》在有些人的认知中仍是一部色情的性小说，仍然认为它是"黄书""淫书"，不仅少儿不宜，即使成年人也只能看删节本，至于官方和准官方则更可以利用其权力进行花样翻新的删、禁，这实质上充分表现出他们的民族文化的虚无主义态度。这种不同的认知简直是冰炭两重天！

今天，面对《金瓶梅》，按逻辑学来观照，它竟然同时被推导出或证明着两个互相矛盾的命题和难以调和的结论。当然，它由来已久，但时至今日，你能说这个"悖论"已经消失了吗？这对于从事《金瓶梅》的研究者来说，是一个永恒的困惑。研究者无论意见多么分歧，但是总体倾向，仍然是肯定其在小说史上的突出地位并给予不同层面的高度评价。然而，我们又不能不承认我们的话语权只能限于书写、研讨会上的发言以及多种形式的论著中。而广大受众仍然被意识形态及其管理机构所捆绑和禁锢着。

面对"《金瓶梅》悖论"，基于我的感受，我在"金学"研究多元格局的态势下，仍坚持回归文本、回归文学本位的立场，从最基础的工作做起，即从我有着诸多学术局限性的研究能力出发，以实事求是的姿态，做一些对《金瓶梅》的基础导读工作。虽然我深知这只是微言微议，但我渴望在新的语境下，重新认识《金瓶梅》书的经典性和不朽价值。

二、让历史发言：
不是一时的小说，而是永恒的经典

400多年的历史发展长河证明：《金瓶梅》不是一时的小说，而是永恒的小说经典文本。不是随风飘荡的花絮，而是小说发展史上的里程碑。因为它是一个时代、一个民族历史文化最完美的表现，按先哲的说法，它是"不可企及的高峰"。因为笑笑生以完美的艺术语言和当时已达到的最高艺术形式把他身处的现实中的假恶丑，通过自己的人生感悟和审美体验，深深地将其镌刻在小说艺术的纪念碑上了。事实是，当那个时代一去不复返，笑笑生的完美的艺术表现和他的情感体验以及他对自己生活的时代的独特发现，就成为永恒的存在。它不能被取代，也不可能被重复和超越。而这，就是我反复强调的《金瓶梅》的原创性。因为只有原创性，才能具有划时代的意义，才能永葆艺术魅力。也就是说，它不是一时的小说，而是永恒的小说经典的真正文化内涵。

事实证明，今天当你重读《金瓶梅》时，你会更深刻地发现，对于一切堕落时代的腐败分子，我们几乎无须改写，只需调换一下时间和人物符号，你就可以明晰地看到他们的面影。于是人们感悟到了一种特殊的隐喻：《金瓶梅》中的各色人等不仅是明代的、清代的、民国的，而且也包括当下的那些腐败和堕落分子。笑笑生创作的小说所发出的回声，一直响彻至今。一部《金瓶梅》是留给我们的禹鼎，使今天和以后的魑魅在它面前无所遁其形。

是的，兰陵笑笑生是中国小说发展史上第一个充分展示世道人心的探路者，更是小说家中第一个人性隐秘的探路者。令我们动容的是，他全然摒弃了时代强大的指令去生活、去叙写，而是敢于面对千人所指，敢为天下先，对传统意识形态表示了质疑和叛逆。这种内心世界的磊落、袒露，那按捺不住的真性情的自我呈现，在他之前乃至他以后都难以重现。正是这种创造的智慧，才使他的小说让一代又一代的人们为它争得面红耳赤，却又不能不为之征服。说它不是一时的作品而是永恒的作品，正是他的腕底春秋展示了一切堕落时代的一系列社会的和人性的问题。它几乎概括了活生生的现实中各色人等的荒悖、喧嚣、狂躁、变态和惨烈。若从人性角度观照，笑笑生也是第一个最早敏感地触摸到了堕落时代中资本动力和人性的异化，让人强烈地嗅到了充满血腥味的恶臭。事实证明，伟大的小说家都是预言家，笑笑生就是用他的小说证明了他就是这样的预言家。人们都在说，一个时代有一个时代的文学，但是，真正的一个时代的文学必须超越阶级、阶层和集团的功利性和狭隘性，从而进入真正的人类性的高度。否则，它是决然不能具有普遍性和永恒性，更不会给予广大读者和研究者以深刻持久的影响。

美国的《金瓶梅》翻译家芮效卫教授用了三十年的时间研究和翻译了这部不朽之作，才发出了那句"大师经典"的感叹。那么，我们不是更有充分理由说，《金瓶梅》的永恒价值就在于它是向整个世界、整个人类开放了具有不朽意义的、永恒的叙事世界吗？对于这一点是到了我们取得上上下下的共识的时候了。

三、不是"史里寻诗"，
是故事和人物"找"到了笑笑生

2013年5月20日晚观听中央电视台撒贝宁主持的《开讲了》的节目，主题是科学与文艺，嘉宾是莫言、范曾和杨振宁。在这次交流对话中，莫言说了这样一段话："从前是我找故事，到后来是故事来找我，是人物来找我。"（大意）这是一次极普通的电视节目，也只是一段普通的创作经验谈，但它竟然唤醒了我认知笑笑生为什么写《金瓶梅》，又如何能写《金瓶梅》，又有谁会写《金瓶梅》这样的联想！我当时就觉得这是一次稍纵即逝的灵感突袭。也许这对一些人是无所谓的，但当时我正在构思这篇"金学"文章，这段话却如此奇妙地触发了我进行一次"逆向考察"的思绪：笑笑生的前辈是怎样创作他们的小说的，笑笑生为什么有别于他的前辈，笑笑生又是怎样突破和超越了前辈的创作模式的……

众所周知，《金瓶梅》之前的《三国》《水浒》《西游》，它们几乎可以说都是从历史中寻找故事，找人物。于是传统小说创作的大格局，历来是历史故事化的格局，即历史小说—故事化的历史。历史故事化的第一形式就是传统历史小说中发育最成熟的形式：历史演义。历史演义式的历史小说，大抵是以历史朝代为背景，以历史事件为主线，以历史人物为中心，演绎有关正史和野史的传说，它或博考文献，言必有据；或本之史传，但仍然有实有虚。属"大事不虚，小事不拘"之模式，其代表作当然是划时代的历史演义小说《三国演义》。

历史小说的第二形式，是写历史故事。历史故事式的历史小说，以故事为中心为主线加以组织。历史背景、历史事件、历史人物实际上被淡化了、虚化了，《水浒》是为代表。这些我曾把它概括为"史里寻诗"。所谓"史里寻诗"就是指作家大多附丽于历史的某些记载，又从野史传说中攫取素材，进行艺术构思，从而写出故事、塑造人物等等，这样的写作，不可避免地是作家必须、也必然从历史中、传说中去发现他可以进行构思的题材，他很难完全跳出历史的框架，这就是我所说的要找出有历史意味的故事，找出历史上存在的人物，即使神魔小说《西游记》，作者也还是要依附于真人真事的玄奘西天取经的故事。这种故事与人物同历史的天然联系，使历史回忆转化成眼中的一道纯粹的风景线，在这种历史和叙事悖论中，历史作为一个对于我们有意义的整体，似乎离我们越来越远。但是，历史的史诗化仍然是历史的被挪用和转化。对于这一点，我们应当承认这是中国历史小说创作的成功，因为它们富有了真正的文学意味。一部《三国》毕竟是以艺术形象的方式体现了三国时期的政治、军事、外交和战略思想；而《水浒》似有站在"历史"之外的味道，但还是一个人物就是一个景观，一段历史，于是一连串的英雄故事就构成了一部"史"。

有意思的是，我们读这些艺术魅力无穷的作品时，几乎很难忘记诸葛亮、刘关张等，也不会忘却那一幕幕震撼心灵的侠义故事，鲁智深、武松、林冲、李逵让我们永远感到亲切。不过，他们又都不是我们的"身边人"。

《金瓶梅》的伟大变革和超越就在于它写了"当下"的故事和"身边人"。《金瓶梅》离《三国演义》《水浒传》不到百年时间，但小说的变革，由于《金瓶梅》书的出现，我们突然发现，小说观、小说的审美意识、小说的叙事方式等等都发生了激变！这当然不是笑笑生一人的小说智慧，也不可能是他一人之功，我想，根本的变革源于这个时期"人群"发生了巨大的变化，而"人群"的变化，就带动了社会生活的一系列的变革，这其中最大的变化应是包括人的心理、情感和心态的变化。

我们这里说的"人群"，指的就是城镇市民阶层的激增，及其势力的进一步扩大。市民的审美趣味大大不同于以往历史上的英雄时代的审美趣味。随着人群和审美意识的变化，小说的个人化写作也趋于成熟。在城市市民的故事和人物扑面而来时，笑笑生这位小说家的特有敏感和特异的审美体验，理所当然地被这扑面而来的故事和人群所吸引。他应该是属于那最早的使自己感受到了非传统的异样成员中的一个。他以应接不暇的姿态，迅速地描绘出他身旁的人和事。这些活生生的人和事又似乎不断地模糊着他的文学感觉和现实的界限。他关注着他眼前一切有质感的生活，也被这种生活所吸引。因为这个仿真时代的有质感的生活给笑笑生带来了太多的灵感，也带来一股从未有过的原始冲动力，一种从未有过的审美体验！他不再是一点一滴地舍弃历史上的故事和各色人物，而是整体性地把他生活的"当下"的人物和故事在毫不掩饰的叙述中，一一展示给同时代人。这里已没有了历史的"隔"，有的则是"熟悉的陌生人"。他的笔下没有惊天动地的故事，也没有令人崇拜的英雄人物。生活，都是个人的"支离破碎"的"片段"；人物，没有一个隐蔽在不可知的深处；人心，也在人与人的"冲撞"中显示出多样的"隐私"。于是你感到了这一切似都"贴着"你的感性，你的心态，你的游动着的思绪！

也许人们会提到，在宋金元明的短篇白话小说中也有诸多叙写世情的作品，比如从《刎颈鸳鸯会》到《蒋兴哥重会珍珠衫》等等不都是写的"当下"的人和事吗？对此，我的回答是：一经比较，这些短篇名作写的仍是故事；而《金瓶梅》这部鸿篇巨制写的则是人生。即：短的，讲的是故事；长的，说的是人生。这就让我们看到笑笑生的创作智慧，他把他的叙事触角伸到各个地方，几乎"无孔不入"。这种在特定人群中全方位全视野的叙事观照，为我们中国长篇小说的发展奠定了坚实的基础。总之，它全然突破了过去小说的审美意识和一般的写作风格。在已经显得多元的明中后期的历史语境中，笑笑生特异的审美体验应属于一种超前意识，他关注的是当下的本色獉獉的生活和人物的特异的命运。

《金瓶梅》一经出现，就显示出它没有前出三部经典奇书那种纯度极高的浪漫情怀。对于他来说，笑笑生不是简单地挣脱历史的禁锢，去轻易地抓取当下的故事。恰恰相反，笑笑生有着强烈的历史感，他的小说正是回照了社会历史的背面。只是他用对人生根本价值的认知来构建自己的故事。从故事的温度来说，《三国》《水浒》《西游》是热的，而《金瓶梅》则是冷的。一热一冷，我们体验到了笑笑生迥异于他人的原创性思维。

我们不妨听听一位外国的《金瓶梅》研究专家的评论。芮效卫在阅读和翻译的过程中，越来越感受到这部"大师经典"的意义。他说：它对明朝时期的服装，到饮食，到司法系统，到贪腐的描写都毫发毕现。比如李瓶儿死后接下来的六回书都是在讲葬礼习俗和服饰，书里对这些内容的着墨并不比那些香艳场景少。在此之前的中国的文学作品着眼点大都是王侯将相，而《金瓶梅》是中国第一本描绘普通人物市井生活的小说，在世界文学中如此详尽地描写市井生活小说在那个时代也是罕见的。[①]一位外国翻译家很客观地称道《金瓶梅》是"第一本"描绘普通人物市井生活的小说，应该得到我们的赞赏。进一步说，作为一位教授，芮效卫用他对《金瓶梅》的价值评估，否定了他的同行夏志清先生所言《金瓶梅》是"三流作品"的呓语。

四、心灵辩证法：人性真的是猜不出的吗？

很多年前，对于《金瓶梅》的人物塑造，我曾以《人原本是杂色的》为题谈到过《金瓶梅》给世界小说史增加了几个不朽的典型人物，也认同金学界所说，它打破它之前那种写人物好就好到底，坏就坏到底的模式，提出过笑笑生已经完全意识到现实生活中的人是复杂的，不是单色素的，人，"是带着自己的整个复杂性的人"。我也没回避在小说研究界多种流行的说法，如"圆形"与"扁平"、"立体"与"平面"人物，以及"性格组合"等等。这些无疑是对古典小说解读的一种新尝

[①] 芮氏当然也有自相矛盾的说法，比如他说："《金瓶梅》的故事虽然设定在清河县，但你仔细研究书中的地理特点，就会发现，清河其实就是京城，而西门庆影射的就是那些钩心斗角的大臣，所以作者不能真说，也不敢署真名。"这个影射说，能否成立，待考。

试，也是一大进步吧。但是，在今天的语境下去用这些概念审视《金瓶梅》的人物形象创造，够吗？还有，在20世纪80年代初，我根据西方的"审丑学"，提出《金瓶梅》第一个把"丑"引进小说艺术创造中，提出"化丑为美"等小说美学的问题。然而经过这三十年认真学习"金学"界的研究成果，以及自己近年的学术反思，我深深感到自己学术底蕴的浅薄。当时的思考无疑有正确的一面，但是，我的观照的方式仍停留在《金瓶梅》人物创造的第一层面。其实，今天细细思忖，《金瓶梅》的真正原创性正在于它发现了人性的正面和负面，以及多侧面多层次的纠结。

从人们的阅读经验来看，《金瓶梅》一书写生活写人物似乎都是直击式的展露，几乎都是不加掩饰的和盘托出。其实，这部小说有太多有待我们仔细品味的东西，有太多的隐秘有待我们揭开。比如真有一种"密码"，那就是人性的隐秘！比如，你可以否定、批判西门庆这个人物，但你又会发现你身边原来有不少西门庆式的人物的影子，甚至，你、我、他的内心隐秘竟与这一典型人物有着或多或少的相似点！正像《鲁滨孙漂流记》的笛福在他的《肯特郡的请愿书·附录》中径情直遂地道出：

"只要有可能，人人都会成为暴君，这是大自然赋予人的本性。"

笛福的论人性无法和马恩论人性相提并论，然而他的人生阅历，使他对人性善恶转化的发现，还是有深刻价值的。走笔至此，突然想起了英国前首相、我把他视之为一代枭雄的丘吉尔，他生前说过一句人们耳熟能详的话，"人性，你是猜不出来的……"（有人译作："人性，你是不可猜的。"）事情真是这样吗？小说中人物的人性是不可知，是"猜"不出的吗？

金瓶梅

第十三回

李瓶姐隔墙密约

金瓶梅

第十四回

花子虚因气丧身

现在我们不妨试着选出小说中的一个人物作为"个案"进行分析。这里不想选一号人物西门庆、二号人物潘金莲，而是想就三号人物李瓶儿这位早走一步的女性，观察一下她的精神裂变和人性正负两极的纠缠。

命运多舛的李瓶儿被花太监纳为侄儿媳妇，实际是被花太监霸占。而花子虚又是一个醉生梦死的纨绔子弟，嫖娼狎妓，眠花宿柳，可以想见李瓶儿内心的孤寂，生活的无聊。就在这当口，西门庆乘虚而入，于是她迷恋于、也想委身于西门庆。巧合的是，花子虚却因房族中争家产而吃了官司。此时的李瓶儿并没有落井下石，在惶惑矛盾的复杂心情之下，就去求西门庆帮助搭救自己这个不争气的丈夫。她真心诚意想把丈夫救出来正显示了她的为人妻的一面。然而人性的复杂还在于，在情感的层面上，她却认为自己已经属于西门庆了，甚至在钱财上和西门庆都不分彼此了。李瓶儿的情感倒向西门庆，不能说花子虚太不成器以及眠花宿柳的堕落荒唐与此无关。设身处地地想，一个有血有肉而且有过独特命运的遭际，又有着人的本能欲求的李瓶儿，此时此刻的心理和行为产生诸多矛盾不是不可理解的吧！我们甚至可以说，在这个时间段上，李瓶儿的意念和行为有其合理性。

只是后来事情发生了变化。花子虚经历了一场官司，无能的他整天在李瓶儿的羞辱、嘲骂中生活，很快着了重气，又得了伤寒病，李瓶儿竟断医停药，不久就气断身亡，这就是李瓶儿人性异化的开始。她对未来生活的选择没有错，她想越过花子虚这层障碍也不算错。错就错在花子虚病重期间，她的从冷漠到坐视不管，让花子虚挨延而死。有人说这是她"情迷心窍"所致，这也算是一个道理吧，但是，花子虚令她失望乃至绝望，应当说是一个更重要的原因！李瓶儿从出场到她的走向死亡，在她内心深处始终有一个愿望：有一个可以依托的男人。不然，开始时她还不会幻想花子虚可以改邪归正；也不会以厚金求西门庆救助花子虚。这一切都或多或少地透露出一个女人起码的需求和不失为善良的心地。不容否认，情欲成了她和西门庆的强力胶粘剂，但那首先是花子虚根本没在意她，再有她经不起西门庆的诱惑，她希望西门庆在意她，这才有以后她全身心地依附西门庆。

　　李瓶儿的命运多舛，还因为西门庆在政治斗争中潜踪敛迹，龟缩避祸。李瓶儿不知底情，在她看来好端端的一件美事，不仅被搁置了下来，而且她已怀疑西门庆的变心。这才有了"招赘蒋竹山"的一段故事。对此事，与其说是因为她不甘寂寞，欲火中烧，不如更准确地说是她的头脑简单，没有考虑到后果。后来她和蒋竹山产生裂痕，人们往往看重的是蒋竹山的性无能，其实我认为更重要的原因是她心中始终有个西门庆的影子在缠绕着她的情感。李瓶儿何尝不想像大部分女人那样，希望有一个在意她的男人陪伴？她之所以放下身段嫁给蒋竹山，难道不能证明她的一种朴素的愿望吗？

　　政治风波过后，西门庆再度出现，立即腾出手来惩罚蒋竹山和李瓶儿。李瓶儿的可悲之处是在这场闹剧中，只能哑巴吃黄连。虽然最后一顶轿子把她抬到西门府第，但在羞辱和绝望中还负气自尽过！以后，她对西门庆可谓曲尽逢迎，只要面对西门庆，她的性格就变得被动，就会逆来顺受，智商也不高了。当然，这种甘愿屈居人下的心态，真的不仅仅是指望西门庆满足她的情欲，而是经过三番五次大大小小的折腾，她强烈地有一种过安生日子的念头。我们看不到她性格上的"判若两

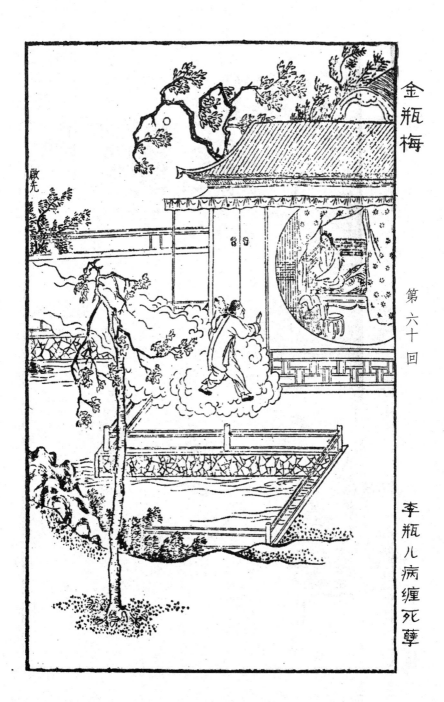

金瓶梅

第六十回

李瓶兒病纏死孽

啟先

金瓶梅

李瓶兒夢訴幽情

人"，我们只是深深体会到笑笑生在塑造这个独特女性时，在艺术辩证法运用上的玄妙。笑笑生作为长篇小说创作的大师，他不是一个普通的艺匠，他是一位心底有生活的人，他能准确地把握人的心灵辩证法和人性的变异，正如法国伟大思想家帕斯卡尔所说：

> 人性并不是永远前进的，它是有进有退的。

又说：

> 激情是有冷有热的，而冷也像热本身一样显示了激情的热度……①

李瓶儿这一人物，正是笑笑生用人的命运的演进来"记录"这个特定的环境，又通过这个环境来解读这个人物的内心和她游移的精神气质。

小说文本写得最深刻的地方是对李瓶儿在心灵冲撞下的梦境和幻觉，那绝对是精彩的描绘。这些梦境和幻觉的共同点是，它出现的人物都是她的前夫花子虚，梦幻的内容又几乎都是花子虚发誓绝不宽容她。梦境充分反映了李瓶儿内心的痛楚。小说第六十二回李瓶儿先后四次向西门庆述说梦境的内容。李瓶儿的梦境和幻觉无疑是一种恐惧感，但也是一种负罪感、罪孽感的表现，甚至我们可以说是她的良心发现。如把她此时的心态和潘金莲相比较，潘金莲亲手害死了那么多人，但小说没有一笔写她受到良心的谴责。而对李瓶儿的这种罪孽感和恐惧感无论如何我们都应看作是她的自我谴责，乃至有忏悔的意味。

① 帕斯卡尔《思想录》，商务印书馆1988年版，第160页。

然而，潘金莲却从未陷入良心的惩罚之中，她只知道用罪恶行径证明自己的"存在"。而在对李瓶儿的这种心灵冲突的展开中，作者揭示了人性的复杂性。我对李瓶儿的评价不同于潘金莲，就在于李瓶儿不是不渴望走出阴影，而是她走不进阳光，这才是她的悲剧性之所在。

俄国民主主义美学家车尔尼雪夫斯基曾深刻地指出：

> 心理分析可以采取不同的方向；有的诗人最感兴趣的是理性的勾描；另一个则是社会关系和日常生活冲突对性格的影响；第三个诗人是感性和行动的联系；第四个诗人则是激情的分析；而托尔斯泰伯爵最感兴趣的是心理过程本身，它的形式，它的规律，用特定的术语来说，就是心灵的辩证法。[1]

我认为，笑笑生不仅是对性格勾描有着浓厚兴趣的小说家，同时他更关注他笔下人物的心理过程本身、它的形式、它的规律，他才真正是深谙心灵辩证法的大师，是写人性变迁史的第一位小说家。

事实是，一位真正的小说家，他的关注点是人，是人的灵魂。文艺创作是探索和塑造人的心灵的精神劳动。艺术中的性格创造，其要点正在于通过特定的人际关系，去捕捉、去剖析人物感情世界的独特性，由此刻画和揭示出黑格尔老人所说的"这一个"人物特定的社会内涵及其心灵的历程。《金瓶梅》中十几个典型人物之所以深入人心，就是因为小说巨擘笑笑生是在动态的心灵流程中刻画了他笔下的各色人等。关于《金瓶梅》这部小说的伟大意义，我也想"套用"莫言这次随李克强

---

[1] 《古典文艺理论译丛》第5册，人民文学出版社1963年版，第161页。

总理到哥伦比亚时的一次讲话，他说20世纪60年代至今，的确没有一本书像《百年孤独》那样产生广泛而持久的影响。我说，自《三国》《水浒》《西游》这些长篇经典小说产生以后，世界上也的确没有一部小说像《金瓶梅》那样产生如此广泛而持久的影响。

五、放大瞳孔找出《金瓶梅》的艺术 ①

一部伟大的文学作品的艺术性和审美特征，有的是显性的，有的则是隐性的。具有原创性特质的文学作品，它们的艺术特质往往是隐性的，它需要我们花大力气去发现，去认知，这在世界文学史上不乏其例。近读陈丹青先生整理其先师木心先生的讲稿《文学回忆录》，竟然发现，木心先生正是这样审视中外名著的艺术性的。我深深为其独辟蹊径的认知和艺术化的发现所折服。他有两小段话不妨向朋友介绍一下：

托尔斯泰、陀思妥耶夫斯基完成了艺术，《金瓶梅》要靠你自己找出它的艺术。②

木心先生还不无夸张地说：

我读《金瓶梅》比《红楼梦》仔细（《红楼梦》明朗，《金瓶梅》幽暗，要放大瞳孔看，一如托尔斯

① 2013年，我参加了第九届（五莲）国际《金瓶梅》学术研讨会。本来准备提交一篇论《金瓶梅》原创性的论文，但因诸多原因没能完成论文的写作，只是将论文的一节提交大会讨论。这次算是初步完成了论文的各节，于是就把当时的发言，也是本论文的组成部分置于此篇论文之中。
② 木心讲述《文学回忆录》，广西师范大学出版社2013年版，第438页。

泰明朗，陀思妥耶夫斯基幽暗）。①

　　木心先生这种言简意赅的对文心和风韵的把握，确实对读者认知《金瓶梅》的艺术创造大有启示。再联系吉尔伯特和库恩合著的《美学史》中引用16世纪意大利批评家卡斯特尔维屈罗的一句名言，更会引发我们对名著艺术化创造的追索的兴味，卡氏说：

　　　　欣赏艺术就是欣赏对困难的克服。②

　　是的，我们解读和欣赏《金瓶梅》是否欣赏到、捕捉到笑笑生对独特艺术追求的艰苦行程？我们又是否用坚毅的阅读心态对《金瓶梅》的艺术进行了既愉悦又艰辛的追索？我们是不是睁大了自己的眼睛找出了笑笑生的小说智慧所创造的艺术？

　　读了"金学"界朋友的诸多论著，又读了木心先生的精彩提示，引发我的思考如下：

　　1. 《金瓶梅》为什么是属于现代的，又是一部心理小说（木心语），这样的论断你是否认同？但有一点万不可偏离，即我们的文学阅读必须牢牢地把《金瓶梅》作为小说艺术来读。我们研究小说万不可把小说研究成非小说，把《金瓶梅》研究成非《金瓶梅》。

　　2. 冯友兰先生谈人生有"三境界"说，我们研究《金瓶梅》其实也有三种境界。我们已经或将要达到的是：A.价值发

　　①　木心讲述《文学回忆录》，广西师范大学出版社2013年版，第438页。
　　②　吉尔伯特、库恩著，夏乾丰译《美学史》，上海译文出版社1989年版，第223页。

现；B.精神提升。远的不去说了，从《金瓶梅》学会诞生到今天整整三十年，我们比较彻底地否定了"淫书"说，让受众逐步看到了笑笑生对假恶丑的审美批判的价值，肯定了这部小说在终极意义上是捍卫人性的。但是，我们似乎还没达到C.即通过对《金瓶梅》的解读，逐步进入"感悟天地"的境界。我们需要的是深入《金瓶梅》之底蕴，寻觅其象征意味，把我们的智性、灵性、悟性调动起来，从而真诚地感悟天地，对于这一点，我们要共勉。

总之，不要"走出文学"，不要"远离经典"，让我们深信，《金瓶梅》的审美研究有着广阔的空间，它永远是说不尽的。让我们睁大眼睛找出它的艺术；让我们通过这部具有原创性的小说经典文本的研究提升我们的智性、灵性和诗意。

审美价值论

《金瓶梅》：小说史的一半

　　《金瓶梅》：小说史的一半，这则小标题曾引发过一次小小的争论。同意此说又理解我的用意的朋友，有点默认的意思；彻底否定我的这个说法的，认为我夸大了《金瓶梅》的意义，而且这一提法有过分"溢美"之嫌；当然也有朋友认为，此一提法根本不通。时过境迁，往事如烟，没想到我今天又来探讨《金瓶梅》并涉及它在小说史上的地位，于是我又重新梳理我的思绪，考虑我的想法是对还是错。

　　今天看来，我似乎还是在坚持自己的这个说法。我应检讨的只是我在申述自己的意见时出于一个文学教师的思维模式，即总想把一个有争议的问题和要坚持的说法往"极致"方面强调。我的失策是，人们一看"《金瓶梅》：小说史的一半"这样一个题目，就很容易从数学角度进行测算，那当然就会把我的论述看作是一个伪命题，其实我的想法和要达到的目的是想说《金瓶梅》这部辉煌的中国独一无二的"黑色"小说，只有摆在中国小说艺术发展的长河中去考察，方能显出它的独特的美学价值和思想光彩，及其在中国乃至世界小说史上的不朽地位。

　　《金瓶梅》和中国传统小说的色泽太不一样。一部色彩斑斓的小说史，如果失去或没有《金瓶梅》这样黑色泽的小说，那就太让人遗憾了，因为人们认为中国小说史应该有一朵恶之花！因此，我常为《金瓶梅》的被禁和被歧视而扼腕。即使在今天，除了"金学"界以外，对这部小说也仍是毁誉参半，甚至毁多于誉。当然，这种历史的不公正，到了今天才开始有了转机，出现了恢复它的名誉和地位的文化氛围。

其实，就像我们说《红楼梦》就有中国小说史的一半一样，在《金瓶梅》的文本中和在笑笑生身上确有中国古代小说史的一半。这是因为，《三国演义》《水浒传》《西游记》《儒林外史》《红楼梦》等伟大作品的存在，离不开同《金瓶梅》相依存相矛盾的关系；还在于笑笑生和他的《金瓶梅》代表中国文化传统的一个方面，以及它与中国古代知识分子的历史性格、文化性格有甚深的联系。因此，我才毫无迟疑地明确表示，研究《金瓶梅》就包含了研究中国小说史和中国小说文化的一半。因为在开创性上，任何小说文本似无可替代，在中国古代小说创作上，笑笑生及其《金瓶梅》是第一流的。只有理解生活辩证法，深刻地参透历史生活和人生况味如何反映在笑笑生的小说中，以及历史和艺术的微妙关系，才是研究《金瓶梅》和古代小说的要旨所在。

歌德曾在他的《谈话录》中说过大致这样的话：

> 一件艺术作品是自由大胆的精神创造出来的，我们也应该尽可能用自由大胆的精神去观照和欣赏。

笑笑生勇敢大胆地创造《金瓶梅》和我们研究《金瓶梅》都应持有这种精神，具备这种勇气。

那么，今天我又是如何看待《金瓶梅》在中国小说史上的地位呢？经过三十年的历史探寻，我的基本观点没有太大的变化，只是想延伸一下，看看在明代小说史的发展过程中《金瓶梅》到底提供了什么新的东西，从而对其给予科学的定位。

14世纪到16世纪在中国诞生的"四大奇书"无疑是世界小说史上的奇迹，无论是把它们放在中国文学发展的纵坐标还是世界格局同类文体的横坐标中去认识和观照，它们都不失为一种辉煌的典范。它们或是过于早熟或是逸出常轨，都堪称是世界小说史上的精品。阅读这些文本，你不能不惊讶于这些伟大作家的小说的智慧。这种小说的智慧是由其在小说史上的原创性和划时代意义决定的。《三国演义》《水浒传》《西游记》通常被说成是世代累积型建构的巨制伟作，但是不可否认，最后显示其定型了的文本即具有不可重复性和不可代替性的毕竟是一位小说天才的完成品。它们自成体系，形成了自己的空间，在自己的空间中容纳一切又"排斥"一切，正像米开朗琪罗的那句名言：他们的天才有可能造成无数的蠢材。如前所述，他们以后的各种效颦之作不都是遭到了这种可悲的命运吗？因此，小说文本从来不可以"古""今"论高下，而应以价值主沉浮。正是在这个意义上说，明代四大奇书是永远说不尽的。这里我们不妨就广义的历史小说和世情小说这两种小说类型分别谈谈明代小说审美意识的特征。

中国传统的历史小说创作的大格局，历来是历史故事化的格局。中国源远流长的历史小说审美意识的定规是：历史小说——讲史；历史小说——故事化的历史。历史故事化的第一形式，也是传统历史小说中发育最成熟的形式，是历史演义。历史演义式的历史小说，大抵是以历史朝代为背景，以历史事件为主线，以历史人物为中心，演绎有关的历史记载和传说，或博考文献，言必有据；或本之史传，有实有虚。其代表性作品当属《三国演义》。历史小说的第二种形式，是写历史故事。历史故事式的历史小说，以故事为中心为主线加以组织，历史背景、历史事件、历史人物实际上被淡化、虚化了，正如鲁迅说的：只取一点历史因由，随意点染，铺成一篇，《水浒传》是为代表。历史故事化具有史诗性质，《三国演义》的社会审美价值正在于它不仅仅是一个民族一段时间的历史的叙述，还在于它的叙述成为对这个民族的超历史整体性的构建和展示（即概括和熔铸了漫长的古代社会的历史），这就是为什么后来有那么多重写民族史诗的原因。

与《三国演义》史诗化写作相反，《水浒传》走的其实是一条景观化历史的道路，它有些站在"历史"之外的味道，它几乎是为了一种"观念"写出了传奇英雄人物的历史：一个人物就是一个景观。比如林冲的故事、武松的故事、鲁智深的故事，一经串联就是一部"史"。它把社会风俗画的素材或原料作为必要的资源，从而把与历史的天然联系有意割断，而把历史回忆转化成眼中的一段纯粹风景，于是历史被转换成可以随着自己的审美理想进行想象力充沛的塑造和捏合，随各自的需要剪裁、编制历史意象。在这种历史叙事悖论中，历史作为一个对于我们有意义的整体，离我们实际上是越来越远。无论是历史的史诗化还是历史的景观化，都把历史挪用和转化为宋元以来瓦舍勾栏中的文化消费品。消费历史，严格地说，是写作者、演说者和文化市场合谋制作的一个引人注目的文化景观，在这个景观中，个人也好群体也好都在享受着历史快餐，因而也就远离了历史。

其实这绝非中国历史小说创作的失败，恰恰相反，从一开始，中国从历史故事到历史演义就富有了真正的文学意味。如从时间来说，小说审美意识至迟在元末明初已趋成熟。事实是，以《三国演义》为代表的众多历史小说家无论面对何种形态的历史生活，一旦进入文学的审美领域，就为其精神创造活动的表现提供一种契机，尽管这种契机具备选择的多样性，但绝不成为严格意义上的历史。历史就是历史，而文学就是文学，文学可以体现历史，但无法替代历史。一部《三国演义》，虽然它以艺术形象的方式体现了三国时期的政治、军事战略思想，但它毕竟不是一部史籍意义上的著作，它仅仅是小说，一部政治史的战争风俗画。

证之以文本内涵，你不能不承认，在罗贯中和施耐庵的理念中都发现和意识到了文学的宗旨并不在于再现历史，而在于表现历史，在于重新创造一个关于逝去岁月的新的世界。从一定意义上说，对于一位小说家来说，依据一定的历史哲学对某些历史现象做出理性的阐释，并不构成小说家的主要任务，即他不是为了充当历史学家，而是为了经由历史生活而获得一种体验，一种关于人与人类的认知，一种富有完整性的情智启迪，一种完全可能沟通现在与未来，因而也完全可能与当代精神产生共鸣的大彻大悟，一种从回忆的漫游中实现的不断显示新的阐释信息的思情寓意……毋庸置疑，像罗贯中这样的小说大师，他的追溯与探究历史生活，正是为了一个民族的自我发现，但无论是颂扬还是鞭笞，归根结底仍然是为了从一种历史文化形态中向读者和听众提供一点儿精神历程方面的东西。因此《三国演义》虽有史家眼光，但文学的审美总是把它的兴趣放在表现历史的魂魄上，从而传出特有的光彩和神韵。可以说，史里寻诗，已经明确了文学与非文学的关系，文学就是文学，不是史学；同时又使文学具有质的规定性，即深刻的文学发现和浓郁的诗情，必须到历史的深处去找。基于这种审美意识，《三国演义》等所揭示的深度，就是把历史心灵化、审美化。

谈到历史心灵化、审美化这一审美意识，乃是一种面对遥远的或不太遥远的历史生活所产生的心灵感应的袒露，所以历史演义是一种充满了历史感与现代感的弹性极强的精神意识行为，一种体现了当时人们的感知方式的审美过程，又是种种精神领会与情智发现的意蕴性的审美积聚。这种对描写素材与文学表现之间的微妙关系的思考与理解，是不是对今天作家创作历史小说还有着启示意义呢？我的答案是肯定的。

中国的小说发展史有它自己繁荣的季节，自己的风景，有自己的起伏波动的节奏。明代小说无疑是中国小说史上的高峰期、成熟期，是一个出大家的时期。要研究这段历史上的小说审美意识，除视野必须开阔、资料储备充分以外，最主要的是如何把握中国传统文化的命脉和中国小说自身的内在逻辑。比如从一个时段来看小说创作很繁荣，其实是小说观念显得陈旧而且浮在表层，有时看似萧条、不景气，也可能地火在运行，一种新"写法"在酝酿着，所谓蓄势待发也。如果从《三国演义》最早刊本的嘉靖壬子年（1552年）算起，到《金瓶梅》最早刊本的万历四十五年（1617年）止，这近七十年的时间里，小说的变革与其说是观念、趣味、形式、手法的变迁，不如说这个时期"人群"发生了巨大的变化。而"人群"的差异是根本的差异，它会带动一系列的变革。这里的人群，当然就是城镇市民阶层的激增和势力的进一步扩大，市民的审美趣味大异于以往的英雄时代的审美趣味。而世代累积型的写作恰恰是在失去意识形态性的宏伟叙事功能以后，积极关注个人生存方式的结果。在已经显得多元的明中后期的历史语境中，笑笑生特异的审美体验应属于一种超前的意识。

这里所说的"超前意识"全然不是从技术层面考虑，而是指《金瓶梅》颇富现代小说思维的意味。比如作者为小说写作开辟了一条全新的道路：它不断地模糊着文学与现实的界限；它不求助于既定的符号秩序；它关注有质感的生活。这是一种什么样的生活？这种追问已经无法从道德上加以直接判断，因为这种生活上的道德意义不是唯一重要的，更重要的倒是那个仿真时代的有质感的生活。于是它给中国长篇小说带来了一股从未有过的原始冲动力，一种从未有过的审美体验。这就是《金瓶梅》特殊的文化价值。

任何文学潮流，其中总是有极少数的先行者，《金瓶梅》就是最早地使人感受到了非传统的异样。它没有复杂的情节，甚至连一般章回小说的悬念都很少。它充其量写的是二十几个重点人物和这些人物的一些生活片段。但每一个人物、每一个片段都有棱有角。因为《金瓶梅》最突出的叙事就是要保持原始的粗糙特征。至于这些人物，在最准确的意义上说，几乎没有一个是正面性的，他们不是什么"好人"，但也不是个个都是"坏人"。他们就是一些活的生命个体，凭着欲念和本能生活，这些生活就是一些日常的生活，没有惊天动地的事迹，没有令人崇敬的行为，这些生活都是个人生活的支离破碎的片段，但这里的生活和人物都给人以深刻的印象。在作者毫不掩饰的叙述中，这些没有多少精神追求的人，他们的灵魂并没有隐蔽在一个不可知的深度，而是完全呈现出来。所以，如果你一个个地分析书里面的人物，反而是困难的，而且很难分析出他们的深刻，你的阐释也很难深刻，因为他们的生活就没有深刻性，只有一些最本真的事实和过程。要理解这些人和这些生活，不是阐释、分析，只能是"阅读"和阅读后对俗世况味的咀嚼。

《金瓶梅》的叙事学是不靠故事来制造氛围，它更没有其他三部经典奇书那样具有极纯度的浪漫情怀。对于叙述人来说，生活是一些随意涌现又可以随意消失的片段，然而一个个日常生活中最常见的和最微小的元素，被自由地安排在一切可以想象的生活轨迹中。这些元素的聚合体，对我们产生了强烈的心理影响：它使我们悲，使我们忧，使我们愤，也使我们笑，更使我们沉思与品味。这就是笑笑生为我们创造的另一种特异的境界。于是这里显现出小说美学的一条极重要的规律：孤立的生活元素可能是毫无意义的，但系列的元素所产生的聚合体被用来解释生活，便产生了审美价值。《金瓶梅》正是通过西门庆、潘金莲、李瓶儿、应伯爵等人物认识了生活中注定要发生的那些事件，也认识了那些俗世故事产生的原因。笑笑生的腕底功力就在于他能"贴着"自己的人物，逼真地刻画出他们的性格、心理，又始终与他们保持着根本的审美距离。细致的观察与精致的描绘，都体现着传统美学中"静观"的审美态度，这些都说明《金瓶梅》的创作精神、旨趣和艺术立场的确发生了一种转换。

事实上，当我们阅读《金瓶梅》时，已经能觉察出几分反讽意味，所以对《金瓶梅》的意蕴似应报之以反讽的玩味。在小说中，种种俗人俗事既逍遥又挣扎着，表面上看小说是在陈述一种事实，表现一种世态，自身却又在随着行动的展开而转向一种向往、一种解脱，这里面似乎包含了作者对认识处境的自我解嘲，以庄子的"知止乎（其）所不（能）知"的态度掩盖与填补着思考与现实间的鸿沟。实际上我们不妨从反讽的角度去解释《金瓶梅》中那种入世近俗、与物推移、随物赋形的思维、形态与其对审美材料的关心与清赏。其中存在着自身知与不知的双向运动，由此构成了这部小说反讽式的差异和亦庄亦谐的调子，使人品味到人类文化的矛盾情境。

面对人生的乖戾与悖论，承受着由人及己的震动，这种用生命咀嚼出的人生况味，不要求作者居高临下地裁决生活，而是以一颗心灵去体察人们生活中的各种滋味。于是，《金瓶梅》不再简单地注重人生的社会意义和是非善恶的简单评判，而是倾心于对人生的生命况味的执着品尝。在作品中作者倾心展示的是他们的主人公和各色人等人生道路行进中的感受和体验。我们研究者千万不要忽视和小看了对这个视角和视位的重新把握和精彩的选择的价值。小说从写历史、写社会、写风俗到执意品尝人生的况味，这就在更宽广、更深邃的意义上表现了人性和人的心灵。这就是《金瓶梅》迥异于它以前的小说的地方。

《金瓶梅》中的反讽好像一面棱镜，可以在新的水平上扩展我们的视界与视度。当然，对《金瓶梅》反讽形式的艺术把握也有待于进一步思考与评说。

《金瓶梅》在中国小说史上的地位，归结一句话，就是它突破了过去小说的审美意识和一般的写作风格，绽露出近代小说的胚芽。它影响了两三个世纪几代人的小说创作，它预告着近代小说的诞生！

一个顺向的考察

要想解读《金瓶梅》并把握其文本之精髓，愚以为，首先不妨从小说观念这一根本问题入手。

关于小说观念，中国文言文和白话小说分属两个系统，小说观念也同中有异，这里所论及的是指白话小说系统的小说观念，我认为它的内涵有以下四点：一、小说观是小说家作为一种艺术形式的总体看法，包括小说家的哲学、美学思想，对小说社会功能的认识，所恪守的艺术方法、创作原则等许多复杂内容；二、小说观是小说家和读者（听众）审美思想交互作用的结果，它在创作中无所不在，渗透在作品的思想、形式、风格之中；三、小说观具有鲜明的时代色彩，各个历史时代都具有其代表性的小说观，小说家们的各种小说观之间存在着沿革关系；四、小说观像一切艺术观念的变革一样，一般来说都是迂回的、缓慢的，有时甚至出现了巨大的反复。因此，纵观小说艺术发展史，不难发现它的轨迹是波浪式前进和螺旋式上升的形式。

我国古代白话小说在近千年的发展过程中，就小说观念更新的速度来考察，应当说并非过分迟滞。事实是，从宋元话本小说和《三国演义》《水浒传》奠定了稳定的长、短篇小说格局，就给说部带来过欣喜和活跃。这是小说机体内部和外部的一切动因同愿望使然。小说历史在不断演进，这是客观存在的事实；小说观念必变，这是艺术发展的必然规律，而我国古代小说发展变化的突破口，是小说视野的拓宽。视野作为小说内在的一种气度的表现，作为小说自身潜能的表现，是逐渐被认识的，这表现在小说观察、认识、反映的领域的拓展和开垦等方面。

小说新观念的萌生

在对我国古代小说观念更新进行宏观描述前，简略地谈谈宋元"说话"艺术体现的小说观念是很必要的。

我认为，宋元话本小说在生活和艺术的审美关系上带有"纪实性"小说的品格。

首先，宋元话本小说尊重生活的完整性，尽力选取那种本来就含有较多典型性的真人真事作为原型，然后对它进行有限度的艺术加工，由此构成形象、组织情节、编织故事、谋篇布局的。因此，用特定术语来说，宋元话本小说宁愿"移植"生活而不愿"重组"生活。在叙事方式上，追求着一种纪实性风格，虽有夸张、怪诞（如鬼魂的出现），但力求体现出一种逼真的、自然的生活场面感。《错斩崔宁》《碾玉观音》《简帖和尚》《闹樊楼多情周胜仙》《志诚张主管》等是其代表。它们不同于唐传奇小说的是：唐代传奇小说重视人工美（艺术美），认为艺术虽来源于生活，但生活现象本身的表现力不够，必须经过一番加工，加以提炼、凝缩、集中、强化，才能成为艺术形象。而话本小说这种纪实性，却更重视自然美，认为经过选择而找到的原型本身已有较强的表现力和说服力，艺术加工是次要的。即使不可避免地"虚构"，话本艺人也善于隐藏其虚构的痕迹，使听众相信这是真人真事，或者虽听（看）出这是虚构，但相信它十分切近真人真事。话本小说的纪实性美学也容许一定的艺术技巧，但同样是设法隐藏，仿佛是"纯"时代和天才同时发出了回声！

元末明初以降，中国古代小说经历了三次小说观念的重大更新：《三国演义》《水浒传》是第一次；《金瓶梅》是第二次；《儒林外史》《红楼梦》是第三次。我国古代小说艺术发展史已经证明：每一次小说观念的更新，都对小说发展起着极大的推动作用。

作为我国长篇白话小说的经典性巨著《三国演义》《水浒传》是在这样一个社会背景下诞生的：一个千疮百孔的元王朝倒塌了，废墟上另一个崭新的、统一的、生气勃勃的明王朝在崛起。许许多多的杰出人物，曾为摧毁腐朽的元王朝做出过史诗般的贡献。这是一个没有人能否认的英雄如云的时代。于是，小说家很自然地产生了一种富有时代感的小说观念，即有效地塑造和歌颂民众心中的英雄形象，以表达对以往历尽艰辛、壮美伟丽的斗争生活的深挚怀念。他们要从战争的"史"里找到诗。而"史"里确实有诗。英雄的历史决定了小说的英雄和豪迈的诗情。我们说，明代初年横空出世的两部杰作——《三国演义》和《水浒传》，标志着一种时代的风尚；这是一种洋溢着巨大的胜利喜悦和坚定信念的英雄风尚。这种英雄文学最有价值的魅力就在于它的传奇性。他们选择的题材和人物本身，通常就是富于传奇色彩的。我们谁能忘却刘备、关羽、张飞、赵云、马超、黄忠和李逵、武松、鲁智深、林冲这些叱咤风云的传奇英雄人物？我们所看到的是一个刚毅、蛮勇、有力量、有血性的世界。这些主人公当然不是文化上的巨人，但他们是性格上的巨人。这些刚毅果敢的人，富于个性、敏于行动，无论为善还是作恶，都是无所顾忌，勇往直前，至死方休。在这些传奇演义的故事里，人物多是不怕流血、蔑视死亡、有非凡的自制力，甚至犯罪的勇气和残忍的行动都成了力的表现。他们几乎都是气势磅礴、恢宏雄健，给人以力的感召。这表现了作家们的一种气度，即对力的崇拜，对勇的追求，对激情的礼赞。它使你看到的是刚性的雄风，是男性的严峻的美。这美，就是意志、热情和不断的追求。

《三国演义》《水浒传》反映了时代的风貌，也铸造了独特的艺术风格。它们线条粗犷，不事雕琢，甚至略有仓促，但让人读后心在跳、血在流，透出一股迫人的热气：这就是它们共同具有的豪放美、粗犷美。这些作品没有丝毫脂粉气、绮靡气，而独具雄伟劲直的阳刚之美和气势。作者手中的笔如一把凿子，他们的小说是凿出来的石刻：明快而雄劲。它们美的形态的共同特点是气势。这种美的形态是从宏伟的力量、崇高的精神中显现出来的。它引起人们十分强烈的情感：或能促人奋发昂扬，或能迫人扼腕悲愤，或能令人仰天长啸、慷慨悲歌，或能教人刚毅沉郁、壮怀激烈。在西方美学论述中，与美相并列的崇高和伟大，同我们表述的气势有相似之处："静观伟大之时，我们所感到的或是畏惧，或是惊叹，或是对自己的力量和人的尊严的自豪感，或是肃然拜倒于伟大之前，承认自己的渺小和脆弱。"[1]不同之处是，我们是将气势置于美的范畴之中。

《三国演义》《水浒传》的气势美，就在于它们显现了人类精神面貌的气势，而小说作者所以表达了这种气势美，正是由于他们对生活中的气势美有独到的领略能力，并能将它变形为小说的气势美。

可是，在这种气势磅礴、摧枯拉朽的英雄主义的力量的背后，却又不似当时作者想象的那么单纯。因为构成这个时代的背景——即现实的深层结构——并非如此浪漫。于是，随着人们在经济、政治以及意识形态的其他领域的实践向纵深发展，这种小说观念就出现了极大的矛盾：小说观念需要更新已经提到日程上来了。

明代中后期，长篇白话小说又有了重大进展，其表现特征

---

① 车尔尼雪夫斯基著，缪灵珠译：《美学论文选》，人民文学出版社1957年版，第98页。

之一是小说观念的加强，或者说是小说意识又出现了一次新的觉醒。小说的潜能被进一步发掘出来。这就是以《金瓶梅》为代表的世情小说的出现。《金瓶梅》的出现，在最深刻的意义上是对《三国演义》和《水浒传》所体现的理想主义和浪漫洪流的反动。它的出现也就拦腰截断了浪漫的精神传统和英雄主义的风尚。然而，《金瓶梅》的作者却又萌生了小说的新观念，具体表现在：小说进一步开拓新的题材领域，趋于像生活本身那样开阔和绚丽多姿，而且更加切近现实生活。小说再不是按类型化的配方演绎形象，而是在性格上丰富了多色素，打破了单一色彩，出现了多色调的人物形象。在艺术上也更加考究新颖，比较符合生活的本来面貌，从而更加贴近读者的真情实感。更为重要的是他们以清醒的、冷峻的审美态度直面现实，在理性审视的背后，是无情的暴露和批判。

《金瓶梅》是一部人物辐辏、场景开阔、布局繁杂的巨幅写真。腕底春秋，展示出明代社会的横断面和纵剖面。《金瓶梅》不像它以前的《三国演义》《水浒传》那样，以历史人物、传奇英雄为表现对象，而是以一个带有浓厚的市井色彩，从而同传统的官僚地主有别的恶霸豪绅西门庆一家的兴衰荣枯的罪恶史为主轴，借宋之名写明之实，直斥时事，真实地暴露了明代后期中上层社会的黑暗、腐朽和不可救药。作者勇于把生活中的否定性人物作为主人公，直接把丑恶的事物细细剖析来给人看，展示出严肃而冷峻的真实。《金瓶梅》正是以这种敏锐的捕捉力及时地反映出明末现实生活中的新矛盾、新斗争，从而体现出小说新观念觉醒的征兆。

兰陵笑笑生发展了传统的小说学。他把现实的丑引进了小说世界，从而引发了小说观念的又一次变革。

首先是小说艺术的空间，因"丑"的发现被大大拓宽了。晚出于笑笑生三百年的、伟大的法国雕塑家罗丹才自觉地悟到：

> 在艺术里人们必须克服某一点。人须有勇气，丑的也须创造，因没有这一勇气，人们仍然停留在墙的这一边。只有少数越过墙，到另一边去。①

罗丹破除了古希腊那条"不准表现丑"的清规戒律，所以他的艺术倾向才发生了质变。而笑笑生也因推倒了那堵人为地垒在美与丑之间的墙壁，才大大开拓了自己的艺术视野。他从现实出发，开掘出现实中全部的丑，并通过对丑的无情暴露，让丑自我呈现，自我否定，从而使人们在心理上获得一种升华，一种对美的渴望和追求。于是一种新的美学原则随之诞生。

笑笑生敏锐的审丑力是独一无二的。如果说《三国演义》和《水浒传》的艺术倾向已经不是一元的、单向度的、唯美的，而是美丑并举、善恶相对、哀乐共生的，那么《金瓶梅》的作者，则在小说观上又有了一次巨大发现，即"丑"的主体意识越来越强。它清楚地表明，自己并非是美的一种陪衬，因而同样可以独立地吸引艺术的注意力。在《金瓶梅》的艺术世界里，没有理想的闪光，没有美的存在，更没有一切美文学中的和谐和诗意。它让人看到的是一个丑的世界，一个人欲横流的世界，一个令人绝望的世界。它如此集中地描写黑暗，在古今中外也是独具风姿的。笔者认为小说中的人物多是杂色的。其实，照我的一位朋友来信说的，《金瓶梅》的主色调是黑色

---

① 上海文艺出版社编《文艺论丛》第10辑第404页：《罗丹在谈话和信札中》。

的，然而黑得美，黑得好，黑得深刻，在中国称得上是独一无二的"黑色小说"。总之，在《金瓶梅》中，我们没有发现任何虚幻的理想美，更没有通常小说中的美丑对照。因为作者没有用假定的美来反衬现实的丑。这是一个崭新的视点，也是小说创作在传统基础上升腾到一个新的美学层次。因为所谓哲学思考的关键，就在于寻找一个独特的视角去看人生、看世界、看艺术。这个视角越独特，它的艺术就越富有属于他个人的、别人难以重复的特质。笑笑生发现了"这一个"世界，而又对这一世界做了一次独一无二的巡礼和展现。

对于一个作家特有的对生活的体认、艺术感觉和艺术个性，丹纳说过一段很有启示性的话：

> 一个生而有才的人的感受力，至少是某一类的感受力，必然迅速而又细致……这个鲜明的为个人所独有的感受不是静止的，影响所及，全部思想和机能都受到震动……最初那个强烈的刺激使艺术家活跃的头脑把事物重新思索过，改造过，或是明亮事物，扩大事物，或是把事物向一个方向歪曲。

笑笑生所创造的《金瓶梅》的艺术世界之所以经常为人所误解，就在于它违背了大多数人们一种不成文的审美心理定势，违背了人们眼中看惯了的艺术世界，违背了常人的美学信念。而我们认为笑笑生之所以伟大，也正在于他没有以通用的目光、通用的感觉去感知生活。

主观的艺术感觉与客观的对象世界的对话和交流的结果是：他所要描述的不是属于常态的世界，他所塑造的是一群变了形也逸出了社会规范的人们。因此我们才说，笑笑生不是无力发现美，也不是他缺乏传播美的胆识，而是他认为这个世界没有美。所以他的美学信念才异于常人。他孤独地、执拗地不愿写出人们已写出了的那样众多的乐观主义的诗。他不愧为小说界的一条耿直的汉子。他没有流于唱赞歌的帮闲文人的行列。试想，彼时彼地，而且又是一个"生而有才的人"，只要写出了乐观主义的诗，就意味着他加入了现实中丑的行列，那么，《金瓶梅》就再也不属于他所有，而说部也就会抹掉了这位"笑笑生"的光辉名字。正因他不愿趋于流俗，在《金瓶梅》的艺术世界里才体现出兰陵笑笑生的创作个性和经由他的艺术感觉放大和改变了的一个独立王国。所以我们才认为，这种对金钱与肉欲的享受与追求毕竟带有中国中世纪市民阶层的特色。所以西门庆的性格正是对应着新旧交替时代提出的新命题所建构的思想坐标。此时此地，他应运而生了。

进一步说，《金瓶梅》从来不是一部谈情说爱的"爱情"小说，也不是它以后出现的"才子佳人"小说。如果说它是"秽书"，那就是因为笑笑生从未打算写一部"干净"的爱情小说，他可不是写爱情故事的圣手！所以他也不可能像真正的爱情小说那样。在性的描写中，肉的展示有灵的支撑，也就不存在本能的表现必须在审美的光照下完成。所以它只能处于形而下，而不可能向形而上提升。因为他承担的使命只是"宣判"西门庆等人的罪行，所以他才写出了代表黑暗时代精神的占有狂的毁灭史。他要唤醒人们的是人性应该代替兽性，人毕竟是人。我想在笑笑生内心深处翻腾的可能是这样一个历史哲学命题：在人性消失的时代，如何使人性复归！于是《金瓶梅》破天荒地诞生在培育它成长的土壤之中。借用巴尔扎克的一句名言，他的"人物是他们的时代的五脏六腑中孕育出来的"。

小说观念的变革

但是，小说观念的变革，一般来说总是迂回的，有时甚至出现了巨大的反复和回流。因此，纵观小说艺术发展史，不难发现它的轨迹是波浪式前进、螺旋式上升的形态。《金瓶梅》小说观念的突破，没有使小说径情直遂地发展下去，事实却是大批效颦之作蜂起，才子佳人模式化小说的出现，以及等而下之的"秽书"的猖獗；而正是《儒林外史》和《红楼梦》的出现，才在作者的如椽巨笔之下，总结前辈的艺术经验和教训以后，又把小说创作推到了一个新的阶段，又一次使小说观念有了进一步的觉醒。

有的研究者对小说文体演进的历史曾做过轮廓式的描述，认为如果对小说发展的历史进行整体直观，我们就会发现，无论中国还是世界，小说发展都经历了三大阶段：一、生活故事化的展示阶段；二、人物性格化的展示阶段；三、以人物内心世界审美化为主要特征的多元的展示阶段。作为一种轮廓式的概括，我对此没有异议；然而，若作为一种理论框架，企望把一切小说纳入进去，则使人难于苟同。"三阶段"之间的关系是什么呢？三者能够完全割裂对立起来吗？且不说最早的平话、传奇故事是不是也写了人物的性格和命运，也不说"性格"和"命运"是不是需以"情节"为发展史，只就审美化的心理历程而言，就可以发现，中国长篇白话小说发展到《儒林外史》《红楼梦》时期，就已经得到了较为充分的展示，不好说它们还停留在第二阶段的小说形态上。

事实是，《儒林外史》《红楼梦》已经从对现实客观世界的描述，逐渐转入了对人物内心世界的刻画，而且这种刻画具有了多元的色素。只是中国小说的内心世界的审美化的展示，有其固有的民族特色而已。《儒林外史》和《红楼梦》一样，都是一经出现就打破了传统的思想和手法，从而把小说这种文类推进到一个崭新的阶段。

《儒林外史》像《红楼梦》一样，它已经从功利的、政治文化的外显层次，发展到宏观的、民族文化的深隐的层次。从小说观念的更新的角度看，吴敬梓注意到了因社会的演进和转变而牵动的知识分子的心理、伦理、风习等多种生活层次的文化冲突，并以此透视出知识分子的心灵轨迹，传导出时代变革的动律。吴敬梓的《儒林外史》，对形形色色知识分子的悲喜剧，实质上是做了一次哲学巡礼。他的《儒林外史》的小说美学特色，不是粗犷的美、豪放的美，更不是英雄主义的交响诗。你看：他的小说从不写激烈，但我们却能觉察到一种激烈。这是蕴藏在知识分子心底的激烈，因而也传递给了能够感受到它的读者。因此，《儒林外史》的小说美学品格，有一种耐人咀嚼的深沉的意蕴，这表现为小说中有两个相互交错的声部：科举制度和八股制艺对于知识分子来说，无论贫富，无论其他生活和政治生涯如何，它总是正剧性的——这是第一声部，作者把这一声部处理成原位和弦；又将科举以外的内容，即周进、范进、马二先生等人的悲歌，作为第二声部，把它处理为转位和弦，具有讽刺喜剧的旋律。转位和弦在这里常有创作者的主观色彩。作者在把握人物时，并不强调性格色彩的多变，而是深入地揭示更多层次的情感区域，研究那种处在非常性的、不合理的、不合逻辑的、甚至是变态的心理。人的情感在最深挚时常常呈现出上面诸种反常，人的感情发展或感情积累，也往往不是直线上升，而是表现为无规则的、弯弯曲曲的、甚至重又绕回的现象。吴敬梓对科举制的批判，正是通过这种对人性的开拓、对人的内在深层世界的开拓达到其目的的。

还应看到，在你读《儒林外史》《红楼梦》时，总有一种难以言传的味道。我想，这是吴敬梓和曹雪芹对小说美学的另一种贡献，即他们在写实的严谨与写意的空灵交织成的优美文字里，隐匿着一种深厚的意蕴：一种并无实体，却又无处不在、无时不有，贯注着人物性格和故事情节、挈领着整体的美学风格并形成其基本格调的意蕴。我以为那该是沉入艺术境界之中的哲学意识，是作者融人生的丰富经验、对社会的自觉责任感与对未来美好的期望于一炉，锻炼而成的整体观念，以及由此产生的审美态度。你看，他们能"贴着"自己的人物，逼真地刻画出他们的性格心理，又始终与他们保持着根本的审美距离。细致的观察与冷静的描述以及含蓄的语气，都体现着传统美学中"静观"的审美态度。

对于艺术感情的表达，席勒说过这样的话：一个新手就会把惊心动魄的雷电，一撒手，全部朝人们心里扔去，结果毫无所获。而艺术家则不断放出小型的霹雳，一步一步向目的走去，正好这样完全穿透到别人的灵魂。只有逐步打进、层层加深，才能感动别人的灵魂。吴敬梓写《儒林外史》和曹雪芹写《红楼梦》，正是采用这种不断放出小霹雳、逐步打进、层层加深的艺术手法，通过形象的并列和延续，逐渐增加感情的力度和冲击力。

你看，一幅幅平和的、不带任何编织痕迹的画面，给我们留下了一个个深刻印象：它恬淡，同时也有苦涩、艰辛、愚昧。一个个日常生活中最常见和最微小的元素，被自由地安排在一切可以想象的生活轨迹中。这些元素的聚合体，对我们产生了强烈的甚至是主要的影响。它使我们笑、使我们忧、使我们思考、使我们久久不能平静，这就是吴敬梓在《儒林外史》和曹雪芹在《红楼梦》这两部小说中为我们创造的意境。这里显现出一个小说美学的规律——孤立的生活元素可能是毫无意义的，但是系列的元素所产生的聚合体被用来解释生活，便产生了认识价值。《儒林外史》和《红楼梦》正是通过这种生活元素的聚合过程，使我们认识了周进、范进，认识了牛布衣、匡超人，认识了杜少卿；认识了宝玉、黛玉、贾政、王熙凤……认识了生活中注定要发生的那些事件，也认识了那些悲喜剧产生的原因。对于《儒林外史》和《红楼梦》这样近四十万字和近百万字的长篇小说，这样的一部部没有多少戏剧冲突的、近乎速写和生活纪实的小说，就是全凭作者独特的视角，借助于生活的内蕴，而显现出它的不朽魅力的。

从我国小说的经典性作品《三国演义》和《水浒传》发展到《儒林外史》和《红楼梦》时期，我们可以明显地发现小说观念的变动和更新。往日的激情逐渐变为冷隽，浪漫的热情变为现实的理性，形成了一股与以往全然不同的小说艺术的新潮流。当然，有不少作家继续沿着塑造英雄、歌颂英雄主义的道路走下去，但是我们不难发现，他们所塑造的英雄人物，已经没有英雄时代那种质朴、单纯和童话般的天真。因为社会生活的多样化和复杂性，已经悄悄地渗入了艺术创作的心理之中。社会生活本身的那种实在性，使后期长篇小说的普通人物形象，一开始就具有了世俗化的心理、性格、人性被扭曲的痛苦以及要求获得解脱的渴望。这里，小说的艺术哲学中的一个重要范畴——悲剧——的含义，也发生了具有实质意义的改变：

传统中，只有那种英雄人物才有可能成为悲剧人物，而到后来，一切小人物都有可能成为真正的悲剧人物了。

小说艺术的发展历史，也往往有惊人的相似之处。当代一位作家曾说：文学上的英雄主义发展到顶点的时候就需要一种补充。要求表现平凡，表现非常普通、非常不起眼的人……这就是说，当代小说有一个从英雄到普通人的文学观念的转变。而我国古代白话长篇小说也有一个从英雄到普通人的小说观念的转变。事实是在我国，小说经历了漫长的发展过程，而在最后，即小说创作高峰期，出现了《儒林外史》和《红楼梦》这种具有总体倾向的巨著。它们开始自觉地对人的心灵世界的探索，对人的灵魂奥秘的揭示，对人的意识和潜意识的表现，把小说的视野拓展到内宇宙。当然这种对内在世界的表现，基本上还是在故事情节发展过程中、在人物形象塑造中，加强心理描写的。这当然不是像某些现代小说那样，基本没有完整的情节，对内心世界的揭示突破了情节的框架。但是，内心世界的探求、描写和表现，不仅在内容上给小说带来了新的认识对象，给人物形象的塑造带来了深层性的材料，而且对小说艺术形式本身，也发生了极大的影响。这就是我国古代小说从低级形态发展到高级形态的真实轨迹。而在这条明晰的轨迹上鲜明地刻印着笑笑生和他的《金瓶梅》的名字。他和他的书是同《三国演义》《水浒传》《儒林外史》《红楼梦》并驾齐驱的。

一个逆向的考察

小说类型新探

在中国古代小说研究领域科学地把握小说文体的审美特征这一问题，还没有受到应有的重视。因此，中国古代小说类型的区分，长期处在模糊状态。人们往往停留在语言载体的文言与白话之分，或满足于题材层面上的所谓历史演义、英雄传奇、神魔小说和世情小说等界定。于是在中国古代小说研究中经常出现一种"类型性错误"。所谓"类型性错误"，就是主体在研究观念和方法上混淆了不同范畴的小说类型，从而在研究活动中使用了不属于该范畴的标准。这种评价标准上的错位就像用排球裁判规则裁决橄榄球比赛一样，即所谓张冠李戴，此类现象屡屡发生。在价值取向上，诸多的著名小说中，《金瓶梅》的命运是最不幸的，它遭到不公正的评价，原因之一就是批评上的"类型性错误"所致。因此，以小说类型理论确立《金瓶梅》在小说文体演变史上的地位，从而进一步把握它的审美特征，即成为《金瓶梅》研究中亟待解决的问题。在前面，我们按照历史时间的顺序，对中国古代小说观念的三次重大更新进行了考察，从而确立了我对《金瓶梅》在小说艺术发展史上的地位及其变革意义的认识，是为顺向考察；这里我们则是试图从与历史时间顺序相反的方向，对小说类型的演变进行考察，即从《金瓶梅》以后的小说发展形态来考察《金瓶梅》的小说类型的归属，从而确立我对《金瓶梅》在小说艺术发展史上的地位及其审美特征的理解，是为逆向考察。历史学家丁伟志先生在1984年7月25日《光明日报》上发表了《论历史研究中的逆向考察》一文，提出了逆向考察的历史研究方法论，本文是受其启示而提出了小说历史研究的逆向考察的问题。

从故事小说历史看，它来自市井阶层，是顺应亚文化群的小说类型。而至清代，随着更多学者和知识分子的参与小说创作，小说的地位被重新确认，准文化群开始产生影响。它要求小说包含更深刻的内容，具有更复杂的结构，以与自己和时代水平相适应。在这种形势下，故事小说发生变异，向性格小说、心理小说发展，而且负载了更深沉的社会内容和作者个人的心理脉搏。

清代横空出世的两部杰作——《儒林外史》和《红楼梦》都是一经出现就打破了传统的思想和手法，从而把长篇小说这种文体推进到一个崭新的阶段。前面我们已经论及两部小说的共同之处是：随着封建社会逐渐走向解体和进入末世，小说的基本主题开始由功利的政治文化的外显层次发展到宏观的民族文化的深隐层次。两位作家都或多或少地意识到，由于经济生活方式的转变而牵动的社会心理、社会伦理、社会习俗等多种社会层次的文化冲突，并且自觉地把民俗风情引进作品，以此透视出人们的心灵轨迹，传导出时代演变的动律。这就不仅增添了小说的美学色素，而且使作品反映出历史变动的部分风貌。其次，两部小说的美学特色都不是粗犷的美、豪放的美，更不是英雄主义的交响诗。他们的小说从不写激烈，但我们却能察觉到一种激烈，这是蕴藏在作者心底的激烈，因而也传达给了能够感受到它的读者。第三，它们都有一种耐人咀嚼、难以言传的味道，即他们在写实的严谨与写意的空灵交织成的优美的文字中，隐匿着一种深厚的意蕴，一种并无实体却又无处不在、无时不有、贯穿于人物性格和故事情节、挈领着整体的美学风格并形成其基本格调的意蕴。它们都逼真地刻画出人物的性格心理，又始终与他们保持着根本的审美距离，细致的观察与冷静的描述以及含蓄的语气，都体现着传统美学中静观的审美态度。第四，两部小说展示了一幅幅平和的、不带任何编织痕迹的画面，它恬淡，同时也有苦涩。一个个日常生活中最常见和最微小的元素，被自由地安排在一切可以想象的生活轨迹中。这些元素的聚合体，对我们产生了强烈的共振效应。它使人们笑，使人们忧，也使人们思考，使人们久久不能平静。这就是两部小说给我们创造的相似的意境。

然而，两位小说家和两部小说作品有同更有异，这不仅是由于他们生活经历不同、文化素养不同，而且情感类型也有很大差异。吴敬梓更带有思想家的气质，而曹雪芹更富有诗人的气质——何满子先生在《吴敬梓是对时代和对他自己的战胜者》一文中已提出过"曹雪芹更属于艺术家的气质；而吴敬梓，相对说来，更带有思想家的气质"。[①]因此，《儒林外史》可被称为思想家的小说，而《红楼梦》则可谓是诗人的小说。

思想家的小说

研究吴敬梓的人都会有一种感觉，他是一位最富有思想的作家。他那种极灵敏地感应时代的变化、倾听生活最细微的声息的才能，使他的小说中的艺术世界，像内层深邃稳定而水面时时旋转的思想的大海。当然，这是由有形有色有光有声的生活的活水汇聚成的大海。当他张开艺术概括的巨翅时，在巨大

① 见《文学呈臆编》，三联书店1985年7月第1版第201页。

的时空跨度中拥抱历史和时代时，我们听到了他的小说中思想的瀑布訇然而落的声音；而当他伸出艺术感觉的触角，在细微的心灵波流中探寻生活的脉息时，我们也能听到他的小说中思想的电火在金属尖端毕剥的微响。这种深邃的思想以及他的小说厚度，曾使鲁迅先生喟然而叹："伟大也要有人懂！"

吴敬梓的《儒林外史》传奇色彩很少，思考是他作品的重要特色。我们初读他的小说，常为他近乎淡泊的笔调所惊异：像世态炎凉冷暖、个人感情的重创、人格的屈辱、亲人的生死离散，似都以极平静的语气道出；那巨大的悲痛，都在悠悠的文字间释然。然而这意蕴的产生正是来源于吴敬梓的亲自感知，即由家庭中落、穷困潦倒的生活所引发的深沉的人生况味的体验和对人的精义的思索。

作者因久阅文坛，对文人心态自然非常熟稔，一旦发为讽刺，不但穷形尽相，往往还剔骨见髓，使有疾者霍然出汗。他观察点的特色是：一个人物，一种冲突。周进、范进都是在八股制艺取士的舞台上扮演着悲喜剧的角色，马二先生是一个具有双重性悲剧的人物，匡超人人性的异化则是"圣人"之徒戕害的结果。实际上吴敬梓是对形形色色的知识分子进行了一次哲学巡礼。

《儒林外史》在一定程度上可以看成特定历史时期内我们民族的精神现象史。作者始终在沉思一个巨大的哲学命题：即他要唤起民族的一种注意，要人们认识自己身上的愚昧性，因为当人们还处于这样一种愚昧状态时，我们是不能获得民族的根本变化的。他想到的不仅仅是知识分子的命运，而是借助于他所熟悉的知识分子群体来考虑民族精神和民族性格的素质。他以自己亲身感知的科举制度和举业至上主义为轴心，开始以一种深刻的历史哲学，去思考去观察自己的先辈和同辈们的民族文化——心理结构和政治生涯。所以吴敬梓在小说中提出的范进、周进、牛布衣、马二先生、匡超人、杜少卿的命运，并非个别人的问题，而是他看到了历史的凝滞。而正是借助于对科举有着深刻的内心体验，所以他才极为容易地道破举业至上主义和八股制艺的各种病态形式。作者所写的社会俗相不仅是作为一种文化心理的思考，同时更多的是做了宏观性的哲学思辨，是灵魂站立起来之后对还未站立起来的灵魂的调侃。由此我们也看到了吴敬梓的小说的一个症结：思想大于性格。

黑格尔老人曾说：本质的否定性即是反思。吴敬梓在小说中对举业至上主义和八股制艺的批判如同剥笋一样，剥一层就是一次否定，也就是一次理性认识的飞跃，从而也就是向本质的一次深入。吴敬梓创作《儒林外史》的总体构想就是对中国封建科举制度和举业至上主义的反思，因此该书的重要审美特色是它的反思性。而恰恰是这反思性使得《儒林外史》具有了"思想家的小说"的美学品格。

诗人的小说

如果说吴敬梓是一位特别富于思想的小说家的话，那么曹雪芹就是一位特别敏于直觉的小说家。从作家气质来看，吴敬梓是偏重于思考型的小说家，而曹雪芹确实是偏重于感觉型的小说家，甚至可以说曹雪芹作为小说家的主要魅力，非常清晰地表明他是凭借对活泼泼地流动的生活的惊人准确绝妙的艺术感觉进行写作的。或者说，曹雪芹小说中的思想的精灵，是在他灵动的艺术感觉中、在生活的激流中，做急速炫目的旋转的。《红楼梦》中让你看到的是幽光狂慧，看到天纵之神思，看到机锋、顿悟、妙谛，感到如飞瀑、如电光般的情绪的速度，而且这情绪一旦迸发就有水银泻地、如丸走坂、骏马驻坡之势。可以这么说，出于一种天性和气质，从审美选择开始，曹雪芹就自觉偏重于对美的发现和表现，他愿意更含诗意地看待生活，这就开始形成了他自己的特色和优势。而就小说的主调来说，《红楼梦》既是一支绚丽的燃烧着理想的青春浪漫曲，又是充满悲凉慷慨之音的挽诗。《红楼梦》写得婉约含蓄，弥漫着一种多指向的诗意朦胧，这里面有那么多的困惑。那种既爱又恨的心理情感辐射，确实常使人陷入两难的茫然迷雾，但小说同时又有那么一股潜流，对于美好的人性和生活方式的如泣如诉的憧憬，激荡着要突破覆盖着它的人生水平面。其中执着于对美的人性和人情的追求，特别是对那些不含杂质的少女的人性美感中所焕发着和升华了的诗意，正是作者要表达的诗化的美文学。从《诗经》中的《黍离》之怨、屈骚中的泽畔悲吟，一直到《红楼梦》中"遍被华林"的"悲凉之雾"，从此铸成了中国文学的典型意绪。

理想使痛苦发光，痛苦却催人成熟。从这种由于痛苦的摩擦而生长的苍劲中，我们从《红楼梦》中窥见了生活的变态和残忍。曹雪芹能够把特殊的生活际遇所给予的心灵投影，表现得相当独特。当他被痛苦唤醒，超脱了个人的痛苦而向他人又伸出了同情之手，他已经不是一般的怜悯，而是同情人生的普遍苦难，但又不止于一般的感慨，这一切都是属于诗人的气质特征。正因为如此，我们把《红楼梦》称为诗小说或小说诗。

在具体的描绘上，正如许多红学家研究所得，曹雪芹往往把环境的描写紧紧地融合在人物性格的刻画里，使人物的个性生命能显示一种独特的境界。环境不仅起着映照性格的作用，而且还具有强烈的感染力。作者善于把人物的个性特点、行动、心理活动和环境的色彩、声音融合在一起，构成一个个情景交融的、活动着的整体。而最突出的当然是环绕林黛玉的"境"与"物"的个性化的创造。可以说，中国古典小说的民族美学风格发展到《红楼梦》，已经呈现为鲜明的个性、内在的意蕴与外部的环境，相互融合渗透为同一色调的艺术境界。总之，在这里是"情与意会，意与象通"，具有了"象外之象"和"味外之旨"，这是主客观结合、虚实结合的一种诗化的艺术联想和艺术境界。所以笔者认为，得以滋养曹雪芹的文化母体，是中国传统丰富的古典文化。对他影响最深的不仅是美学的、哲学的，而且首先是诗的。《红楼梦》是诗人的小说，这是当之无愧的。

《儒林外史》和《红楼梦》是小说宇宙的两颗最耀眼的星，倘若借用世界小说史中的现成概念阐释这类小说的品格，那就不妨称之为"作家小说"，而用中国当前小说家的品格来加以衡量，可以称之为"学者型小说"。吴敬梓和曹雪芹都堪称当时的精英阶层，他们都具备着较高层次的文化修养和造诣精深的艺术素质。他们思想敏锐，意志坚定，热情充溢，进取不息，对人生有着超乎常人的艺术感受力和表现力。同时，作为普通人，他们又时常流露出诸如脱俗、孤傲、忧郁、敏感、疑虑等人格特征，有的甚至还具有难于被常人理解的种种怪癖。他们的命运，正是那个时代命运的缩影，他们的喜怒哀乐，也紧紧地维系于他们那个社会的感情神经。因此，这种小说与前出各种小说最大的不同是他们的创作态度大多严肃，构思缜密精心，章法有条不紊，语言字斟句酌，很少有哗众取宠的噱头。他们不以叙述一个故事并做出道德裁判为满足，甚至不十分考虑他的读者，他们真正注重的是表现自我。大凡对题材的选择往往在一定程度上取决于作者的生活经历和艺术旨趣，而《红楼梦》与《儒林外史》恰恰都是作者经历了人生的困境和内心的孤独后的生命感叹。他们不再注重对人生的社会意义和是非善恶的简单评判，而是更加倾心于对人生的生命况味的执着品尝。他们在作品中倾心于展示的是他们的主人公和各色人等坎坷的人生道路行进中的种种甜酸苦辣的感受和体验。我们研究者千万不要忽视和小看了对这个视角和视位的重新把握和精彩的选择的价值。从写历史、写社会、写人生、写风俗到执意品尝人生的况味，这就在更宽广、更深邃的意义上表现了人性和人的心灵。

用生命咀嚼出的人生况味，不再要求作者随时随地居高临下地裁决生活，而是要求作者以一种真诚、一颗心灵去体察人们生活中的甜酸苦辣，去聆听人们心灵中的悸动、战栗和叹息。这就需要作者有一种开放性的精神状态，而不是一种封闭性的精神攻击和防御状态。后一种精神状态就是《儒林外史》前出诸作的特点。在这些作品中，作者时不时地跳将出来对小说中的人物和事件表示一番爱憎分明或劝善惩恶的说教。同样是反映人生的情感困惑和这种困惑给人生带来的复合况味，《儒林外史》和《红楼梦》都是怀着真诚的眼光和湿润的情感，极写人生无可回避的苦涩和炎凉冷暖的滋味，让读者品尝了人生一种整体性的况味。值得重视的是，他们没有像他们的前辈那样在作品中开设"道德法庭"，义正词严地对这些人与事进行道德审判，而是细致地体察并体现人们处于情感旋涡中的种种心态，从而超越了特定的道德意义，而具有生命意味。

从文艺史来观照，体验并体现人生况味，是艺术的魅力所在，也是艺术和人们进行对话最易沟通、最具有广泛性的话题。读者面对人生的乖戾与悖论，承受着由人及己的震动。这种心灵的战栗和震动，无疑是艺术所追求的最佳效应。因为对于广大读者来说，他们之所以要窥视不属于自己的生活流程和生命体验，不只是出于要学习一种榜样，而更重要的是通过与书中的世界里各种殊异的心灵相识，品尝人生的诸种况味。尽管读者不一定都会有吴敬梓、曹雪芹那样独特的境遇和小说人物的独特或不独特的际遇，但小说中的人物在人生历程中所经历的痛苦的失败、艰辛的世态、苦涩的追求都会激起人们一种况味相似的共鸣与共振。所以说，从小说发展史的角度来看，小说从写历史、写人生到写人生的况味，绝不意味着小说价值的失落，而是增强了它的价值的普泛性。一种摆脱了狭隘的功利性而具有人类性的小说，即使在今天仍有巨大的生命意义和魅力，这就是两部小说迥异于它们以前的小说的地方。

后来的发展了的历史，为充分认识前代历史提供了钥匙。现在我们的任务该是"从发展过程的完成的结果开始"逆方向地做溯源之考察了。

小说家的小说

正如鲁迅所说，长篇小说是"时代精神所居的大宫阙"，是衡量一个国家艺术水平的标志，因此研究它的本体当是题中之义。

小说文体是小说家运用语言的某种统一的方式、习惯和风格，不是小说语言本身。因此对小说的文体的描述就不能仅仅是对小说语言的单向描述，而必须配合以小说家创作所涉及的影响文体形成的语言之外的诸种因素，如对时代、社会、流派、题材、主题、观念等因素的研究。这些影响小说文体形成的语言以外的因素就是"文体义域"。[①] 文体是特定的艺术把握生活的方式，按照黑格尔的观念，人们艺术感知的方式，同时也是艺术传达的方式，而艺术的内容与艺术形式又将相互转化。这里说的艺术内容当然不仅限于生活事件，也包括主体精神、意识及人格。这种从美学—哲学高度对文体的把握——主体精神对象化的认识，是我们所说的文体的最深层次。文体的变化与发展与艺术的追求和自觉紧密相关。它是主体精神新的发展的标志，当然又是主体与新的对象交互作用、结合的产物。因此，小说文体的研究和批评便不可能是语言修辞的、技巧的、纯形式的批评，必然要求包括主体与客体，即作品的生活内容与作家的情感特征、语言及其意蕴两个方面。但是，令人非常遗憾的是，我们的古代小说的研究与批评，往往忽视小说文体，特别是长篇小说文体的特征，而是往往用一般文学的批评方法或一般的小说的批评方法评价长篇小说。结果总有张冠李戴之嫌，令人难以认同。

对《金瓶梅》批评得最严厉、要求最苛刻的当属夏志清先生。他在《中国古典小说导论》[②]一书第五章中评论到《金瓶梅》时，几乎从思想到艺术都对《金瓶梅》给予了否定性的评价。在提到作者时，这位研究者怀疑："以徐渭的怪杰之才是否可能写出这样一部修养如此低劣，思想如此平庸的书来？"从整体评价来看，他认为《金瓶梅》"是至今为止我们所讨论的小说中最令人失望的一部"。从作为结构艺术的长篇小说来看，他认为《金瓶梅》的结构是"如此凌乱"，至于具体的艺

---

① 见《小说评论》1988年第6期，第87页。

② 胡益民等译，安徽文艺出版社1989年9月第1版。

术描写和艺术处理，《金瓶梅》也是最无章法可言的，比如"明显的粗心大意""喜欢使用嘲讽、夸张的冲动""大抄特抄词曲的嗜好"，其中"莫过于他那种以对情节剧式事件的匆匆叙述来代替对可信、具有戏剧性的情节的入微刻画的'浪漫'冲动"。凡此种种都可以使人看到夏志清先生的审美标准和艺术态度。对此笔者曾陆续写过几篇文章，就夏志清先生的观点进行商榷，其中《说不尽的〈金瓶梅〉》[①]一文还就《金瓶梅》的结构艺术发表了我的一些不成熟的意见。然而现在看来这些商榷文章并未能把握夏文的要害。夏文的真正失误，正像我在本文开始时所说的，是研究者在研究观念和方法上混淆了不同范畴的小说类型，从而在研究活动中使用了不属于该范畴的标准。具体地说，夏文完全忽视了中国古代小说的不同类型，结果错误地用一般批评小说的标准或用作家型学者型的小说去衡之以小说家的小说《金瓶梅》，这就必然导致《金瓶梅》批评上的错位和重大失误。

所谓小说家的小说，纯属我的"杜撰"。如果读者看到了我在前一节的叙述，则会理解这里的小说家的小说是同属于作家型或学者型的思想家小说与诗人小说比较而言的。这个称谓的赋予，也是渊源有自。因为宋人说话四家中就有"小说"一家，就小说的内在本质而言，或从古代小说本色来观照，作为小说家的小说《金瓶梅》确实同说话技艺中的小说家的创作精神一脉相通。尽管前者是长篇小说，而后者当时是专指短篇小说而言的。

为了更好地说明问题，我们有必要从历史的和美学的角度

---

① 《金瓶梅学刊》，1989年中国金瓶梅学会编印。

来考察小说的文体特征及其演变规律。概而言之，在中国，小说的前身是故事和寓言，并且由此分别开创了两种不同的小说观念的发展道路：一种重客观事件的描述，一种重主观意识的外化。当小说重在客观事件的描述时，它是发扬故事的传统，小说成为再现社会生活的艺术化了的历史；当小说重在主观意识的外化时，它是发扬寓言的传统，小说成为表现人们的情感和愿望的散文体的诗。小说就在诗与历史之间徘徊，构成螺旋上升的曲线。于是我们从探索小说文体发展历史轨迹中，找到了古代寓言与志怪小说、传奇小说的相通之处，又找到了故事与宋元话本小说的相通之处。

据南宋耐得翁《都城纪胜》和吴自牧《梦粱录》载，当时说话四家中，小说家的艺术技巧最为成熟，而且说话的其他几家"最畏小说人，盖小说者，能以一朝一代故事，顷刻间提破"。据宋末元初人罗烨《醉翁谈录》中"舌耕叙引·小说开辟"条记载，当时说话人大多博览群书，学识渊博，具有丰富的知识积累，所谓"幼习太平广记，长攻历代史书"，"《夷坚志》无有不览，《琇莹集》所载皆通"，"论才词有欧、苏、黄、陈佳句，说古诗是李、杜、韩、柳篇章"，所谓"谈论古今，如水之流"①。可以说，前代的文学艺术财富在艺术上哺育了整整一代说话人的艺术创造力。

比较而言，文人作家创作的文学作品不是以谋生为目的，而是为了抒写性情，因此无须或不甚考虑他的读者的要求；可是，说话人在完全职业化以后，他们以卖艺为生，他们创造的小说不仅是精神产品，而且直接具有商品的性质。他们首先考

---

① 《金瓶梅学刊》，1989年中国金瓶梅学会编印。

虑的是他们生产对象的消费者，他们必须善于招徕买主，即吸引他们的听众。这样，他们不仅要使故事首尾毕具、脉络清晰，而且还要一波三折、娓娓动听，以便引人入胜。总之，他们必须有为大众解闷、消遣、娱乐的功能。而说话人力求平易通畅，使"老妪能解"，"脍炙于田夫野老之口"，或如《冯玉梅团圆》中所谈，"话需通俗方传远"。这就是将作品社会功能的实现，十分明智地放在尊重读者审美欣赏的心态上。

小说家的小说也许应该称为市民小说。在中国小说艺术发展史上，严格意义上的通俗小说，正是因为市民阶层的勃兴才逐渐形成。现代意义上理解的市民阶层已经远远超越了古代的含义，它泛指一切具有闲暇文化背景的城市与乡镇居民。因此，市民小说便与人们的闲暇生活有一定关系，它首先满足的便是人们在闲暇中的消费需要。闲暇文化造成市民小说的消遣与娱乐功能，在艺术上与纯文学正好相反。如果纯文学要求真正的阅读（思考）在整个阅读过程结束之后，那么市民小说则要求在阅读过程之中，过程结束，阅读也就结束。这就要求它具备"手不释卷"的阅读效果。相对来说，市民文化不要求纯粹抽象的精神活动，他们更为关心自己身边的"生活琐事"，因此家庭背景的小说便风行一时，闲暇生活常常需要一种感官刺激，以此达到平衡神经官能的作用，因此市民小说常常会有暴力和性的内容。正由于此，市民小说常常在无意中迎合读者消遣需要，庸俗的、粗糙的东西掺杂其间是普遍现象。

如果进一步从小说本体来考察和自审，小说家的小说或市民小说的叙事结构往往是程式化的，当然，它不是同一程式。比如三段论式在它的结构体系中就是极为突出的特征。通常在起始部，明确时间、地点，表明主人公的善恶本质，交代冲突双方矛盾的起因；发展部，把人物矛盾冲突的态势加以强化，情节推进到"九曲十八弯"的悬崖上；结束部，历尽艰险，善才战胜恶，或是恶摧残了善，主人公被圆满、完整地送到幸福或悲惨的彼岸。

再有，小说家的小说一般在他们讲述的故事中，都具有培养听众道德感的功能。这种道德感不管是在"历史演义"里探幽思古，还是在"英雄传奇"中憧憬理想，在"勘案豪侠"中消磨时光，都有不同的寄寓。然而这寄寓又往往是"概念化"的，惩恶扬善是说书人或小说家涵括了道德感的主题。所谓"只凭三寸舌，褒贬是非"，所谓"语必关风始动人"，都是致力于宣扬、赞颂真善美，反对、鄙视假恶丑。所以许多小说家的小说往往均以恶人作恶开头，善人惩恶获胜告终。依据这个伦理道德尺度，它必然有自己的爱憎和宣扬什么反对什么的依附。这种道德准则，这样方式的教化规劝，一向是市民和一般百姓轻而易举地认识社会、认识人生，接受善良人性、宽宏大量、疾恶如仇、忠贞不渝、富有牺牲精神和注重灵魂美等信念的一座桥梁。

小说家小说的这一切特色都在《三国演义》《水浒传》《西游记》《封神演义》等直接和话本有承袭关系的作品中打上了深深的烙印。而作为个人独创的小说，《金瓶梅》也毫无例外地刻印着小说家小说的标记。究其原因，就在于从宋元话本小说发展而来的小说整体格局，已积渐而成了一种审美定势和审美习惯。因此上述诸作如从小说本体意义上来考察，都是小说家的小说。在某种意义上讲，整个明代，从小说演进轨迹和体现的特色来看，它还是一个小说家小说的时代。只是到了清代，由于吴敬梓和曹雪芹这样的文化巨人和小说大家的出现，小说家的小说才开始发生了裂变，成为精英文化的一部分，当然还并没有改变小说在根本特点上是通俗文化的性质。

明乎此，那么《金瓶梅》的小说品格及其类型归属庶几可以得到较为理想的解释。

夏志清先生在评论《金瓶梅》时所列举的使他失望的地方，我认为与其说是它的缺点，不如说是它的特点，要而言之，所谓"明显的粗心大意"，"喜欢使用嘲讽、夸张的冲动"，"大抄特抄词曲的嗜好"是该书的缺点，但也恰恰是这些缺点标志着《金瓶梅》作为小说家小说的特点。我们已经提到，由于文化性格不同，思想家的小说与诗人的小说在创作态度上比较严肃，构思比较精心、缜密，注意全书章法的有条不紊，而在语言上往往千锤百炼，对读者大多也无哗众取宠之意。然而《金瓶梅》则表现了很大的随意性。如夏文所举对潘金莲的阴毛叙述部分和诗赞的矛盾，虽意义不大，但确实可见《金瓶梅》在创作上的随意性。至于小说中第五十五回写西门庆送给蔡京的生日礼物也确实有夸大其词之处，如与《红楼梦》写乌进孝交租等相关情节相比，其随意性是极明显的。这种随意性在话本和《水浒传》等书中可以说比比皆是，绝非《金瓶梅》所独有。

至于喜欢使用嘲讽、夸张等也恰恰是通俗小说的普遍特点。前文已经指出，这是因为闲暇文化造成了市民小说的消遣与娱乐功能，所以它在艺术上与作家型小说正好相反，它必须满足人们在闲暇中的消费需要。由此而产生的是小说家的小说大多带有强烈的俳谐色彩，我认为这是更加重要的特色。中国传统诗学中讲究和提倡"诗庄"，而俳谐主要体现在戏曲小说中。金人元好问在《论诗三十首》中说，"曲学虚荒小说欺，俳谐怒骂岂诗宜"，就是这个意思。元好问轻视小说戏曲是明显的，但这两句诗却说明了中国古代的戏曲小说较之诗歌具有更多的俳谐色彩。俳谐，意思与幽默、滑稽相近。《史记索隐》引隋代姚察的话："滑稽，犹俳谐也。"王骥德《曲律》说："俳谐之曲，东方滑稽之流也。"而刘勰《文心雕龙》"谐隐"篇中在解释"谐"字时说："谐之言皆也，辞浅会俗，皆悦笑也。"这就说明俳谐的重要特点之一是具有逗人笑乐的喜剧性效果。说书和小说家的小说都必须富有娱乐功能才能获得自身生命力和虏人神色的魅力。因此，滑稽的、可笑的、调侃的、揶揄的、讽刺的都是须臾不可或缺的。笔者近读《桃花庵鼓词》，其中写妙姑与张才偷情做爱，都为糊涂的老道姑所亲见，而插科打诨之处甚多。如果鼓词中没有这个"傻帽"穿插其间反而显得枯燥，有了她却极易出"效果"，具有文学"黏人"的力量。但以"情理"衡之，则又极易挑剔出诸多不合理之处。进一步说，俳谐色彩确为小说家小说本色派的标志。被夏文着重批评的，在李瓶儿病危时，赵太医的出现，那一段自报家门的极不严肃的文字，如在《红楼梦》中秦可卿之死和黛玉之死中是绝对不会见到的。我不认为学者型的小说就没有喜剧性的、滑稽的、可笑的乃至插科打诨的笔墨，相反，我认为通俗小说中这类笔墨都是不可避免的，然而这些笔墨的使用大多为性格塑造服务。《红楼梦》中写薛蟠，那些喜剧性的笔墨是何等传神，然而小说家小说的笔墨则带有俳谐色彩，为了插科打诨竟和人物性格及规定情景相游移了。这种娱人和自娱的特色在众多的小说家的小说中反复出现。因为归根结底，在他们看来，小说本来就是为了消遣的。

作家或学者型的小说的基本艺术精神是反对模仿，反对

"千部一腔，千人一面"，他们的小说往往是对前人的发展，并创造性地给艺术增添新的面貌。而小说家的小说往往有两重性，它们既重创造性，同时又乐意跟着前人规定下来的模式走。虽然传统的经典的叙事构型，如完整、锁闭的线性情节链，流畅的叙事语言，个性鲜明的人物，炉火纯青的对话，是中国古代著名小说的共同特色；但小说家的小说似更愿意沿袭、照搬一些读者们熟悉的叙事方式、熟知的诗词曲、熟悉的小故事以及熟透了的表达语言的路数。这可能就包括夏志清先生所说的他们有一种"大抄特抄诗词的嗜好"。其实，这种"嗜好"绝非自《金瓶梅》始。在话本小说中，在众多的小说家的小说中，甚至一些著名小说中，都很容易找到例证。比如《碾玉观音》开篇入话就是大抄特抄了好几首诗词，其中包括王荆公的诗，而这些诗词本来和正文故事不一定有什么联系，说话人却总想办法把它们连接起来。《西山一窟鬼》开头引了沈文述的一首词加以分析之后，接着便说，"沈文述是一个士人，自家今日也说一士人……"《张古老种瓜娶文女》开头引了几首咏雪的词，最后说，"且说上个官人，因雪中走了匹白马，变成一件蹊跷神仙的事……"前后的关联只在"士人"和"雪"两个词上，这都可以证明《醉翁谈录》所说，说话人都是"白得词，念得诗"的。作为说话人引以为自豪的就是他们的"吐谈万卷曲和诗"。这种略嫌浅薄的炫耀，不仅是一个优秀说书人喜欢卖弄学识，同时确也有为听众读者开阔眼界、提供知识的意思。至于这种炫耀和卖弄有时离开书情，当然也就成了不可避免的毛病。

另外还有一种情况，即不少诗词曲往往在不同小说里反复出现，这更应看作小说家常用的熟套（就如同说话人的套话一样），如《西山一窟鬼》和《陈巡检梅岭失妻记》都有一首咏风诗："无形无影透人怀，二月桃花被绰开；就地撮将黄叶去，入山推出白云来。"这首咏风诗在《钱塘梦》和《洛阳三怪记》里也都引用了，只是个别字句有所不同而已。又比如《西湖三塔记》开头有一大篇描写西湖的词语，在《钱塘梦》和《水浒传》第一百一十五回都有大体相同的文字。至于写男女做爱，一般都是这四句话："二八佳人体似酥，腰间仗剑斩凡夫。虽然不见人头落，暗里催人骨髓枯。"说书人或小说家这种顺手拈来或由固定套数加以规范的特点是非常明显的。

从以上的各类情况（即随意性、俳谐色彩和熟套）可以看出，《金瓶梅》虽然已经过渡到个人独创的阶段，但它仍未完全摆脱话本小说以及前出诸作的格局。被夏志清先生重点批评的各点，恰恰说明《金瓶梅》带有通俗小说中小说家小说的固有特色。

由此可见，小说家的小说《金瓶梅》，作为一种叙事文体，实际上充分体现出艺术产品标准化的规范，它还没有完全跃进到更高层次的小说类型中去，这虽然是它的局限，然而这并没有掩盖住它的异彩。

夏文失之于苛刻的批评主要是忽视了中国古代小说文体的特点和规律，以及昧于小说类型的明显区别。我常想，假若夏文换一个角度，不过分强求小说的严肃的艺术品性，而把它当作一部通俗读物，一种"娱乐片"，那就会对《金瓶梅》做另一种解释和评价。所以，对中国古代小说绝不能固守一种小说观念进行批评。事实上，在中国古代小说研究者中间，常常有人被一种意识形态上的幻觉自我蒙蔽，认为一本小说就一定应该是这样而不能是那样。窃以为，小说本身就不是一种绝对的文体，它在各方面各范畴始终都是处在一个变动的过程。在这个过程中，如果我们固守一种观念，固守一些旧的衡量标准，那么就很容易在思维上造成错位。必须看到国内外中国古代小说研究者太习惯用一把标尺来衡量古代小说，太缺乏健全的真正的类型意识。因此，在这里引发我们思考的是如何全面公允地评价中国古代小说的标准问题。事实是，我们通常衡量古代小说文体的标准是一种脱离小说本体、小说文体特征的标准。受这种标准的错误驱使，小说家小说自从成为艺术便陷入了艺术与消费的二律背反的怪圈中，如果没有勇气承认这一点，我们对于像《金瓶梅》这样的小说是不可能有较为公允的评价的，也难以达到读者与批评者的真正认同。

通过以上的分析和比较，我认为从小说文体角度，大致可以划分小说家的小说与非小说家的小说的几个基本的界限，从而确立《金瓶梅》的小说类型特点。

第一，小说家的小说比较注意人物的奇特、故事的曲折，而且涉及社会生活的各个角落，铺陈着流行于民间的各种习俗、风情，关注现实生活中重大的社会矛盾和历史内容，但又较少探索人物的命运和心理历程，引起人回味和思索的深刻意蕴少；而非小说家的小说（即作家型小说）虽也有深浅不同，但大多立足于观照社会矛盾同人物命运历程和心理演变的关联，都着力于探索人生的意蕴和人心的奥秘，作者个性化艺术特征极强，理性思辨意味较浓。

第二，小说家的小说商品属性较强，而知识精英的小说则以抒写性灵为主，反思性亦强。前者更加注意小说文法学、读者心理学、市场学，其对应的智力水准也浅显低俗一些，它对智能要求不高使它具有吸收更多层面的读者的普泛性、融汇雅俗共赏的可能性。而作家型小说绝大部分不是出于谋生的需要，在他们，抒写性情才是第一位的。他们很少或不甚考虑读者的需要，他们的小说头绪纷繁，容许较多暗示，容许删略生活过程和移植事件的先后，以待读者自己用想象去捕捉、去推演、去清理头绪。

第三，小说家的小说在人物安排上也有一套格式：人物性格一次完成，贯穿始终。这些人物身上往往集中着十分明确的善与恶，人物外形分明，绝少模糊或是互相渗透。这是一种二元对立的价值系统，在这里，真假、美丑、善恶不仅泾渭分明，而且相互对立，相互分裂，相互冲突。所以，善恶分明、人物性格相对单一清晰，是小说家小说类型引诱听众、读者移情认同的保证。《金瓶梅》大体体现了这一类型小说的特点。而人物性格的复杂、多面、变化、发展则是作家型小说的追求目标。《红楼梦》和《儒林外史》就刻画了不少既招人恨又招人爱、招人怜的完整的人，而不是只招人恨或只招人爱的人。在这些小说中经常有一些集虎气与猴气于一身的、谈不上是好人还是坏人、不知该让人爱还是遭人恨的"这一个"。忽视了这一点势必造成对不同类型小说的认同困难和认同混乱。

第四，在小说家的小说中，人物中的安排既是这样的格式，那么在这种黑白澄明、人妖可辨的"神话"王国里，正义永远要战胜邪恶，光明永远要驱散黑暗，英雄永远要所向披靡，信女永远要如花似玉，奸臣终将送上绞架，恶霸必将被置于死地。它的因果逻辑是，因为是恶人，所以必然要作恶，又终要遭恶报；因为是好人，所以必将要行善，又终要得善报。而作家型小说很少在作品中概念化地开设"道德法庭"，很少简单地义正词严地对人对事进行道德审判，而是善于细致地体察并体现人们处于特定情感旋涡中的种种心态，从而超越了特定的道德意义，而具有生命意味。

总之，一切成功的小说几乎都注入了作家的灵魂。小说家小说绝不是粗制滥造、耸动视听、猎奇炫异、向壁胡编、质量低劣的同义语；也并非原始低级、脂粉逗乐、专找噱头、格调廉价的代名词。在作家型学者型小说与小说家型的小说中间并没有一道不可逾越的鸿沟，也绝对不存在谁"雅"谁"俗"的界限，小说《金瓶梅》已成为小说宝库中的珍品，而一些卖弄学问的掉书袋者的小说，如《野叟曝言》《镜花缘》很难进入一流作品行列，等而下之的一些小说也完全可能掉入连俗文学也不如的被贬斥的浪谷声中。类似的例子在国外也屡见不鲜，像薄伽丘的那一百个"俗到家"了的故事集《十日谈》，像大仲马的《基督山伯爵》不也在小说家的小说领域里矗立起和其他文艺杰作同样光彩耀眼的丰碑吗？

还应当着重指出，从话本小说到《金瓶梅》的演变，说明小说家的小说是一种应变能力极强的小说，它的形态可以多姿多彩，它的内涵可以常变常新，它的发展更不易为理论所固化。对小说家的小说研究，对《金瓶梅》的研究将是一个长期的生动的广泛的课题。

镜子和风俗画

当下，我们的青少年大多很熟悉中国古典小说中有"四大名著"，即《三国演义》《水浒传》《西游记》和《红楼梦》，但却较少知道明代的"四大奇书"，至于对"四大奇书"中的《金瓶梅》大多更是只听其名，而不一定了解它的内容和价值。我想这也和历代统治者实行文化专制主义、把它列入"诲淫"之类而加以禁毁有关，而其中的性描写又常为人们所诟病，青少年不宜过早阅读，这可能都是这部书难以走入更广大的读者群中间去的原因吧！

其实，《金瓶梅》一经诞生就引起了当时文学界的关注，而且是"热议"的焦点。沈德符在他的《万历野获编》中一连串地用了"奇快""惊喜""骇怪"等惊人之语，在啧啧之声中已经给《金瓶梅》定了性：这是一部奇书。到了清顺治刊本的《续金瓶梅》卷首，有西湖钓叟的序言，明确地提出："今天下小说如林，独推三大奇书，曰《水浒》《西游》《金瓶梅》。"这时李渔为他评点的《三国演义》作序，他把冯梦龙请出来，让这位通俗小说巨擘作证，李渔说："尝闻吴郡冯子犹赏称宇内四大奇书，曰：《三国》《水浒》《西游》及《金瓶梅》四种，余亦喜其赏称为近是。"《金瓶梅》此时已名正言顺地获得了"奇书"的美誉。到了张竹坡评点《金瓶梅》，索性把这部略晚出的小说竟凌驾于它的前辈之上，公开称之为"第一奇书"。此后出版的满文本《金瓶梅》序中也坚持了这种说法："如《三国演义》《水浒》《西游记》《金瓶梅》四种，固小说中之四大奇也，而《金瓶梅》余以为尤奇焉。"满文本序中的话，也不是夸大其词，后来鲁迅先生就在他的《中国小说史略》中说："同时说部，无以上之。"

把《金瓶梅》推向"奇书"的第一位，无疑有评论者的艺术发现和审美趣味在起作用。但是从宋元以来图书的商品化是不是也是一个原因呢？当时的"商业精英"们的可爱之处就在于他们也发现了《金瓶梅》有绝对的卖点，于是他们完全可能借助文人们的交口称奇而大加炒作，因为他们都明白，这种炒作是可以换钱的。

也许，这就是通俗小说的一种进步？！

如果你承认了《金瓶梅》是一部奇书，而且又是和"水浒""三国"和"西游"并列。那么，它奇在何处？显然，它的"奇"绝非传奇之"奇"了。《金瓶梅》不像它以前的"三国""水浒""西游"那样以历史人物、传奇英雄和神魔为表现对象，而是一部以家庭日常生活为题材的小说。其实，在《金瓶梅》以前宋元话本小说中已经有以家庭生活为描写中心的内容。所以《金瓶梅》之所以被称为"奇"书，乃是奇特、"另类"、不同凡响等意思，真正给《金瓶梅》这部奇书做学术性的科学定位的，还是鲁迅。鲁迅在《中国小说史略》第十九篇中把它列入"明之人情小说"，推崇它是"世情书"之最，鲁迅明确地说：

> 不甚言灵怪，又缘描摹世态，见其炎凉，故或亦谓之"世情书"也。

好了，通常所说的"奇书"是重在出奇，而"世情书"则重在写实，我们读者时而称《金瓶梅》是"世情书"，时而又把它看作"奇书"，似乎这是一个小小的悖论，其实，奇书和世情书是个加法，现在为学界所认同的就是如下的称谓"世情奇书"。

有趣的是，《金瓶梅》这部世情奇书的故事又是从英雄传奇《水浒传》中西门庆与潘金莲私通的情节滋生出来的。"金学"家中就有人曾提出，从《金瓶梅》的成就和创作水平来看，兰陵笑笑生完全具备独立构思这样一部小说的能力。可是，作者为什么偏偏要从《水浒传》借鉴这则情节呢？

北京大学刘勇强教授在他的力作《中国古代小说史叙论》中对此有一段很有学术见地的意见：

> 潘金莲、西门庆的故事提供了既为读者熟悉，涉及的社会背景又广泛的情节基础，这是《金瓶梅》的作者取材于此的重要原因。因为读者熟悉，顺势发挥即可赢得社会大众的认可，这对小说从世代累积型向文人独创的过渡非常重要；因为涉及的社会背景广泛，又便于作者的加工、改造。①

我是很同意刘勇强教授的意见的。兰陵笑笑生把武松杀嫂的一段情节作为引子，而书中实际的丰富的精彩的内容并不和《水浒传》相干，这可以从《金瓶梅》叙述的故事看得非常清晰：

小说开头写西门庆、潘金莲皆未被武松杀死，潘金莲小经曲折就嫁给西门庆为妾，由此转入小说的主体部分。故事情节大致是讲：

山东省清河县破落户财主西门庆原是个开生药铺的，他不读书，只是"终日闲游浪荡"，又在县前管些公事，交通官吏，因此，满县人都惧他三分。而一些帮闲如应伯爵、花子虚、常时节、谢希大等人，趋炎附势、推波助澜，并结为十兄弟。一日，西门庆在街上偶遇金莲，很快即勾搭成奸，并合伙鸩杀了潘金莲的丈夫武大郎。武松出差回来，要为兄长报仇，却误杀了李外传，被发配孟州。几经周折，西门庆将潘金莲纳为妾，称"五娘"。接着又奸骗了十兄弟之一花子虚的妻子李瓶儿，将花子虚活活气死。西门庆顺水推舟又娶了李瓶儿，人称"六娘"。与此同时，西门庆的亲家被抄家，女婿陈经济带来了许

---

① 北京大学出版社2007年10月第1版第285页。

多箱笼，再加上李瓶儿所带来的大宗家财，数笔横财，使西门庆迅速发迹。于是他贿赂当朝太师蔡京，竟被提拔为山东提刑所理刑副千户。后又借蔡京生日，他亲自带了二十担厚礼入京拜寿，做了蔡京的干儿子，就此升为正千户提刑官。前后脚，李瓶儿又生了儿子。生子加官，西门家族真是百事亨通，气焰万丈。而西门庆更是放开手脚，贪赃枉法，霸占他人妻女，无恶不作。而在自己的家中，妻妾争宠，矛盾层出不穷。金莲因嫉生恨，设计惊吓了官哥，终使一个小生命在争风吃醋中做了牺牲品，而李瓶儿也抑郁而死。潘金莲则加倍献媚，致使西门庆过量服用春药，最终纵欲暴亡，树倒猢狲散，众妾风云流散，李娇儿、孙雪娥、孟玉楼等逃的逃，嫁的嫁，而潘金莲与春梅又与西门庆的女婿陈经济通奸，后被吴月娘发现，于是被"斥卖"。潘金莲在王婆家待嫁时，被遇赦回来的武松杀死。春梅被卖给周守备为妾，十分得宠，生子以后又册封为夫人，仍与陈经济、周义等人淫乱，陈经济后来也被人杀死。此时天下大乱，金兵南下，吴月娘带着遗腹子孝哥欲奔济南，路上遇到普静和尚，经其点破迷津，知孝哥乃是西门庆托生，吴月娘终于让其出家，法名明悟，以赎前愆而乞得超生。总之，整部小说可以说就是西门家族和西门庆的发迹史、罪恶史和败亡史。

笑笑生写出了一部罪恶史，一部家庭的毁灭史。然而，他又不是在写历史，而是写人生，他又不是写人生的悲喜，而是写人性被扭曲后的苍凉。笑笑生是在体味人性的苍凉。人，无论是谁，都是在轰轰烈烈以后，复归苍凉。

堕落史、罪恶史和毁灭史

《金瓶梅》乃是借《水浒传》武松杀嫂的故事作为引子展

金瓶梅

第二回

俏潘娘簾下勾情

金瓶梅

老王婆茶坊説枝

开情节的，这使人们已感到了这部小说是不是写的真是宋代的故事？小说第三十回，有一段概括宋徽宗朝政黑暗腐败的话：

> 看官听说，那时宋徽宗天下失政，奸臣当道，谗佞盈朝。高、杨、童、蔡四个奸党，在朝中卖官鬻爵，贿赂公行，悬秤升官，指方补价。夤缘钻刺者，骤升美任；贤能廉直者，经岁不除。以致风俗颓败，赃官污吏，遍满天下，役烦赋重。民穷盗起，天下骚然。

关于《金瓶梅》这段社会背景的说明，很容易使人以为这部小说就是反映宋朝时期的故事了。其实作者采用的是"借古讽今"的常用手法。鲁迅先生在《中国小说史略》中谈及《金瓶梅》的题旨时已说得很明白，它是借宋朝发生的故事来暴露、反映明代的现实生活，具有鲜明的明代尤其是明中叶以后的时代特征。对此我曾经在《小说新观念的萌生》一节中这样概括《金瓶梅》的现实性的：

> 《金瓶梅》是一部人物辐辏、场景开阔、布局繁杂的巨幅写真。腕底春秋，展示出明代社会的横断面和纵剖面。《金瓶梅》不像它以前的《三国演义》《水浒传》那样以历史人物、传奇英雄为表现对象，而是以一个带有浓厚的市井色彩，从而同传统的官僚地主有别的恶霸豪绅西门庆一家的兴衰荣枯的罪恶史为主轴，借宋之名写明之实，直斥时事，真实地暴露了明代后期中上层社会的黑暗、腐朽和它的不可救药。作者勇于把生活中的否定性人物作为主人公，直接把丑恶的事物细细剖析来给人看，展示出严肃而冷峻的真实。《金瓶梅》正是以这种敏锐的捕捉力及时地反映出明末现实生活中的新矛盾、新斗争，从而体现出小说新观念觉醒的征兆。

当然这是一个总的概括，如果我们想从《金瓶梅》这面镜子透视作者生活的时代和创作构思的成因，就不能不对明代中晚期的社会、思想、文化、文人心态有所了解。

《金瓶梅》产生于明代嘉靖、隆庆、万历年间，而小说集中反映的社会生活则是正德以后到万历中期，特别是嘉靖年间的社会现实状态。这一时期，也正是明王朝急遽地走向衰落、世风浇漓的时期。社会矛盾的激化，统治集团的腐败无能，特别是武宗的荒淫、世宗的昏聩、神宗的怠荒，使朝政完全陷入了不可收拾的局面。《金瓶梅》真实而深刻地反映了这个时代的方方面面。

前面我曾引用小说第三十回一段富有概括性的话："那时……天下失政，奸臣当道，谗佞盈朝……"高、杨、童、蔡四个奸党把持朝政，狼狈为奸，卖官鬻爵，残害忠良，鱼肉人民，欺压良善，无恶不作。仅仅一个当朝宰相蔡京就像一根无形的黑线，把出现在《金瓶梅》中那些从中央到地方的大大小小的贪官污吏全部串联起来。现在我们来看小说的具体叙述：蔡京因为其生日时西门庆送来大量礼物，便随即拿了朝廷钦赐的几张空名诰身札付，安排西门庆在山东提刑所做个理刑副千户，使西门庆一下子从一介乡民跻身于"官"列。后来蔡京又认西门庆为干儿子，并提升他为掌刑正千户。这是一出典型的官商勾结、权钱交易的丑剧。这还不说，西门庆的伙计吴典恩、奴仆来保也为此沾了光，竟被分别安置为清河县驿丞和郡王府校尉，真是妙不可言。

把小说描绘的情节拉回来和当时嘉靖朝一经对照就非常有趣了。据《明史》记载：在严嵩专权二十一年期间，"俨然以丞相自居……百官请命奔走，直房如市……凡文武升擢，不论可否，但衡金之多寡而界之"。这就使我们在读《金瓶梅》时深切地感到兰陵笑笑生对他生活的时代的腐败是如此深刻地了解和准确地把握，不同的只是作者是用形象、用情节、用文学语言，生动鲜明地将其表现出来罢了。

明代政治的黑暗和腐败还突出地表现在宦官的专权。成祖在其夺权时曾得到内监为内应；英宗时的王振、曹吉祥等，宪宗时的汪直，武宗时的刘瑾，神宗时的冯保，直到熹宗时的魏忠贤，都是有明一代臭名昭著的窃权误国的太监。可以说宦官专权乃是明代黑暗腐朽政治的一大特色。

《金瓶梅》中关于宦官的气焰冲天和他们的丑行、阴毒、贪婪就有很细致的描写，小说中第三十一回、六十四回、六十五回和七十回都有不同程度的叙述。比如清河就有一个专管皇庄的薛太监，他和专管砖厂的刘太监狼狈为奸，与西门庆互相勾结，在当地声势煊赫，宴会时座次都在地方军政长官之上。用周守备的话说："二位老太监齿德俱尊。常言三岁内宦，居于王公之上，这个自然首位，何消泛讲。"小说还写了一个叫黄太尉的钦差大臣，在他路经山东时，可称之为八面威风，以山东的巡按、巡抚为首的一省高官全都围着他"颠倒奉行"。至于太监出身的童太尉，不仅自己被"加封王爵"而且"子孙皆服蟒腰玉"，真是"何所不至"。小说在写到内府匠作何太监，因内工完毕，被皇上恩典，将侄男何永寿升授金吾卫左所副千户，分在山东提刑所与西门庆成为同僚。由此可以看出明代这架封建的国家机器，从上到下，唯有权势、人情、金钱成了它运转的润滑剂。比如山东巡按宋乔年，因任职期间常受西门庆的接济，差满时举劾地方官员，要西门庆推荐人，西门庆乘机立即推举了送过他二百两银子的荆都监和自己的妻兄吴铠。而宋巡按立即上本竟称荆都监"才犹练达，冠武科而称儒将"，说西门庆这位大舅子是"一方之保障"，"国家之屏藩"！人们看了这样的文字，大致可以清楚明代的吏制已经腐败到什么地步了。

通常说，晚明已经出现了资本主义经济萌芽。处于这一时代的剥削者，除了依靠商业投机和放高利贷而大发横财以外，也会千方百计地剥削农民。这时传统的实物地租减少了，货币地租却在逐渐发展。《金瓶梅》虽然没有正面地描写这个时代的农村和农民生活，但它在描绘丰富的市民生活时却也涉及这个方面的问题。比如小说第三十回写到西门庆家坟地隔壁赵寡妇家，庄子连地要卖，价钱三百两银子，但西门庆只给她二百五十两银子，就强买了；到了第三十五回又说到没落贵族向皇亲家"向五被人告争土地，告在屯田兵备道打官司"一事。这些虽然在小说中只是一笔带过，但还是把权豪势要"逼取民田"勾画了一幅清晰的面影。这里我们要着重谈的倒是明代这一特殊历史时期下，为什么政治的腐朽现象竟推演成为一种文化思潮。

《金瓶梅》所着重写的是明世宗嘉靖以降的社会现实。而这一时期的重要性恰恰是明代文化思潮变易和转捩的前奏。明世宗在位长达四十五年，这个沉迷于方术的皇帝，在四十五年的统治中有三十年是在斋醮中度过的。斋醮的目的就是为了求长生不老。当时的佞臣朱隆禧、盛端明、顾可学等纷纷以进"药"而获得世宗的宠幸。其实所谓的"药"也就是俗称的房中秘方。它与其说可以使使用者求得"长生"，不如说只是专供"秘戏"，以满足皇帝的荒淫的欲望。可怕的是，房中术居然成了权力交换的一种公开的手段。其中最有名的是一个小庶僚谭纶因为向内阁首揆张居正献了房中秘方，竟然擢升为兵部大员，就连抗倭名将戚继光也从各地搜罗秘方献给张居正，以求其欢心。

而更可怕的是，在这种氛围中的士大夫文人对于纵欲主义的认同。当下，研究晚明文化思想的学者就深刻地看到，纵欲主义是如何成了明代文人精神异化的最好的温床了。这些文人就是在这样的欲望的狂欢中竟然感到了堕落的快意！

《金瓶梅》固然不是专写士大夫文人的纵欲主义，而是写市民阶层及其世俗的享乐生活，然而正如鲁迅所说，"当时，实亦时尚"。于是有的学者就发现《金瓶梅》实在是明代文人的"写心"之作。事实证明，《金瓶梅》横空出世，士大夫文人争相求索《金瓶梅》，以求一睹为快。这是一个太值得研究的社会文化现象了。丰富的物质和精神的颓废竟然如此交缠在一起。一方面人们追求物质生活，而且中上层有了财富，但物质生活和消费社会却没有使人们的精神升华。相反，精神财富、精神底蕴、精神土壤却处于一个日渐贫瘠化的状态。

《金瓶梅》通过对西门庆疯狂的性生活的描写，真实地反映了这个堕落时代的不可救药。我很难同意一种意见，即认为兰陵笑笑生对于纵欲主义采取了"欣赏"态度，作者在小说中津津乐道，"仿佛要读者和他一起欣赏"！这些露骨的性描写，确实有粗鄙和庸俗的表现形态，但是如果我们不是孤立地、"零星"地看，《金瓶梅》何尝没揭示出这样一种人性弱点的事实呢？即：纵欲主义，毕竟是短暂的，欲望的满足，并不能带来生命的满足，反而要以生命的毁灭作为代价。于是有的研究者明快地说：《金瓶梅》是一部警世之作。陕西师大文学院王志武先生在《光明日报》上撰文即论述了《金瓶梅》在写法上的先扬后抑，先写性自由的快感，后写性自由的后果。快感到了极致，后果才会震撼人心，贪欲必自毙。理解了这一点也就不会埋怨作者对性关系的细腻描写了。王先生的意见还是很有说服力的。

《金瓶梅》是一部百科全书式的作品，而它对古老的社会做了一次最深刻的描写，就像在历史的新时代将要到来之前，给旧时代做了一个总的判决一样。他诅咒了那些黑暗腐朽的事物，在他的心底必定有一个美的梦想。

为此，我们可以明确地说：《金瓶梅》不能算时代的奇闻，而是时代的缩影。

市民社会的工笔长卷

兰陵笑笑生是我国小说史上最杰出的小说家之一，是中国市民阶层最重要的表现者和批判者。他所创造的"金瓶梅世界"，经由对自己的独特对象——市民社会的生动描绘，展现了一个几乎包罗市民阶层生活各个重要方面的艺术天地，显示出他对这一阶层的百科全书式的知识，从而使诸如经济的、政治的、宗教的、社会的、历史的、心理的、生理的、婚姻的、民俗的、艺术的知识等等，都在"金瓶梅世界"中得到鲜明的显现，可以把它称为这个时代的一面镜子。应当承认，在中国小说史上，特别是明代说部中，笑笑生提供的百科全书式的知识的丰富性和生动性，几乎在当时文坛上还找不到另一位作家与之匹敌。

在中国，作为一种文类的小说艺术，如果和欧洲文学史上的小说相比，则是早产儿。在欧洲文学史上，14世纪的薄伽丘

第三十回

蔡太师擅恩锡爵

金瓶梅

西门庆生子加官

的《十日谈》是划时代之作，开始了小说的新纪元；而同样作为市民文艺式样的"宋元话本"，则早于《十日谈》两个半世纪。事实是，自从平凡而富有生气的市民进入小说界，小说王国的版图便从根本上改观了，恰如哥伦布发现新大陆，使世界地图必须重新绘制一样。作为市民文艺的宋元话本在中国小说史上承前启后，独树一帜，自成一个新阶段。

历史进入明代，我国小说已蔚为大观。《三国演义》《水浒传》标志着一种时代风尚，其刚性的雄风给人以力的感召。明代中后期，小说又有了新的发展，神魔小说《西游记》俏比幽托，揶揄百态，折射出当时社会上的种种弊端和丑恶现实。世情小说《金瓶梅》则为我们展现了一幅色彩斑斓的市民社会的风俗画。

在社会中，人是活动的中心，而描写了人，也就是描写了社会。世情小说最大的特点就是写常人俗事，而《金瓶梅》并不是以帝王将相、达官贵人作为自己创作的主要对象，在作者的笔下，他的全部兴趣、他最熟悉的人物和创作对象恰恰是市民社会的凡夫俗子。我们不妨把前人对这部小说所写人物进行的简评做一点梳理，让大家看看《金瓶梅》是如何展现这幅市井风俗画的：

1.《金瓶梅》东吴弄珠客序，说：

借西门庆以描画世之大净，应伯爵以描画世之小丑，诸淫妇以描画世之丑婆净婆。

2.《新刻绣像批评金瓶梅》评点者指出小说一号主人公西门庆乃是"市井暴发户"。提到西门庆的举止行为和语言谈吐都不脱"本来市井面目"。（参见第十六回评、五十五回评）

3.夏曾佑在《小说原理》中指出：《金瓶梅》乃是一部"立意"写小人的作品。

4.曼殊在《小说丛话》中说《金瓶梅》是一部"描写下等妇人社会之书"。

5.狄平子在《小说丛话》中说：《金瓶梅》由于写了"当时小人女子之惨状，人心思想之程度"才获得"真正一社会小说"。

……

我的授业恩师朱一玄先生编著的《金瓶梅资料汇编》中的《金瓶梅词话人物表》的统计，可能更有说服力地证明《金瓶梅》建构的乃是一个前无古人的市民王国。朱一玄先生指出："《金瓶梅词话》中人物的数目，尚无人做过精确的统计，本人物表列男553人，女247人，共800人。"这真是一个庞大的数字。如果我们进一步根据朱师的指引，可以了解到"西门庆一家人物关系""西门庆奴仆""西门庆商业伙计""城乡居民"，包括医生、裁缝、接生婆、媒婆、优伶娼妓、和尚、尼姑、道士等。是他们构成了小说的主体，而上至皇帝下至文武官吏往往是穿插性、过渡性和背景性的人物，他们全然没有成为小说的主体部分。关于这些，读者不妨翻阅一下朱一玄先生的《金瓶梅资料汇编》，他将引领我们更顺利地进入这个市民王国。

是的，从《金瓶梅》的描写对象来看，不仅仅在于写了哪一阶层的人，而且还要看它写了哪些事。

我们说《金瓶梅》堪称中国中世纪封建社会的百科全书，就在于这部小说的作者极其关注世风民俗。在这一百回的大书中，在刻画自然环境与社会环境时，小说家们常常怀着浓厚的

金瓶梅

应伯爵迫欢喜庆

兴趣挥笔泼墨描写出一幅幅绚烂多彩的风俗画面，使之成为刻画人物、表现题旨的文化背景。人世间众多的民风世俗，举凡礼节习俗、宗教习俗、生活习惯、山野习俗、江湖习俗、市场习俗、匪盗习俗、城市习俗、乡间习俗、娱乐场所习俗、行会习俗、口语习俗、文艺习俗，乃至军事习俗、格斗习俗等等，几乎都可以从这部小说中找到，它为我们积淀着生动形象、丰富多彩的风情习俗大观。

我们在这里不妨举一些零星例证，感受一些当时市民社会的风习。

在第十五回中，写正月十五元宵节，李瓶儿邀请吴月娘等人去她楼上看灯市，街上几十架灯架，挂着千奇百异的灯。此外，正月十五还有"走百病"的民俗。小说第四十四回也写吴大妗子说吴月娘从她们那里晚夕回家走百病。二十四回还捎带写出陈经济走百病，和金莲等众妇人调笑了一路。

第十三回写了重阳节，花子虚请西门庆赏菊，"传花击鼓，欢乐饮酒"，这当然和孟浩然"待到重阳日，还来就菊花"不同。西门庆和花子虚等人只是附庸风雅而已。这件事和薛太监请西门庆"看春"一样，都是表面装风雅。花子虚的可悲也正在这里，他只知道游乐娼家，哪里知道西门庆早已瞄上他的妻子。所以《金瓶梅》写节日，也正是用以映衬出人物的面貌，有时是对人物的调侃，有时则是对人物的揭露和抨击。

从小说的描写中还可以看到山西潞州，浙江杭州、湖州以及四川等地，由于纺织业发达，这些地区显得十分富足。其中像浙绸、湖绸、湖锦、杭州绉纱及绢、松江阔机尖素白绫、苏绢等，均系当时的名产品，故必冠以地名。《金瓶梅》中西门庆为行贿，借蔡太师生辰派来旺专程到杭州织造置办寿礼，由此就可以想见一斑了。

《金瓶梅》以山东清河、临清一带作为故事背景，小说第九十二回写道：

> 这临清闸上，是个热闹繁华大码头去处，商贾往来，船只聚会之所，车辆辐辏之地，有三十二条花柳巷，七十二座管弦楼。

小说家言不免夸张，但绝非毫无根据。人们知道，临清位于大运河畔，是北方重要的水陆码头。周围各县的商人都在这里转站，远方商人更是在这里长期驻足。小说就写了陈经济在这里开过大酒店，楼上楼下，有百十间阁儿，每日少说也能卖上三五十两银子。刘二的酒店也有百十间房子，兼营妓馆，"处处舞裙歌妓，层层急管繁弦，说不尽肴如山积、酒若流波"，每天接待过往商人，花天酒地。其繁华奢靡的景象可以依稀想见。

令人触目惊心的还有《金瓶梅》为我们展示的妓女世界，据研究者的统计，在小说中有姓名居处可稽的妓女便有三十九人之多。《金瓶梅》研究专家陶慕宁教授在他的《金瓶梅中的青楼与妓女》一书中翔实地解剖了这个妓女世界，他指出：《金瓶梅》中涉及的妓女不外三种类型。第一种为丽春院系统的上等青楼，她们身着锦绣，口餍肥甘，享受贵族化生活。第二种类型为下等妓院，她们比不得丽春院中名妓的待价而沽，她们是妓女世界中的底层人物。第三种类型就是私窠子了，这种暗娼的大量出现，正是当时社会衰朽的一个小小的旁证。

陶慕宁教授还生动地指出：

> 一幕幕笙歌纵饮的侈靡场景，一缕缕目挑心招的冶荡风情，一个个流波送盼的色中"尤物"，一桩桩

第九十二回

金瓶梅

吳月娘大鬧授官廳

谋财陷人的阴谋交易，绘成了一幅明代社会后期青楼
生活的长篇画卷。

通过以上的简单介绍，再联系"金瓶梅世界"，我们可以
看到，也许这里未必能够得到多少可以考证的历史事实，但是
《金瓶梅》所展示的五光十色的社会图景和丰富多样的人物形
象却有助于我们认识当时社会生活的某些本质方面，具有一般
历史著作和经济著作不能代替的作用，特别是具有被许多历史
学家所忘记写的民族文化的风俗史的作用。

总之，兰陵笑笑生不是一个普通艺匠，而是一位心底有生
活的独具只眼的大小说家。他真的没有把他的小说仅仅视为雨
窗寂寞、长夜无聊的消闲解闷之作。他的小说是出于市民的思
想意识和市民的视角。从这个方面来说，他展示的市民社会的
风俗画正是市民阶层日益强大并在小说领域寻求表现的反映。

《金瓶梅》对中国小说美学的贡献

艺术是一条历史长河，小说观念总是随着时代的和艺术的发展而不断更新。

《金瓶梅》的作者努力探索了小说的新观念，具体表现在：小说进一步开拓新的题材领域，趋向于像生活本身那样开阔和绚丽多姿，而且更加切近现实生活；小说再不是按类型化的配方演绎形象，性格上丰富了多色素，打破了单一色彩，出现了多色调的人物形象；在艺术上更加考究、新颖，比较符合生活的本来面貌，从而更加贴近读者的真情实感。

化丑为美

这里不得不借用一点美学理论谈一下《金瓶梅》艺术世界的特色。

现代西方有一门很流行的"审丑"学，我们中国的学术界和文学界还未能独立地建构类似的"审丑学"。

但是中国却在16世纪就以自己的艺术实践建构了具有中国民族审美特色的审丑学了。令我们惊诧的是，晚出于兰陵笑笑生三百年的伟大的法国雕塑家罗丹也是在创作实践中才自觉地感悟到：

在艺术里人们必须克服某一点。人须有勇气，丑的也须创造，因没有这一勇气，人们仍然停留在墙的一边。只有少数越过墙，到另一边去。①

罗丹的艺术勇气，从理论到实践破除了古希腊那条"不准表现丑"的清规戒律，所以他的艺术创造才发生了质变，并使他成为雕塑艺术大师。

而兰陵笑笑生正是以他的如椽巨笔推倒了那堵人为地垒在美丑之间的墙壁，才大大开拓了自己的视野。他从他生活的时代出发，开掘出现实中全部的丑。试想在这个人欲横流的世界，在这个混浊的世界里，作家置身于这样的氛围里，他无时无刻不感到抑郁，感到悲怆，甚至感到绝望，因为他的心灵体验就是看不到一点点光明，乃至无法辨清太阳升起的方向。我们无须谴责作家缺乏理想、缺乏诗意，而是要考虑这是一个荒诞的世界，骄奢淫逸，腐败堕落，充分显示了世纪末的一切征兆。因此笑笑生只能通过对丑的无情暴露，让丑自我呈现、自我否定，从而使人们在心理上获得一种升华，一种对美的渴望。

笑笑生敏锐的审丑力是独一无二的。如果说《三国演义》和《水浒传》的艺术倾向已经不是一元的、单向度的、唯美的，而是美丑并举、善恶相对、哀乐共生的，那么《金瓶梅》的作者，则在小说观上又有了一次巨大发现，即"丑"的主体意识越来越强，它清楚地表明，自己并非是美的一种陪衬，因而同样可以独立地吸引艺术的注意力。在《金瓶梅》的艺术世界里，没有理想的闪光，没有美的存在，更没有一切美文学中的和谐和诗意。它让人看到的是一个丑的世界，一个人欲横流的世界，一个令人绝望的世界。它集中写黑暗，这在古今中外

---

① 见《文艺论丛》第10辑，第404页《罗丹在谈话和信札中》。

也是独具风姿的。其实照我的一位朋友来信说的，《金瓶梅》的主色调是黑色的，然而黑得美，黑得好，黑得深刻，在中国称得上是独一无二的"黑色小说"。总之，在《金瓶梅》中，我们没有发现任何虚幻的理想美，更没有通常小说中的美丑对照。因为作者没有用假定的美来反衬现实的丑。这是一个崭新的视点，也是小说创作在传统基础上升腾到一个新的美学层次。因为所谓哲学思考的关键，就在于寻找一个独特的视角去看人生、看世界、看艺术，这个视角越独特，它的艺术越富有属于他个人的、别人难以重复的特质。笑笑生发现了"这一个"世界，而又对这一世界做了一次独一无二的巡礼和展现。

笑笑生所创造的《金瓶梅》的艺术世界之所以经常为人所误解，就在于他违背了大多数人的一种不成文的审美心理定势，违背了人们眼中看惯了的艺术世界，违背了常人的美学信念。而我们认为笑笑生之所以伟大，也正在于他没有以通用的目光、通用的感觉去感知生活。

写小说有两种方法，一是选取典型事件，不留情面、不留死角、不加忌讳地表现，让人看得心惊肉跳、五内俱焚、悲愤交加，这是批判现实主义。另一种是暴露丑恶的同时，不忘人类的爱心，让人物在黑暗中闪现人性的光辉，这是煽情主义的方法。

《金瓶梅》的艺术世界之所以别具一格，还在于笑笑生为自己找到了一个不同于一般的审视生活和反思生活以及呈现生活的视点与叙事方式。对于明代社会，他戴上了看待世间一切事物的丑的滤色镜。有了这种满眼皆丑的目光，他怎能不把整个人生及生存环境看得如此阴森、畸形、血腥、混乱、嘈杂、变态、肮脏、扭曲、怪诞和无聊呢？因为对于一个失去价值支点而越来越趋于解体的文明系统来说，这种"疯狂"的描写，完全是正常的。然而，《金瓶梅》中的几个主要人物的性格塑造毕竟是极具时代特征而又真实可信的。对于这一点，至今尚无人提出疑义。

兰陵笑笑生创作构思的基点是暴露，无情的暴露。他取材无所剿袭依傍，书中所写，无论生活，无论人心，都是昏暗一团，虽然偶尔透露出一点一丝的理想的微光，也照亮不了这个没有美的世界。社会、人生、心理、道德的病态，都逃不出作者那犀利敏锐的目光。在那支魔杖似的笔下，长卷般地展出了活灵活现的人物画像。它以官僚、恶霸、富商三位一体的西门庆的罪恶家庭为中心，上联朝廷、官府，下结盐监税吏、大户豪绅、地痞流氓。于是长幅使人看到的是济济跄跄的各色人物，他们或被剥掉了高贵的华衮，或抉剔出他们骨髓中的堕落、空虚和糜烂。皮里阳秋，都包藏着可恨、可鄙、可耻的内核。《金瓶梅》正是以这种敏锐的捕捉和及时的反映出明末现实生活中的新矛盾、新斗争而体现出小说新观念觉醒的征兆，或者说它是以小说的新观念冲击传统的小说观念。正因为如此，对于它的评价也不是任何一个现成的美学公式足以解释的。

按照一般的美学信念，艺术应当发现美和传播美。《金瓶梅》的作者，在我看来，不是他无力发现美，也不是他缺乏传播美的胆识，而是这个世界没有美。所以他的笔触在于深刻地暴露这个不可救药的社会的罪恶和黑暗，预示了当时业已腐朽的封建社会崩溃的前景。鲁迅在《中国小说史略》中说得非常深刻：

作者之于世情，盖诚极洞达，凡所形容，或条

115

畅，或曲折，或刻露而尽相，或幽伏而含讥，或一时而并写两面，使之相形，变幻之情，随在显见，同时说部，无以上之。

又说：

至谓此书之作，专以写市井间淫夫荡妇，则与本文殊不符，缘西门庆故称世家，为缙绅，不惟交通权贵，即士类亦与周旋，著此一家，即骂尽诸色。

鲁迅的这些论断是符合小说史实际的，也是对《金瓶梅》的科学的评价。

我们必须抛弃一切成见。《金瓶梅》是中国章回小说中的精品。它虽然属于"另类""异类"，但是，《金瓶梅》是小说艺术，而艺术创作又是人的一种精神活动，所以它也需要追求人性中的真善美。复杂的只是因为世界艺术史中不断揭示这样的事实，即：描绘美的事物的艺术未必都是美的，而描绘丑的事物的艺术却也可能是美的。这是文艺美学中经常要碰到的事实。因此，不言自明，生活和自然中的丑的事物是可以进入文艺领域的。

问题的真正复杂还在于，当丑进入文艺领域时，如何使它变成美，变成最准确意义上的艺术美。《金瓶梅》几乎描绘的都是丑。正如德国伟大的美学家、诗人席勒在他的《强盗》序言中所说：

正因为罪恶的对照，美德才愈加明显。所以，谁要是抱着摧毁罪恶的目的……那么，就必须把罪恶的一切丑态在光天化日之下暴露出来，并且把罪恶的巨

金瓶梅

武二郎冷遇亲哥嫂

新安刘启先镌

大形象展示在人类的眼前。

试看，《金瓶梅》展示的西门庆家族中那些人面兽类：西门庆、潘金莲、陈经济以及帮闲应伯爵之辈，丑态百出，令人作呕。但是，正如上面所说，《金瓶梅》毕竟是艺术。它在描绘丑时，不是为丑而丑，更不是像一些论者所说《金瓶梅》作者是以丑为美。不！他是从美的观念、美的情感、美的理想上来评价丑、否定丑。《金瓶梅》表现了对丑的否定，又间接肯定了美，描绘了丑，却创造了艺术美。这样，人们就很容易提出一个问题：《金瓶梅》是怎样来打开人们的心扉，使之领悟到自己所处的环境呢？回答是：否定这个时代，否定这个社会。兰陵笑笑生笔下的所有主人公们都是以其毁灭告终的。他把他的人物置于彻底失败、毁灭的境地，这是这个可诅咒的社会的罪恶象征。因为一连串个人的毁灭的总和就是这个社会的毁灭。读者透过人物看见了作者的思想。笑笑生就是以他那新颖独特的文笔，深刻地反映了社会的真面目。崭新的文笔和崭新的作品思想相结合，这就是《金瓶梅》！这就是作为艺术品的《金瓶梅》！这就是笑笑生以一位洞察社会的作家的胆识向小说旧观念的第一次有力的挑战。

伟大的艺术家罗丹曾说：一位伟大的艺术家，或作家，取得了这个"丑"或那个"丑"，能当时使它变形……只要用魔杖触一下，"丑"便化成美了……一位真正艺术家的功力就表现在这一"化"上。一般地说，文艺家把生活中的丑升华为艺术美，除了靠美的情感、完美的形式、可信的真实性来完成这个艺术上的升华，最根本的还是要根据美学规律的要求，通过艺术典型化的途径，对丑恶的事物进行深刻的揭露、有力的批判，使人们树立起战胜它的信念，在审美情感上得到满足与鼓舞。这就是卢那察尔斯基所说的对生活中的丑，要"通过升华去同它做斗争，即是在美学上战胜它，从而把这个梦魇化为艺术珍品"①。

《金瓶梅》中的西门庆是一个复杂的人物，这是毫无异议的。但是，他的美学含义，却应该是真正"典型"的。我们老一辈的美学家蔡仪先生就认为"美即典型"。如果是"典型"就是美的。否定性人物如同肯定性人物一样，它作为"某一类人的典范"（巴尔扎克语）集中了同他类似的人们的思想、性格和心理特征，从而给读者提供了认识社会生活的形象和画面，这就是作为否定性人物的西门庆的美学价值。《金瓶梅》所塑造、刻画的一系列人物，力求做到人物典型化，从而给否定性人物以生命。罗丹说：

> 当莎士比亚描写亚果或理查三世时，当拉辛描写奈罗和纳尔西斯时，被这样清晰、透彻的头脑所表现出来的精神上的丑，却变成极好的美的题材。

所以，罗丹又说：

> 在自然中一般人所谓"丑"，在艺术中能变成非常的"美"。②

显然，笑笑生这位天才的小说家在表现生活的丑时，智慧地用手中的"魔杖"触了一下，于是生活的丑就"化"成了艺

---

① 《安·巴·契诃夫对我们能有什么意义》，见《论文学》第243页。
② 《罗丹艺术论》第25页。

术的美了。

由此可证明：艺术上一切"化丑为美"的成功之作都是遵照美的规律创作的，都是从反面体现了某种价值标准的。

当然，我们也无须否认，《金瓶梅》作为世情小说的开山之作，它没有能完全"化丑为美"。也就是说，作者未能把生活中的丑艺术地转化成艺术美，这充分表现在《金瓶梅》中过多地表现了动物性的本能，或者说对两性间的性描写过于直露和琐细。这种描写虽然是受社会颓风影响所致，目的又在于暴露西门庆等人的罪恶，但它毕竟给这部不朽的小说带来负面的影响，以至影响了它的流传，因为《金瓶梅》对性生活的描写毕竟不同于它以前的《十日谈》。《十日谈》贯穿着强烈的反宗教、反教会、反禁欲主义的精神。一方面是因为刚从宗教禁欲主义的束缚中冲出来，物极必反，难免由"禁欲"而到"颂欲"，另一方面也是市民资产阶级的爱好。但归根结底是对伪善而且为非作歹的教会、淫邪好色的神父、嫉妒成性的丈夫进行揭露、讽刺和批判。

"化丑为美"是有条件的。作家内心必须有自己的崇高的生活理想和审美理想之光。只有凭借这审美理想的光照，他才能使自己笔下的丑具有社会意义，具有对生活中的丑的实际批判的能力，具有反衬美的效果。如果是对丑持欣赏、展览的态度，那么丑不但不能升华为艺术美，反而会成为艺术中最恶劣的东西。

生活里有美便有丑，美和丑永远是一对孪生的兄弟，所以表现丑的艺术也永远相应地有它存在的价值。但是这里有一个分寸感，一个艺术节制的问题。《金瓶梅》的审美力量在于，它揭露阴暗面和丑恶时，具有一定的道德、思想的谴责力量，这就是为什么《金瓶梅》中均是丑恶的"坏东西"形象，连一个严格的肯定性人物都没有，却能引起人们美感的原因！而另一方面，这位笑笑生的败笔也在于他在揭露腐朽、罪恶和昏暗时缺乏节制。忠实于生活，不等于展览生活。《金瓶梅》缺乏的正是这种必要的艺术提炼。

总之，《金瓶梅》不是一部令人感觉到温暖的小说。灰暗的色调挤压着看客们的胸膛，让人感觉到呼吸空间的狭小，我们似乎真觉得到那个社会的黑暗无边。

人原本是杂色的

当我们走进《金瓶梅》的艺术世界时，我们的"第一印象"和特殊感受已如前节所说，那是一个人欲横流、世风浇漓的"丑"的世界。然而我们在面对小说中的主要人物时，我们又会发现这位兰陵笑笑生在写人物时真的是一位传神写照的高手。

一个普遍的艺术真理是：只有描写出各种各样的鲜明的人物形象，才能全面地反映出社会的风貌。我国现代著名作家老舍先生在总结他一生的创作和纵观了世界文学史以后，在《老牛破车》中说了这样一段话：

> 凭空给世界增加了几个不朽的人物，如武松、黛玉等，才叫作创造。因此，小说的成败，是以人物为准，不仗着事实。世事万千，都转眼即逝，一时新颖，不久即归陈腐；只有人物永垂不朽。此所以十续《施公案》，反不如一个武松的价值也。

如果说《金瓶梅》的成就也是给世界小说史上增加了几个不朽的人物，我想也是符合实际的。如西门庆、潘金莲、李瓶儿、应伯爵等人，堪称典型环境中的典型人物。但是如果进一步地说在《金瓶梅》的人物画廊中十多个不朽的典型人物，首先是形象上的传神和不拘一格。这种"不拘一格"就是指，它打破了它之前那种写人物性格好就好到底、坏就坏到底的写法，这可以包括《三国演义》《水浒传》和《西游记》等名著。因为这些名著在塑造形象、刻画性格时，还不能突破既有的规范，缺乏性格描写上的艺术辩证法。而《金瓶梅》则在人物性格、行动和心态上已经萌生了一种新的小说审美意识——现实生活中的人是复杂的，不是单色素的，小说应把这种复杂性表现出来。

事实上，在社会现实生活中，正如俄国作家高尔基在谈及创作心得时所说的，人"是带着自己的整个复杂性的人"。因此他明快地说出他的体会：

> 人是杂色的，没有纯粹黑色的，也没有纯粹白色的。在人的身上掺和着好的和坏的东西——这一点应该认识和懂得。①

因此，美者无一不美，恶者无一不恶，写好人完全是好，写坏人完全是坏，这是不符合多样统一的艺术辩证法的。在中国小说的童年时代，这种毛病可以说是很普遍的。在中国戏曲中，红脸象征忠、白脸象征奸的审美定势，一直和小说交互作

① 见《高尔基选集·文学论文选》，《论剧本》，人民文学出版社1958年11月版第249～250页。译文有出入。

用，打破这种樊篱的正是笑笑生。

《金瓶梅》在小说观上的突破就在于它所塑造的否定性形象，不是肤浅地从"好人""坏人"的概念中去衍化人物的感情和性格行为，而是善于将深藏在否定性人物各种变态多姿的声容笑貌里，甚至是隐藏在本质特征里相互矛盾的心理性格特征揭示出来，从而将否定性人物塑造成活生生的有血有肉的人物，因此《金瓶梅》中的人物不是简单的人性和兽性的相加，也不是某些相反因素的偶然堆砌，而是性格上的辩证的有机统一。

人不是单色的，这是《金瓶梅》作者对人生观察的一个极为重要的心得。过去在研究《金瓶梅》的不少论著里有这样一种理论，即将人物关系的阶级性、社会性绝对化、简单化，只强调社会性和阶级性对否定性人物思想性格、心理的制约，而忽视了他自身的心理和性格逻辑。于是，要求于否定性人物的就是"无往而不恶"。从思想感情到行为语言，应无一不表现为赤裸裸的丑态。反乎此，就被认为人物失去了典型性和真实性。有的研究者就认为"作者在前半部书本来是袭用了《水浒》的章节，把他（指西门庆——引者）作为一个专门陷害别人的悭吝、狠毒的人物来刻画的。后来又'赞叹'起他的'仗义疏财，救人贫困'……这种变化并没有性格发展上的充分根据……这种对于人物前后矛盾的态度，使作者经常陷入不断的混乱里"。另外，在中国社会科学院文学研究所编写组编写的《中国文学史》中，在谈到李瓶儿的性格塑造时也认为不真实，他们说："李瓶儿对待花子虚和蒋竹山是凶悍而狠毒的，但是在做了西门庆的第六妾之后却变得善良和懦弱起来，性格前后判若两人，而又丝毫看不出她的性格发展变化的轨迹。"在谈到春梅的形象时，也认为"庞春梅在西门庆家里和潘金莲是狼狈

金瓶梅

第十九回

草里蛇逻打将竹山

蒋竹山

楝選南北道地川廣生熟藥材

金瓶梅

李瓶儿情感西门庆

为奸的，她刁钻精灵，媚上而骄下，是一个奴才气十足的形象；然而在她被卖给守备周秀为第三姜，又因生子金哥扶正为夫人之后，她在气质上的改变竟恂恂若当时封建贵族妇女，也是很不真实，缺乏逻辑和必然过程的"。

对《金瓶梅》人物塑造的简单化的批评已有文章提出了质疑。我是同意他们的意见的，但从理论上来说，以上的一些说法，实际上是否定人物身上的多色素，而追求单一的色调。事实是，小说并没有把西门庆写成单一色调的恶，也不是把美丑因素随意加在他身上，而是把他放在他所产生的时代背景、社会条件、具体处境上，按其性格逻辑，写出了他性格的多面性。在中国小说史上有不少作品不乏对人物性格简单化处理的毛病，比如鬼化否定性人物的现象，这往往是出于作者主观臆想去代替否定性人物的自身性格逻辑的结果。这种艺术上的可悲的教训，不能不记取。我们不妨听听契诃夫的写作体会：为了在七百行文字里描写偷马贼，我得随时按他们的方式说话和思索，按他们的心理来感觉，要不然，如果我加进主观成分，形象就会模糊。契诃夫说得多好啊！要求否定性人物的性格的真实性，不能凭主观臆断，只能通过作者描写在特定环境中所呈现出的个性、灵魂和思想感情。可以这样说，获得否定性人物的美学价值的关键，就在于让他按照自己的性格逻辑走完自己的路。

从小说艺术自身发展来说，应当承认，《金瓶梅》对于小说艺术如何反映时代和当代人物进行了大胆的、有益的探索，打破了或摆脱了旧的小说观念和旧模式的羁绊，这是值得我们重视的。因为这种新的探索既是小说历史赋予的使命，也是现实本身提出的新课题。这意味着《金瓶梅》的作者已经不再是

127

简单地用黑白两种色彩观察世界和反映世界了，而是力图从众多侧面去观察和反映多姿多彩的生活和人物。小说历史上那种不费力地把他观察到的各式各样的人物硬塞进"正面"或"反面"人物框子去的初级阶段的塑造性格的方法已经受到了有力的挑战。多色彩、多色素地去描写他笔下人物的观念已经随着色彩纷繁的生活的要求和作家观察生活的能力的提高而提到小说革新的日程上来了——寻求一种更为高级、更为复杂的方式去塑造活生生的杂色的人。

应当说，这就是《金瓶梅》以它自身的审美力揭示出的小说观——小说的潜能被进一步开掘出来，他昭示给我们，他的"人物是他们的时代的五脏六腑中孕育出来的"（巴尔扎克语）。关于小说中的人物刻画我将在《人物扫描》一章做详细的分析。

令人感慨系之的是，中国小说发展史上却总是打上这样的印记，即在一部杰出的或具有突破性的小说产生以后，总是模仿者蜂起，续貂之作迭出。它们以此为模式，以此为框架，结果一部部公式化、模式化的作品一涌而出，填充着当时的整个说部，把小说的艺术又从已达到的水平上强行拉下来。这种现象一直要等到另一位有胆有识的小说家以其杰出的作品对抗这一逆流，并站稳脚跟以后，才能结束那不光彩的一页。此种情况往往循环往复，于是构成了中国小说的发展轨迹始终不是直线上升的形式，而是走着螺旋式上升的发展道路。对于这种现象曹雪芹已经以他艺术家的特有敏感和丰富的小说史知识，发现并提出了中肯的批评和很好的概括，而且力图用自己的作品来结束小说史上的这种局面，他说：

况且那野史中，或讪谤君相，或贬人妻女，奸淫凶恶，不可胜数；更有一种风月笔墨，其淫秽污臭，最易坏人子弟，至于才子佳人等书，则又开口"文君"，满篇"子建"，千部一腔，千人一面，且终不能不涉淫滥。在作者不过要写出自己的两首情诗艳赋来，故假捏出男女二人名姓，又必旁添一小人拨乱其间，如戏中的小丑一般，更可厌者，"之乎者也"，非理即文，大不近情，自相矛盾。竟不如我这半世亲见亲闻的几个女子，虽不敢说强似前代书中所有的人，但观其事迹原委，亦可消愁破闷；至于几首歪诗，也可以喷饭供酒，其间离合悲欢，兴衰际遇，俱是按迹循踪，不敢稍加穿凿，至失其真。《红楼梦》第一回。

对于曹雪芹的这段评论，学术界尚有不同看法，但是我认为曹雪芹的批评并非是"牢牢地压住了那么多作品致使它们不得翻身"。不可否认，在过去古典小说研究领域确实存在过那种"一丑百丑"的简单化批评的弊端，时至今日，我们确实不应再那么粗暴了，而是要对具体作品进行具体分析，对每一部作品做出科学的评价。然而，不容否认，从作为一种小说思潮来看，明末清初之际的小说，读起来何尝没有似曾相识之感呢？才子佳人小说，大都写一对青年男女，男的必定是聪明才子，女的必定是美貌佳人，或一见钟情，或以诗词为媒介，顿生爱慕，双方私订终身；当中出了一个坏人，挑拨离间，多方破坏，使男女主人公经历种种波折磨难；最后，才子金榜题名，皇帝下诏昭雪冤屈，惩罚坏人，奉旨完婚，皆大欢喜的结局。生活画面和人物塑形几乎雷同，模式化的倾向极为严重，"千人一面"和"千部一腔"的批评并非过分。因为或是模仿，或是续貂，可以说都是对《金瓶梅》已经开创的写出"杂色的人"的小说观的倒退，其消极作用也不容低估。我视野极窄，仅就所看到的《好逑传》《赛红丝》《玉娇梨》《平山冷燕》等作品来看，虽"有借爱情与婚姻的外壳而抨击社会生活"的，"有因正义美行而导致姻缘的"一面，但是人物的塑形几乎都是皮相的，缺乏我们所要求的"典型环境中的典型性格"。比如《玉娇梨》里两位小姐白红玉、卢梦梨与《平山冷燕》里的山黛、冷绛雪两位小姐，从外貌到精神状态都极为相似。她们的美貌、才情和际遇、团圆以及模范地恪守封建规范都如出一辙。像《平山冷燕》中燕白颔和山黛、平如衡和冷绛雪的爱情关系，《玉娇梨》中苏友白和白红玉、卢梦梨的爱情关系，乃至《好逑传》中铁中玉和水冰心的爱情关系，都成了欲爱不休、心是口非、情感与行动矛盾的不正常关系。学术界有人认为是宋明理学对明清之际小说的模式化起了很大作用。因为宋明理学以性抑情，于是抹杀了小说形象的个性，使得人物形象越来越概念化、公式化和脸谱化。小说中的人物，往往吟风弄月，而不离孔孟之道，真情实意归于理学。这说明了理学教条主义对人物形象塑造的破坏性。这种看法，是耶？非耶？还有待研究。但从创作实践去总结艺术规律，我们却可以明确地说，从某种格式出发的公式化、概念化的作品，或带有这种倾向的作品，人物都是单一的，没有丰满的血肉，没有可信的心灵世界和鲜明的个性，而是类型化的角色，这就是俗话所说：从一个模子里铸出来的人，当然难免要产生千部一腔、千人一面的平庸乏味的作品了。

在我们走进《金瓶梅》的艺术世界时，也许它的故事并没有使我们不忍释卷。在我看来，它的十几个甚至二十几个活生生的形象却吸引我们关注他（她）们的命运，同时又去领略他

（她）们是如何在命运的轨迹上行走着、旋转着，这就是《金瓶梅》艺术魅力之所在。走笔至此，陡然想起德国伟大作家歌德，他在自己的谈话录中，不无感慨地说：

> 艺术的真正生命在于对个别特殊事物的掌握和描述。此外，作家如果满足于一般，任何人都可以照样模仿；但是，如果写出个别特殊，旁人就无法模仿，因为没有亲身体验过。①

信哉斯言！

追魂摄魄白描入骨

世界上许多文学巨擘都曾在语言雄关前经过艰苦的战斗，冲破了一道道"贫乏""单调""繁冗""含混""枯燥"的防线，才逐步走上了"鲜明""生动""形象""准确"的坦途。事实上，即使是我们最熟悉的那些一流的作家，在一生创作中令他苦恼不堪的也仍然是语言的问题，这就是人们所说的"语言痛苦症"。比如在语言上下过那么多功夫的高尔基也曾受过这病症的折磨。他坦言：

> 我的失败时常使我想到一位诗人所说的悲哀的话，"世上没有比语言的痛苦更强烈的痛苦"。②

说实在的，一部文学作品里，如果缺乏鲜明、生动、形象

---

① 《歌德谈话录》，人民文学出版社1978年9月第1版，第10页。
② 《谈谈我怎样学习写作》，见《论文集》第188页，人民文学出版社1979年版。据我所知，他引的诗人的话，是（俄）一个叫纳德松讲的。

的语言，如果没有玲珑剔透、宛如浮雕似的使意象呈现出来的语言，如果没有妙语连珠、佳句迭出的警策的格言，那么即使故事不错、主题正确，作品的整体也会显得平平，而失去光彩照人的艺术魅力，所谓的文学性和形式美感也会丢掉一大半。妙语佳句在文学作品中之所以那么重要，是因为它们的确显示了一个作家的思想水平、艺术功力和灵、智二气。

然而复杂的是，同样都是语言艺术，由于文体和形态的不同，语言的传达和表述、节奏与格调、换位与切分等也往往同中有异，其中大有学问在，仅就诗与散文来说，从表象看，诗的语言就常会透露出散文语言没有的光辉。而散文中显得十分平凡的字句，有时竟会在诗歌中产生意想不到的艺术效果。而作为叙事艺术的小说文体又和诗、散文有了更大的差异，它们除了语言的一般规则要求之外，小说家在语言使用上的缜密、贴切还同他对情节中各个部分相互关系的深入认识有很大关系。读者朋友可能都熟悉鲁迅在写《阿Q正传》时，为了准确地把握小说的语言表述方式——我们从他的手稿中可以看到——把"满把是钱"，改成了"满把是银的和铜的"。俄国伟大作家陀思妥耶夫斯基，曾经为了追求小说的形象性，认为他笔下所写的"有个小银元落在地上"这个句子不理想，而改成了："有个小银元，从桌上滚落了下来，在地下叮叮当当地跳着。"这真如后来一些作家称赞的那样：使读者看到语言所描写的东西就像看到了可以触摸的实体一样。在这里，我们不正是从小说的写实性的语言符号所呈现的意味中，找到了生活中的对应现象了吗？一个再浅显不过的道理说明，文学的语言，不仅要求"骼"，还要求"血肉"；它不仅要求"梗概"，还要求"细节"；它不仅要求"形似"，还要求"神似"。总之，精彩的

金瓶梅

第三回

定挨光虔婆受贿

金瓶梅

设圈套浪子挑私

文学作品，使用的总是能够描绘形象的语言。也许这一点对作为叙事艺术的小说更为关键。

以上我对文学语言，特别是叙事文学的小说语言说了我的一些感受，目的仅仅是为分析《金瓶梅》的语言做一些铺垫，意在说明：现实主义小说的语言力图尽量接近事物的本来面目，从而使抽象的文字符号产生逼真的艺术效果。对《金瓶梅》的文学语言是大可研究一番的。

本世纪初（2002年）我和我的朋友、苏州大学语言学专家曹炜教授合著了一部《〈金瓶梅〉的艺术世界》，由台湾文史哲出版社印行。本书所有有关《金瓶梅》的文学语言的研究都由曹炜教授撰写。我在通读全书书稿时就已感到，曹炜先生对《金瓶梅》人物语言的微观世界和宏观世界都有独到的见解。现在我想在他的研究基础上进行一些更通俗化的说明。

要研究和说明《金瓶梅》文学语言的魅力，我认为应该明确以下三个前提，只要把握了这三项前提，我们就会比较容易理解这部小说对语言艺术做了何等重要的贡献。

1.小说所写，大部分是庸俗、卑琐的生活与人物，以此反映时代、人生和众生相。

2.小说提供的乃是化庸陋、卑下甚至丑恶的生活和人物为艺术形象之后，所产生的艺术美。我们读此书就是以这种非美的事物、丑的事物为对象的一种审美活动。《金瓶梅》是一株丑之花、恶之花。

3.家庭之内，妻妾合气斗口，事极屑琐，而其中所塑造之众多人物，各有面貌、心理、话语、动作、性情，声息如画，纷然并陈。有些情节决然不能入于他书，即或采以入书也只能作为点缀，甚或成为赘笔，然而在《金瓶梅》中却不是侧笔、插曲、败笔，而是正笔、胜笔。

据此，我们可以沿着小说情节的滚动逐步看清这部小说在人物语言上的三大特色，即性格化（或曰个性化）、平民化、市井气。以上三大特色，几乎都是用人物对话显现出来，这种人物对话的比重远远超过叙述语言。笑笑生赋予人物对话以多种艺术功能：交代正在进行的、打算进行的、已经进行的事情，烘染环境、氛围，指明器物，带出动作，隐喻表情、心理、性格、人物关系等等。笑笑生笔下的人物对话，容量大而多变，技巧精而繁复。至于口语、俗语的纯粹、丰富、生动、表现力之强，作者运用口语俗语的娴熟漂亮，得心应手，都使人惊叹。现在就让我们看看、听听这些鲜活的人物语言吧！

首先让我们看看书中着墨不多的小角色。小说开篇不久，王婆出场了。西门庆向她打听潘金莲是谁的娘子。她张口便说："他是阎罗大王的妹子，五道将军的女儿。"西门庆称赞她的梅汤做得好，有多少在屋里。她装疯卖傻地回答："老身做了一世媒，那讨得一个在屋里！"西门庆请她为自己做媒，她便有意捉弄他，让西门庆感兴趣的那位"生得十二分人才，只是年纪大些"的娘子竟然是"丁亥生"、属猪的、"交新年恰九十三岁"的老妇人。这种调侃，把西门庆拿捏得急不得、恼不得，只能厚着脸皮求她帮忙。

而到了下一步，在为西门庆定下十件挨光计时，王婆的精细和老谋深算则发挥到了极致，她一口气竟然说了1016个字，这真不能不佩服这个媒婆的语言"功力"。后来西门庆踢伤武大郎，怕武松回来算账，只是"苦也""苦也"地叹息。而王婆却在关键时刻冷静沉着，她对着哭丧着脸的西门庆说："我倒不曾见，你是个把舵的，我是撑船的，我倒不慌，你倒慌了手脚。"西门庆听了这番话，承认自己"枉自做个男子汉"！本来王婆和西门庆是两个地位、身份很不相同的人，然而现在西门庆有求于王婆，只好放下身段，一句硬话也不敢说，被王婆反复调侃、捏弄，"唯命是从"。王婆的几次"发言"，只有出自她之口。从开始对西门庆的油腔滑调到后来对潘金莲嘱咐时所说的狠话，我们真的感到还是金圣叹说得正确，"一样人，便还他一样说话"。此话虽然是说的《水浒传》的语言艺术，但也可用于《金瓶梅》中的人物语言。

人物之间的对话最易显示人物性格，这是生活中的逻辑，而在小说文本中，通过人物之间的对话表现人物的性格特点，同样是艺术上的逻辑。

在这个基础上，我们还可以考虑考虑《金瓶梅》的语言艺术是不是在写人物时已经超越了"性格"。我认为笑笑生不大写一般意义上的"性格"，他甚至连人的外貌都写得很少，几笔吧。他写的是人的内在的东西，人的气质，人的"品"。笑笑生写人物，所用的语言往往是得其精而遗其粗。他的语言风格，看似随意，实则谨严，即使是通俗小说难以避免的造噱头，吸引眼球，你也会感到他是如何以写人为中心，而且写的是生活中真实的人。最经典的例子是小说第七十五和第七十六回吴月娘与潘金莲的合气斗口：

> 当下月娘自知屋里说话，不妨金莲暗走到明间帘下，听觑多时了，猛可开言说道："可是大娘说的，我打发了他家去，我好把拦汉子！"月娘道："是我说来，你如今怎么的我？本等一个汉子，从东京来了，成日只把拦在你那前头，通不来后边傍个影儿。原来只你是他的老婆，别人不是他的老婆？行动题起来：'别

137

人不知道，我知道。'就是昨日李桂姐家去了，大妗子问了声：李桂姐住了一日儿，如何就家去了，他姑父因为甚么恼他？教我还说：谁知为甚么恼他。你便就撑着头儿说：'别人不知道，自我晓的。'你成日守着他，怎么不晓的！"金莲道："他不来往我那屋里去，我成日莫不拿猪毛绳子套他去不成？那个浪的慌了也怎的？"月娘道："你不浪的慌，你昨日怎的他在屋里坐好好儿的，你恰似强汗世界一般，掀着帘子硬入来叫他前边去，是怎么说？汉子顶天立地，吃辛受苦，犯了甚么罪来，你拿猪毛绳子套他？"

"贱不识高低的货，俺每倒不言语，只顾赶人不得赶上。一个皮袄儿，你悄悄就问汉子讨了，穿在身上，挂口儿也不来后边题一声儿。都是这等起来，俺每在这屋里放小鸭儿，就是孤老院里也有个甲头。一个使的丫头，和他猫鼠同眠，惯的有些摺儿，不管好歹就骂人。倒说着你，嘴头子不伏个烧埋。"金莲道："是我的丫头也怎的？你每打不是？我也在这里还多着个影儿哩。皮袄是我问他要来，莫不只为我要皮袄，开门来也拿了几件衣裳与人，那个你怎的就不说来？丫头便是我惯了他，我也浪了图汉子喜欢。像这等的，却是谁浪？"吴月娘乞他这两句触在心上，便紫涨了双腮，说道："这个是我浪了，随你怎的说。我当初是女儿填房嫁他，不是趁来的老婆。那没廉耻趁汉精便浪，俺每真材实料不浪！"被吴大妗子在跟前拦说："三姑娘，你怎的？快休舒口。"饶劝着，那月娘口里话纷纷发出来，说道："你害杀了一个，只少我了。"孟玉楼道："耶耶，大娘，你今日怎的这等恼的大发了。连累着俺每，一棒打着好几个人，也没见这六姐，你让大姐一句儿也罢了，只顾打起嘴来了。"大妗子道："常言道：要打没好手，厮骂没好口。不争你姊妹们攘开，俺每亲戚在这里住着也羞。姑娘，你不依，我去呀。嗔我这里，叫轿子来，我家去罢。"被李娇儿一面拉住

138

大姈子。那潘金莲见月娘骂他这等言语，坐在地下就打滚打脸上，自家打几个嘴巴，头上髻都撞落一边，放声大哭，叫起来说道："我死了罢，要这命做什么！你家汉子说条念款说将来，我趁将你家来了？彼时恁的也不难的勾当，等他来家，与了我休书，我去就是了。你赶人不得赶上！"月娘道："你看就是了，泼脚子货！别人一句儿还没说出来，你看他嘴头子就相淮洪一般。他还打滚儿赖人，莫不等的汉子来家，好老婆，把我别变了就是了。你放恁个刁儿，那个怕你么？"那金莲道："你是真材实料的，谁敢辨别你？"月娘越发大怒，说道："好，不真材实料，我敢在这屋里养下汉来？"金莲道："你不养下汉，谁养下汉来？你就拿主儿来与我！"玉楼见两个拌的越发不好起来，一面拉起金莲："往前边去罢。"却说道："你恁的怪刺刺的，大家都省口些罢了。只顾乱起来，左右是两句话，教他三位师父笑话。你起来，我送你前边去罢。"那金莲只顾不肯起来，被玉楼和玉箫一齐扯起来，送他前边去了。……

下面还有很多精彩的段子，我很舍不得删去，但受篇幅限制，留待读者去阅读吧！不过仅就我抄录的还不到两千字，人们是不是可以有窥其全豹的感觉呢？这里不仅仅是吴月娘和潘金莲两个人的合气斗口，孟玉楼和吴大姈子也参与其中了。这种对话的形式是非常出色的，它属于多人立体交叉式的对话，是"七嘴八舌"的多声部，是"众声喧哗"。因此，这里的场面就不再是平面化的两级对垒，而是多极交叉的立体化的多声部的对话，这才是从生活中来又进行了提炼、升华的，它已成为中国古典小说运用对话写人物的经典例证。以上是从形式上讲，那么，如我上文所言，这种写法还有一个更内在的作用，即写出人的气质、素质和人的"品"来。

小说第七十五回以前，吴月娘和潘金莲的矛盾还未公开化，大部分矛盾都不是她们之间的正面冲突，而是因他人他事引出来的摩擦。到了第七十五回，两个人的矛盾正式进入公开化。这一次的大争吵，从事情的内容来说，并不新鲜，无非是将陈年老账重新翻出来进行一次总清算。吴月娘一反常态，和潘金莲你来我往，唇枪舌剑，针锋相对，好不热闹。两个人围绕到底是谁把拦汉子，该不该尊重大老婆当家理财的权力；是不是纵容了丫头使性子骂人；谁是真材实料，谁又是趁来的老婆；连李瓶儿之死的根由也一并提出。吴、潘的这次对决，归根结底是个名分的问题。吴月娘早已感到她的主妇地位在潘金莲面前与心中屡屡受到挑战。潘金莲从开始对吴月娘的奉承，到后来的有恃无恐，吴月娘看得一清二楚。她几次都觉得潘金莲是有意冲撞她的大老婆尊严，也曾想钳制一下潘金莲的得意忘形。机会终于来了，吴月娘的一反常态其实是有根据的，她不能不在这个关键时候出手，杀杀她的威风，旗帜鲜明地维护自己的妻权。而潘金莲的劣势恰恰被吴月娘当众揭了个底儿掉，原来妻权这个幽灵还是隐隐地制约她的行为，而现在吴月娘连表面文章也不做，直斥她是杀人的凶手，是趁来的老婆。这对于潘金莲是无法忍耐的，一番撒泼打滚，丝毫没有挽回自己的颓势，如果不是孟玉楼帮忙，她是很难下这个台阶的。所以我说，这里是有"性格"，但更是写了两个人的"品"。吴月娘这位一向举止持重、性格温柔敦厚的人，这次也一反常态而"紫涨了双腮"，决意要争个高低了。后续的故事正是证明了这一点，你听吴月娘在大局已定以后说：

　　无故只是大小之分罢了……汉子疼我，你只好

140

金瓶梅

第八十五回

吳月娘識破奸情

金瓶梅

春梅姐不垂別淚

看我一眼罢了。

后来孟玉楼劝潘金莲向吴月娘道歉，潘金莲终于"插烛也似与月娘磕了四个头"，忍气吞声地说道：

娘是个天，俺每是个地。娘容了俺每，俺每骨秃揆着心里。

笑笑生把人物写到这分儿上，读者不能不承认他追魂摄魄、白描入骨的功力了。在性格的潜隐层次的开挖上，让我们今天的读者真的领略、享受了小说大师的艺术腕力，他实在太有实力了。

《金瓶梅》在小说语言艺术上的成就和贡献是多方面的。自它诞生不久，诸多名家就有过很高的评价。当时针已拨到21世纪，在对它一读再读的过程中，我们的体会也更加深入了。因篇幅所限，我们不能展开来说。然而有一点，我想谈谈自己的看法。

《金瓶梅》确实有粗俗的那一面，其中人物语言的粗俗就是一个很显眼的毛病。然而在诸多原因外，小说的规定情境已经决定了它的语言运用，比如男女床第间、闺阁中的私语、以淫词打趣他人、以淫词咒骂他人、说性事以取乐等确实有些过火，缺乏一种语言的文学转换。可是总观《金瓶梅》的语言艺术，它给我的最深刻的印象是它的"活"。"活"是鲜活，不是已死的语言；是活动，所以不是僵化的语言；是活泼，不是用滥了的套话，"活"更在于它全然是生活中富有个性的、有情趣的、形象鲜明的语言。一经它的运用，就又在生活中流行了起来。它稍作修饰就还给了生活。于是我们从后来人们说的话中得到了印证，更从小说、戏曲、讲唱文学和野史笔记中看到了它的存在，看到了它依然那么鲜活，看到了它强大的生命力。我们不妨再举一个经常被人们引用的例子。小说第八十五回，西门庆死后，潘金莲肆无忌惮地与陈经济勾搭，不巧被吴月娘撞见。吴月娘此时再无任何顾忌，直截了当地和潘金莲摊牌，然而又如此讲"策略"，她说：

> 六姐，今后再休这般没廉耻！你我如今是寡妇，比不的有汉子。香喷喷在家里，臭烘烘在外头，盆儿罐儿都有耳朵，你有要没紧和这小厮缠甚么！教奴才们背地排说的碜死了！常言道：男儿没性，寸铁无钢；女人无性，烂如麻糖。其身正，不令而行；其身不正，虽令不行。你有长俊正条，肯教奴才排说你？在我跟前说了几遍，我不信，今日亲眼看见，说不的了。我今日说过，要你自家立志，替汉子争气。

这是吴月娘在西门庆死后对潘金莲一次很重要的"训词"。前面我对第七十五回做过一些分析，吴、潘的关系是很紧张的。而西门庆死后，作为一家之主，吴月娘面临着太多太多的困难。此次发现潘金莲的丑事，她既没有暴跳如雷，也没有幸灾乐祸，更未落井下石、大肆宣扬，而是在"训词"中充满了晓之以理、动之以情和又打又拉的味道，在语言运用上确实有可圈可点之处。说兰陵笑笑生是"炉锤之妙手"（明·谢肇淛）不是过誉。这番"推心置腹"的言辞仍属"市井之常谈，闺房之碎语"（欣欣子序），但出自吴月娘之口也还是"语重心长"的。用语之妙，是比干巴巴的说教更灵动的鲜活的家常口语，像"香喷喷的在家里，臭烘烘的在外头"，这话用得极贴切又

金瓶梅

第二十四回

敬济元夜戏娇姿

金瓶梅

惠祥怒言来旺妇

形象。又如"盆儿罐儿有耳朵"的比喻更是活泼泼的俚语。

《金瓶梅》中的这些例了在书中是俯拾即是，都体现了作者力求口语化的功力。这种鲜活、真切、自然、生动、形象的特点大大有助于塑造个性化的人物形象。

《金瓶梅》语言的世俗化、平民化特点是朴实无华，有些近似现实生活的实录，人们很难看出雕琢乃至加工的痕迹，你也许觉得很粗糙，但它带着原生态的野味。比如第二十五回，来旺听说妻子宋惠莲与西门庆勾搭成奸，又见到箱子里的首饰衣服，便问宋惠莲是从哪儿弄来的，下面是宋惠莲的一番精彩的言辞：

> 呸，怪囚根子！那个没个娘老子？就是石头狢剌儿里迸出来，也有个窝巢儿；枣胡儿生的，也有个仁儿；泥人下来的，他也有灵性儿；靠着石头养的，也有个根绊儿；为人就没个亲戚六眷？此是我姨娘家借来的钗梳！是谁与我的？白眉赤眼，见鬼倒死囚根子。

用曹炜教授的评论，"这种话语在经史子集中看不到，在书房里、贵族世家的深宅大院里听不到，若不接触下层平民，断然写不出"。确实，《金瓶梅》经常给我们耳目一新的感觉，它一扫文人词汇的呆板、僵化的毛病，给人的是真切、生动的感觉。

民间的俗语、谚语、歇后语是民众口语的精华，是人民智慧的结晶。《金瓶梅》中，把这些语言精粹运用起来得心应手，它为整部小说的叙事抒情对谈生姿增色，读来令人神旺。

仅从歇后语来看，《金瓶梅》用量之多、表现之准确也是很多小说难以匹敌的。如"促织不吃癞蛤蟆肉——都是一锹土上人"（二十四回），"东净里砖儿——又臭又硬"（二十回），"甏里走风鳖——左右是他家一窝子"（四十三回），"卖萝卜的跟着盐担子走——好个闲嘈心的小肉儿"（二十回）。像民间谚语的运用，如"吃著碗里，看著锅里"（十九回），"母狗不掉尾，公狗不上身"（七十六回），"急水里怎么下得桨"（三十六回），"篱牢犬不入"（第二回），"船载的金银，填不满烟花寨"（十二回）。这些谚语凝练、生动、形象，大大加强了语言的感染力、表现力，产生了风趣、简洁、化抽象为具体的艺术效果。

《金瓶梅》中更有大量方言词汇，这些词汇当然有地方特色，然而小说作者在提炼和筛选时，大多易于把握其内容。如"胡说"，则称"咬蛆儿"（二十七回），"隐瞒"则称"合在缸底下"（二十回），"干老行当"则称"吃旧锅里粥"（八十七回），"不正经"则称"不上芦席"（七十六回），"贪图小利"则称"小眼薄皮"（三十三回），"根本不存在的事情"则称"三个官唱两个喏"（七十三回）……这些原本显得抽象的意义，经由方言词语道出，就变成可以听到、可以看到、可以触摸到的具象化的东西了。

《金瓶梅》语言艺术研究的专家一般认为《金瓶梅》的叙述语言显得杂乱，对此我有同感。我认为《金瓶梅》的人物语言确实优于它的叙事语言。曹炜教授把《金瓶梅》的叙述语言比喻为："是一个万花筒，又是一盘大杂烩。"

他说：

> 万花筒云云，是说她文字表达往往花团锦簇，气象万千，具有较高的艺术水准和较强的艺术表现力；大杂烩云云，乃是说她泥沙俱下，良莠混杂，有精华，也有糟粕。因此，评价《金瓶梅》的叙述语言，需坚持实事求是的原则，一切从文本出发，一味褒扬固然不足取，全盘否定更是要不得。①

---

① 见曹炜、宁宗一合著《〈金瓶梅〉的艺术世界》，台湾文史哲出版社，2002年版第181页。

148

我想他的这些意见值得我们看这部奇书时参考。

《金瓶梅》的品性

当你走进"金瓶梅世界"，又对它的场景、人物、故事情节和各种矛盾冲突有了大致的印象和体验以后，你会很自然地思考、叩问这部作品是怎样创做出来的？作者在面对现实生活、各色人等和人物的心灵流变时是一种什么样的感情、什么样的心态？如果你还是一位有文学理论知识的读者，你会很快地问道，作者遵循的是什么艺术原则？他又是采用了什么样的创作方法来构建他的长篇小说，并引领你进入这座大厦？

搞清这个问题不仅有理论意义和实践价值，同时也可以更好地把握《金瓶梅》的文化蕴涵和审美形态。

关于《金瓶梅》艺术方法的评论大致有三种意见：一种意见认为《金瓶梅》没有理想，没有一丝光明，没有写出正面人物，而且还有大量对性生活的淫秽猥亵的描写，因此是自然主义作品；一种意见认为它是一部现实主义艺术巨著；还有一种意见认为《金瓶梅》是一部带有浓厚自然主义色彩的批判现实主义作品。

从一定意义上说，现实主义和自然主义都是我们从外国文艺思潮和艺术创作方法中借用来的概念。在我国传统文艺史上本来并没有形成过严格的现实主义文学思潮和自然主义思潮，这是不言自明的事。比如自然主义作为一种文艺思潮就是产生于19世纪中叶的欧洲，而实证主义则是自然主义的哲学基础。但是，我们今天在运用这些概念时，已经有了自己独立的解释。比如我们今天谈到的自然主义，大致是指那些排斥艺术的选择和提炼、摒弃艺术的虚构和想象、片面强调表面现象和细节的精确写照，而作家则又以冷漠的客观主义者、以"局外人"的态度严守中立，对描写对象，不做出理性的判断和评价等等，这一切，我们往往看作是自然主义的表征。如果上面的论述还是符合我们今天对自然主义的理解的话，那么《金瓶梅》显然是放不进这个框框中去的。不错，《金瓶梅》比起它的早出者《三国演义》《水浒传》等长篇小说来，更着重客观地描写人物和事件，不像它的先辈作家们通常采取的手法那样，在刻画人物时加进那么多的主观色彩，或褒或贬，溢于言表。《金瓶梅》不是这样，作者冷静地甚至无动于衷地表现人物的命运，让人物按照现实生活的逻辑发展自己并走向自己的归宿。总之，他给他笔下的人物的存在以极大的自由，绝不对人物的命运"横加干涉"。他的这种写作风格在他所在的时代是过于突进了（即它带有近现代小说创作理念），于是难得时人的公评，甚至招来非议，这也是可以理解的，但是，《金瓶梅》自有它打开人们心扉的力量。是它，使人们在读到这部作品时，领悟到自己所处的时代和社会环境，从而引导人们否定这个可诅咒的社会，使人们认识到这是一个失去了美的世界。因此，他把小说中的主要人物都写成了没有好下场。《金瓶梅》并非用生物主义观点来看这个社会和人。按照一般理解，自然主义总是把社会的人"化"成生物学或病理学的人，否认"人是一切社会关系的总和"，把人和整个社会关系脱离开来，甚至把人写成远离社会的动物。《金瓶梅》则不，它并不认为自己的人物是脱离社会而存在的孤立的人，而是把他们当作社会的人。他之所以要把主人公置于毁灭的境地，是社会、是这个没有美的世界决定让他如此下笔的。《金瓶梅》铁心冷面地对待自己的人物，原来正是他铁心冷面地对待这个该诅咒的社会。于是，那个对人物的长短似乎不置可否的《金瓶梅》的作者，却通过人物的连续不断的毁灭的总和对社会发言了。读者透过人物看见了作者的思想和作者的感情倾向。

事实上，我们在《金瓶梅》中不难看出，作者是用广角镜头摄取了这个家庭的全部罪恶史的。作者以冷峻而微暗的色调勾勒出一群醉生梦死之徒如何步步走向他们的坟墓。因此，《金瓶梅》具有历史的实感和特有的不同于很多长篇小说的艺术魅力，它是隐约地透露出潜藏于画屏后面的作者的爱憎。

《金瓶梅》善于细腻地观察事物，在写作过程中追求客观的效果，追求艺术的真实，这绝不是自然主义。有的研究者认为它"终究暴露了小说作者对于生活现象美丑不分、精芜无别的自然主义倾向，暴露了作者世界观和生活情趣落后庸俗的一面"。这样的论断多少是委屈了《金瓶梅》作者的苦心和创作意图，同时也是遗忘了这部小说产生的基础和时代环境：在笑笑生的审视下，这是一个堕落的时代，这是一个没有美的世界。既然如此，那么怎能去粉饰这个社会，写出并不存在的美来呢？《金瓶梅》作者没有抹杀自己作为一个作家的艺术良心，他没有背离现实。

如果我们纵观一下世界小说史，也许会对这个问题有个更明确的认识。

记得一位当代作家曾这样分析过世界小说史，他说，我们面前摆着两类公认的现实主义大师们的作品：

一种像巴尔扎克的《人间喜剧》那样的作品。在这样的作品中，很难看到作家的影子。他的兴趣偏向于广阔的、纷乱的、多层次的、多侧面的社会景象。他的意旨是展开一幅与社会生活一样复杂、一样宽广无边的画卷。他的人物多是有血有肉，轮廓分明，好像都同他打过交道、深深谙熟的，而对你又是陌生的，但唯独难于找到作家自己。他仿佛在用冷静而犀利的目光，观察着他身边形形色色的人。但细看之下，在这些篇章、段落以及字里行间，无处不渗透着他对生活精辟的见解和入木三分的观察、体验；他写的是"别人的故事"，却溢满着自己浓烈的感情。

另一种便是明显地带着作家本人痕迹的作品。有时人们甚至称之为"自传性"和"半自传性"的小说。我国的《红楼梦》不用说了，他总应该是属于那种"半自传性"的小说了吧！外国的狄更斯的《大卫·科波菲尔》、杰克·伦敦的《马丁·伊登》、高尔基的《童年》《在人间》和《我的大学》三部曲等等，这些作品的主人公大多数以作家自己为原型。他们都有过不幸的童年和少年时代，有过曲折和多磨的经历，对人生的价值早有所悟。写这些作品时，往往凭回忆，少靠想象，多种细节随手拈来，生活和人物都富于真实感。更由于作品饱含着作家深知的感受与心灵体验，作家写得分外动情，作品的感染力也会异常强烈。难怪屠格涅夫对自己的作品，最喜爱的便是他的自传性的中篇小说《初恋》。每当我们一捧起这薄薄的小书，便会觉得一股春潮般的深挚的感情涌上心扉，跟着也把我们的心扉打开，我们的心即刻融入他的漾动着的感情之中了。

如果我们能在基本观点上给予认同，那么就可以在这种比较和印证中审视《金瓶梅》的品位了。我想我们是有理由把《金瓶梅》这样的巨著，列于世界小说史中现实主义的行列中去，而且毫无愧色。

俄罗斯的伟大短篇小说家契诃夫在写给玛·符·基塞列娃的信中谈到现实主义文学艺术原则时说：

按生活的本来面目描写生活。他的任务是无条件的、直率的真实。

而高尔基同样是结合自己的创作，谈到他对现实主义的理解，在《谈谈我怎样学习写作》中说：

对于人和人的生活环境做真实的、不加粉饰的描写的，谓之现实主义。

这些观点往往出于富于创作经验的优秀作家，而他们提出的理论原则大多为中外作家所认同，那么以这些原则和理念去衡之以《金瓶梅》，我想应当是大致不差的。《金瓶梅》正是以它对于人和人的生活环境所做的"真实的、不加粉饰的描写"，以它"无条件的、直率的真实"，显示了鲜明的现实主义特色。

诚然，乍看起来，小说《金瓶梅》的色调是灰暗的，有的研究者在评论《红楼梦》时曾经进行过对比，认为《红楼梦》是富于诗意的小说，而《金瓶梅》缺乏的恰恰正是这种诗意。对此我的看法是一贯的，我多次谈到，一部作品的色彩是和它的题材、主题以及作家的心灵体验乃至写作风格密切联系在一起的。《金瓶梅》的作者为了和这一题材相协调、相和谐，同时也为了突出题旨，从而增加作品的艺术说服力，而采用了这种色彩、这种调子，这又有什么不可理解的呢？

《金瓶梅》自然主义说，最主要的根据是说西门庆这一人物没有任何审美价值，认为作者只是塑造了一个淫棍色鬼的形象，毫无典型意义。实际上，在《金瓶梅》中作为一个艺术形象的西门庆是充分典型的。写到这里，我陡然想到马克思的女婿保尔·拉法格在《回忆马克思》一文中提及的一件事，他说他的岳父非常推崇巴尔扎克，曾经计划在完成他的政治经济学著作之后，就要写一篇关于巴尔扎克的最大著作《人间喜剧》的文章，拉法格引用他岳父的话，说：

> 巴尔扎克不仅是当代社会生活的历史学家，而且是一个创造者，他预先创造了在路易·菲利浦王朝还不过处于萌芽状态，而直到拿破仑第三时代，即巴尔扎克死了以后才发展成熟的典型人物。

这段话对我们启发很大。我们也可以这么说，笑笑生也是一个创造者，《金瓶梅》何尝不是写出了集官僚、富商、地方恶霸于一体的西门庆这个典型人物，这个人物何尝不是《金瓶梅》作者预先创造了当时还处于萌芽状态、笑笑生死后才发展成熟的典型人物呢？

毋庸置疑，《金瓶梅》的创作思想与艺术方法又不是充分的现实主义的，这也和他的小说审美意识的局限有关，小说在很多方面都有所表现。比如为很多人所诟病的过分直露的性描写，比如俯拾即是的干巴巴的道德说教，还有就是过分脱离实际的宿命意识。

我认为，在一定意义上，这说明《金瓶梅》掺和着许多杂质，需要进行艺术的典型提炼。这是因为，现实主义的真实应当是美的，即便是表现丑的事物也需要经过精心的艺术处理，正像高尔基在给伊·叶·列宾的信中说：

> 人在自己一切的活动中，尤其是在艺术中，应该是艺术的。

既然这样，不应因为否定《金瓶梅》的过于直露的性描写和小说中的宿命意识以及令人无奈的道德说教，同时也否定了它的现实主义内容。我们应该以历史主义的观点去看待尚带有很多非现实主义成分的这种现实主义艺术。

当然，这绝不是说艺术不应当表现丑，而是要求生活中的丑必须在崇高的审美理想的光照下，升华为艺术美。只有心中充满理想之光的现实主义艺术家们，才能用光明去驱逐黑暗，用美去撕破丑。这是从《金瓶梅》开始发展的，到明末清初形成了的小说艺术思潮给予我们的深刻启示。

从上面所说可以看出，作为一部现实主义巨著的《金瓶梅》还是带着一些非现实主义的成分的。现实主义小说发展的历史，也就是对这些非现实主义成分克服的过程。随着社会的发展，近代文明的曙光使现实主义文学也逐渐地向高级阶段过渡，从而扬弃它在初级阶段时存在的秽物。

《金瓶梅》在小说审美意识上的突破，进一步让我们摸索和"猜测"到小说的一些辩证法和发展规律。现实主义在经过一段一段坎坷的道路后，直到《红楼梦》的出现才结束了一个文艺时代，而又开辟了一个文艺的新时代。

当代作家刘震云先生在接受媒体采访时，就他的新作《我叫刘跃进》感慨系之地说：

最难的还是现实主义。

这是深谙艺术创作和进行形象思维的知心之言。当代作家如此，古代作家何尝不是这样呢？

回避不开的一个
话题：比较中的"性"描写

如果你打开张竹坡批评的第一奇书《金瓶梅》第一页，就会赫然看到纯阳真人的七绝：

> 二八佳人体似酥，
>
> 腰间仗剑斩愚夫。
>
> 虽然不见人头落，
>
> 暗里教君骨髓枯。

这是"色箴"，还是"色戒"？不过我们却惊奇地发现，这首诗和以后写男女交欢的很多诗一样，都像是战场上你死我活的厮杀！这就又和房中书的告诫完全相反了。

"金瓶梅世界"令人瞠目的是，人人色胆包天，个个淫心炽盛。性行为已成了一种随时随地都在发生的日常活动。对于小说主人公西门庆来说，处理公务家事和应酬宾客中的片刻空闲、午睡醒来的困懒、浇完花木后的无聊等等，性行为都成了他最重要的，甚至是唯一的享乐方式。小说另一位主角潘金莲日日把拦着汉子，仍不满足她的性要求，间或还要拿琴童和陈经济来解渴。李瓶儿好风月，对蒋竹山不满的原因之一也是蒋竹山满足不了她的性欲。而春梅也因淫欲过度，得了"骨蒸痨"，最后死在了娈夫的怀中！

主子不分男女都无节制地性放纵，奴才中通奸偷情的事也是连绵不断。书童与玉箫、玳安与小玉、来兴与如意儿等等，都在释放他（她）们的"性压抑"。

综观《金瓶梅》全书的每一处性描写，我们可以清晰地看出，传统小说中常见的情爱与美感的因素已经完全被排除在外。但现在的关键是"性"描写并不可怕，问题倒是以什么笔法来描写。《金瓶梅》的性描写的最大特点是露骨，即直接的、不加掩饰的、毫不含蓄地写性交场景和诸多细节，这就成了批评者反复批评的"秽笔"，也是《金瓶梅》在各个时期被删被禁的根本原因。我们通常看到的1985年人民文学出版社的《金瓶梅词话》删去了19161字；齐鲁书社1987年版的《张竹坡批评第一奇书金瓶梅》删去了10385字；人民文学出版社出版的"世界文学名著文库"本的《金瓶梅词话》删去的字数最少，但也是把特别露骨的性交场面和"秽笔"删去了4000多字，而对描摹性情景的词曲则大部分给予了保留，这是迄今我们看到的"通行本"删去字数最少的一部了。

但是，人们要问：性，真的是洪水猛兽吗？性描写，在"金瓶梅世界"真的是多余的"秽笔"吗？对此，可以见仁见智，但是一个不可否认的事实又确实存在，即我们即使阅读删得非常干净的"洁本"，只要是一位认真的读者也都会感到"性"在全书中如幽灵一样无处不在，它融入小说描写的所有日常生活和细节刻画之中。性心理、性情趣、性话语也几乎渗透于各个人物和情节之中，这一切是我们在阅读《金瓶梅》时无法回避的一个大问题。

可以这样实事求是地说，从这部小说的整体艺术结构来看，笑笑生对性交场面的安排，比如详略、显隐、疏密、冷热，似乎都有所考虑。但值得注意的是，作为西门庆生活中的最大的享乐方式和最大乐趣，性活动始终是和他的其他贪欲的追求紧密地联系在一起，并同样被纳入由盛到衰的总体趋势之中，这一点就显得很重要了，因为它们既有渲染色情的效果，但也可能或就是另有寓意了。这是"金瓶梅世界"的一个方面。

另一方面，我们还要看到，在西门庆的成群妻妾中，很必然地产生一种性氛围，一种有时看得见、有时看不见的那种性竞争的"场"。一人竟拥有六个固定的女人，外面还有颇具威胁性的对手，这就必然形成性竞争。在"金瓶梅世界"中潘金莲就扮演着这样一个最活跃也最露骨的角色。笑笑生针对这种情况发表了他的意见：

> 看官听说，世上妇人，眼里火的极多。随你甚贤惠妇人，男子汉娶小，说不嗔，及到其间，见汉子往他房里同床共枕，欢乐去了，虽故性儿好煞，也有几分脸酸心歹。

事实上，在"金瓶梅世界"中，我们分明看到了那热火朝天的争夺男人的拼搏。在性竞争中，有的人丢了面子，有的人挨了打，有的人甚至连命都送掉。

主子内部如此，参与这种性竞争的还有奴才和伙计的老婆，如王六儿、贲四嫂、来旺媳妇等；除此之外就是更有色与欲的实力的妓女，如李桂姐、郑爱月儿等一批女人。三种势力，有分有合，有打有拉，于是"金瓶梅世界"给你展示的除"性"以外，其背后就是"利"的交易了。比如西门庆一贯在枕席间同他的女人们搞肉体和财物的交易。或为了奖励这个女人"枕上好风月"，立刻就交付一件价值不菲的衣服。比如王六儿满足西门庆的性怪癖时，就可以得到她想要的财物。就是在这些性描写中，我们的作者如此巧妙地把男人的好色与女人的贪财并置在一起。这种设色布局大大冲淡了性交描写的刺激效果，而让人们感受到女人为了"物"而供他人享用的悲哀。这就是绣像本《金瓶梅》的评点者所说的那句名言：

> 以金莲之取索一物，但乘欢乐之际开口，可悲可叹。

另外一个最典型的例子当然是王六儿和西门庆的私通。王六儿在获得性满足时也获得了财物的满足。只是一切都在性交过程中，这倒也是令人匪夷所思了。

总之，从王六儿和如意儿一直到非常霸道的潘金莲，几乎都是把自己的身体作为换取钱财或地位的工具。妙不可言的是，这些女人在和西门庆进行性交以后，作者就会很仔细很耐心地记录西门庆付给她们什么样的衣服、什么样的首饰、多少银两。由此可以看出，这种性交易的关系并非是阳具，并非是春药，而是实实在在的钱与物。对这样的叙述和描写，我们怎么能简单地说笑笑生只是单纯地写或庸俗地欣赏呢？

还是聂绀弩先生说得好，他认为笑笑生之所以伟大，就在于他写性并不是不讲分寸，他是"把没有灵魂的事写到没有灵魂的人身上"。[1]

从道理上讲，文学作品中描写性爱，就不可避免地接触到自然的、社会的和审美的三个层次，纯生理性的描写，往往容

---

[1] 《谈〈金瓶梅〉》，《读书》1984年第4期。

易堕入庸俗污秽的色情，而社会性的描写则是有一定意义的，《金瓶梅》的性描写，我认为属于第二层次，它唯一的缺陷，就是没做审美的处理，或者说它还没有把这三个层次结合得完美，

中外文学名著中，都不乏因"性"的描写而引起的纷扰，以致有打不完的笔墨官司。一个时期以来，国内外一些研究《金瓶梅》的学者，又用了比较文学的方法把《十日谈》和《查泰莱夫人的情人》进行比较。而这种比较研究似乎无不立足于几部书都有较多的性的描写。其实这是一种误读。从严格意义上讲，它们之间的可比性并不大，且不说社会背景、文化走向不同，就是几部书的主旨也大相径庭，因为它们的美学前提就是不同的。《十日谈》中的一百个故事，内容是很驳杂的，而且良莠不齐。但总体倾向则是贯穿着强烈的反宗教、反教会、反禁欲主义的精神。如前所述，一方面是因为刚从宗教禁欲主义的束缚中冲出来，物极必反，难免由"禁欲"而到"颂欲"；另一方面却也是市民资产阶级的爱好，但归根结底是对伪善而且为非作歹的教会、邪恶好色的神父、嫉妒成性的丈夫进行揭露、讽刺和批判。然而，《金瓶梅》则与此迥然不同。笑笑生笔下的小说主人公西门庆是个泼皮流氓，是个政治上、经济上的暴发户，也是个占有狂（占有权势、占有金钱、占有女人），理所当然地从他身上看不到丝毫的"精神吸引力"，也不存在具有"精神吸引力"的真正爱情。道理是如此简单，西门庆与他的妻妾之间和情妇之间，连起码的忠贞也没有。进一步说，《金瓶梅》从来不是一部谈情说爱的"爱情小说"，如果用爱情小说的标准来要求它，那简直是天大的误会。当然，它也不是以后出现的"才子佳人"小说。如果说它是"秽书"，那就是因为笑笑生从没打算写一部"干净"的爱情小说，他可不是写爱

情故事的圣手！所以他也不可能像真正的爱情小说那样，在性的描写中，肉的展示有灵的支撑，也就不存在本能的表现必须在审美的光照下完成。所以它只能处于形而下而不可能向形而上提升。因为他承担的使命只是宣判西门庆的罪行，所以他才写出了一个代表黑暗时代精神的占有狂的毁灭史。因此，用"爱情与色情"这一对命题去评价《十日谈》与《金瓶梅》，是无法真正看到《金瓶梅》的价值的。

《金瓶梅》是一部"奇书"，但"奇"在哪里？有的研究者就断言：作者用了那么多的笔墨，对两性生活做了那样淋漓尽致的铺陈，这不是唯一恐怕也是重要的原因。

不错，有的读者对《金瓶梅》就是抱有"神秘感""好奇感"，而其所"感"，可能包括对其中两性生活的描写的猎奇心理。但是如果《金瓶梅》的本质和特点仅止于对性和性行为的直露描写，这种"神秘感""好奇感"以及带来的轰动与喧哗只能是短暂的一瞬，因为它可以被更有"神秘感"的黄色书刊代替。而事实是，从这部小说于16世纪末问世以来直到现在，世界各国文学爱好者和研究者对它的热情一直未减。这就在一定程度上向我们证实了一个问题，这部小说的意义远不是由于它对性的描写，而是它的真正属于文艺的价值，是这部小说的故事、人物所包含的丰富的社会内容使它具有弥久不衰的魅力。

也有的研究者认为《查泰莱夫人的情人》是一部好书，《金瓶梅》是一部不道德的书，因为《查泰莱夫人的情人》是从女性的角度、以女性为本位的，它和《金瓶梅》那种以男子的性狂暴为本位的描写完全不同，它是对女人的敬意，一种对性的尊重。我觉得这种说法同样是对两部名著的误读。

在我看来，劳伦斯主观上绝对没有以女性为本位的思想，他明明标出了男子和女子都能自由地、纯正地思想有关性的行为。其次，我们不妨引用作品的具体陈述来加以印证。该书第十四章麦勒斯向康妮回忆他和他原妻白莎·库茨的性关系。他们之间的性关系是地道的以白莎·库茨为本位的，而结果是给麦勒斯带来无尽的痛苦。

由此可以看出，劳伦斯写这部小说从来没有划分以女性为本位和以男性为本位以及孰优孰劣的问题。事实证明，以女性为本位和以男性为本位都是片面的。对于性来说，只能是以男性与女性的共同和谐为最高标准。

写到这里，我突然想起闻一多先生在《艾青和田间》一文中的一句话，他说：

> 一切价值都在比较上看出来。

但是，比较绝不是简单地扬此抑彼，而是为了做出科学的价值判断。我认为《金瓶梅》不应成为人们比较研究的陪衬和反衬或是垫脚石。把它置于"反面教材"的位子上进行任何比较，都是不公平的。

下面我想正面地谈谈我对"金瓶梅世界"中性描写的意义以及我们应有的价值尺度。

从《金瓶梅》的全部内容来观照，我们既看到了裙袂飘飘，也看到了佩剑闪亮。这场关于情欲的奇异之旅在语言的纠缠里达到了最充分的展现。西门庆对潘金莲、李瓶儿和王六儿等的性爱是疯狂的，更是毁灭性的。这也许正暗含了不朽之经典所能具备的元素。

这也就从一个侧面证明了"性"是一把美好和邪恶的双刃剑。而将"性"沦为卑下抑或上升到崇高，既取决于作家也取决于读者的审美与德性。

　　说句实在话，围绕《金瓶梅》中的"性"人们已经说了几百年（是不是还要说下去？），但是，当我们把这个问题置于人性和人文情怀中时，对它的解读就真的会是另一种面貌了。人们认为最羞耻、去极力隐讳的东西，其实恰恰是最不值以为耻、去隐讳的东西。大家以为是私情的东西，其实也正是人所共知的寻常事。真正的私情的东西恰恰是每个具体人的内心感情和心灵体验，那是最个性化的、最秘而不宣的东西。而事实上，历史的行程已走到了今天，性对人们而言已失去了它的神秘性、隐讳性。人们在闲谈中带些性的内容，都已变成司空见惯的了。但是，谁又会将心灵深处和感情隐秘——流露和轻易告之他人呢？为什么对性，就不能以平常心对待呢？性，不需要任何理由，它只是存在着。在我们以往对《金瓶梅》的解读中，对性的态度与行为往往是一种道德评判的标准，其实，这对于小说的本质而言是徒劳的。小说最应该表现也难以表现的是人的复杂的感情世界和游移不定的心态。人的道德自律在于要正视纯粹、自然和真诚。评论界开始明智地指出，劳伦斯将性的负面变为正值。公然提出性就是美，并把笔下的主人公的性关系以浪漫的诗意来表现。而像已故的青年作家王小波在《黄金时代》里对以往的道貌岸然的反讽中，将性价值全然中立化，他让人们在净化中理解两性关系的意义，于平淡中体味人的温情，人性之美自然溢出。我当然理解，笑笑生不是劳伦斯、王小波；《金瓶梅》也非《查泰莱夫人的情人》和《黄金时代》。我只是希望我们从中能得到这样的基本启示：在未来的生活和文学作品中，将性的价值尽量中立化；在净化中理解两性关系的意义，并以平常心对待，这也许会变得可能。

现在我们把话题再拉回到《金瓶梅》文本中的性描写，这里我想引用当代著名作家阿城在他的一本很有意思的书中的两段话，作为我们思考该问题的参考：

> 《金瓶梅》历代被禁是因为其中的性行为描写，可我们若仔细看，就知道如果将小说里所有的性行为段落摘掉，小说竟毫发无伤。
>
> "潘金莲大闹葡萄架"应该是兰陵笑笑生的，写的环境有作用，人物有情绪变化过程，是发展合理的邪性事儿，所以是小说笔法。[①]

---

① 《闲话闲说——中国世俗与中国小说》，作家出版社1997年12月第1版，第106页。

《金瓶梅》"二律背反"

《金瓶梅》的正题和反题

关于《金瓶梅》的价值尽管众说纷纭，但我们仍然执着地认为，无论把它放在中国世情小说的纵坐标还是世界范围同类题材小说的横坐标中去认识和观照，它都是一部辉煌的杰作。只是由于过去那旧有的狭窄而残破的阅读空间，才难以容纳它这样过于早熟而又逸出常规的小说精品。

值得庆幸的是，近三十年来，随着学术气氛的整体活跃和广大读者阅读空间的拓宽，对《金瓶梅》的阅读和研究开始沿着复苏、建构、发展、品味的轨迹演进。而在研究方法上也由单一走向开放，课题也由狭窄走向宽阔，小说文本与审美也不断勾连整合，于是《金瓶梅》的研究才真正建构成一项专门的学问了，这就是现在人们泛称的"金学"。

一位作家、一部作品，被读者和研究者提升到"学"的位置就标志着它已向纵深方向发展了。君不见，与《金瓶梅》同样享有盛誉的金庸的武侠小说，就被称之为"金学"。至于《红楼梦》早就被定格在小说阅读与研究的最高也是最显眼的位置——"红学"。"红学"的确立主要是研究学派的纷呈，以及作为其基础的广大读者不同的阅读倾向和审美趣味。那么作为《金瓶梅》研究深入的标志，即"金学"的建构，同样也是由纷呈的流派所决定，不能想象，已经进入了"显学"，还是一言堂、一种声音、一种观点？事实是它必定是五音杂陈、"众声喧哗"的。于是，我在这各唱各的调又有交叉的声音的基础上，做了一点爬梳的工作，归纳出几组有趣的论题。这些论题就像哲学上的那个"二律背反"似的，有了"正题"，就会引来"反题"，让你看了不能不感到想介入，有一种也想去参加这种有趣的讨论的冲动，请看：

一、关于《金瓶梅》的思想倾向

1.正题：《金瓶梅》具有反封建倾向，它通过对一个典型的豪绅恶霸家庭的兴衰的描写，以批判的笔触，深刻地暴露了封建社会的种种罪恶与黑暗，并预示了当时业已腐朽的封建社会必然衰亡的前景。

2.反题：《金瓶梅》对理学没有正面的抨击，西门庆是经商发迹，潘金莲是妓女出身，被作者当作肯定形象的吴月娘，则是封建思想灌注的典型，又何谈反封建倾向？它只不过表现了封建社会"世纪末"的淫荡，我们从《金瓶梅》中看到的，是这个"社会还是那么根深蒂固地生活着"。①

二、关于西门庆

1.正题：西门庆是一个集官僚、恶霸、富商三位一体的封建势力的代表人物。

2.反题：西门庆是16世纪中国的新兴商人。

三、小说对西门庆及其时代的基本评估

1.正题：《金瓶梅》的主人公西门庆，正是在朝向第一代商业资产阶级蜕变的父祖。如果中国的历史继续按照自己的方向正常运转，他就将是两千年封建社会的掘墓人，他的暴发致富和纵欲身亡的历史，是一出人生的悲剧。②

---

① 《读书》1985年第10期《色情的温床和爱情的土壤》。

② 见杜维沫、刘辉编《金瓶梅研究集》中卢兴基《16世纪一个新兴商人的悲剧故事》一文。

2.反题：说《金瓶梅》具有反封建的倾向，反映了明代资本主义的萌芽，那是把日薄西山的一抹晚霞当作东方欲晓的晨曦了。西门庆挣断了"天理"的缰索，同样也失落了人性，膨胀了的是动物性的原始情欲。

四、关于小说中性的描写

1.正题：《金瓶梅》关于性行为的描写恐怕不仅仅是封建统治者荒淫无耻的反映，而应当是与当时以李贽为代表的、把"好货好色"作为人类自然要求加以肯定的进步思潮有关。《金瓶梅》写这些，虽然是一种历史局限，但其中却也包含着暴露成分。

2.反题：作者以猥亵的笔墨做了赤裸裸的色情描写。这些描写对刻画人物、反映时代毫无必要，完全是为了迎合当时淫靡腐朽的社会风气和一些读者的低级趣味。应当指出，这些文字是格调卑下的，给小说蒙上了一层只能称之为淫秽的色调。[1]

五、关于创作方法

1.正题：《金瓶梅》是一部现实主义的小说。或曰，作为一部现实主义巨著的《金瓶梅》还是带着一些非现实主义的成分。

2.反题：《金瓶梅》是一部自然主义作品。或曰，它更近似自然主义，正像《三国演义》之近似古典主义，《水浒》之近似现实主义，《西游记》之近似浪漫主义一样。

如果时间允许，当然可以继续列举下去。比如李瓶儿、春梅的性格前后是否统一，西门庆能否称得上是杂色的人，《金瓶梅》的结构是否凌乱……

应当承认，关于《金瓶梅》的这些"争议"，与《金瓶梅》本身的矛盾有着深刻的联系。从文艺思潮史看，16世纪末，

---

[1]　见1988年3月26日《文艺报》蒋和森《一件有意义的工作》一文。

167

笑笑生步入文坛，是时浪漫主义的小说出现了裂缝，古典主义有回潮之势，唯美主义打出了旗帜，现实主义尚在混乱之中。这是一个流派蜂起、方生方死的时代，既是新与旧更替的交接点，又是进与退汇合的旋涡。笑笑生正是站在这样一个十字路口上，瞻前顾后，继往开来，他是小说创作上的伊阿诺斯罗马神话中的两面神。他的文艺思想既在时代思潮的冲突中形成，又反映了时代思潮的变化，有卓见，也有谬误，丰富复杂，充满矛盾。其中既有传统的观念，又蕴藏着创新的因素，既表现出继承性，又显露出独创性，成为后来许多新流派的一个有迹可循的源头。事实是，《金瓶梅》的作者在艺术构思和艺术传达的过程中也有自相矛盾之处。而在一定意义上，阅读和研究中的"二律背反"不过是小说作者创作心理及小说本身固有的矛盾的某种反映。正题反题，言各有据，对立的审美判断在深入剖析小说本身的矛盾过程中不难发现彼此之间的调和和统一的可能性。热闹的争论以后必将使人们对《金瓶梅》本身进行冷静、清醒的反思和总结。

但是，如果把关于《金瓶梅》的"二律背反"完全归结为小说创作上的矛盾，恐怕也有点简单化。如果认为小说的阅读受着小说创作中的矛盾的左右，必然贬低当前小说理论意识的整体水平。事实上，关于《金瓶梅》的热议又是同《金瓶梅》的优点联系在一起的。这部小说一反中国古典小说长期停滞在逐奇猎异和神鬼怪诞的陈旧格套之中，它不把小说当作随意瞎编的非常之人的传奇，而是把笔触伸向了日常的普通的现实生活，并对封建社会的世态人情做了细致的和颇为生动的艺术描写。这就是说，由于《金瓶梅》更接近生活常态，更能直面生活的复杂性，因而有更强烈的生活实感，这在客观上使广大读者和研究者在评议时往往不像是面对小说，而像是面对生活。而面对生活会产生无穷系列的思辨争论。小说的生活实感越强，读者产生多义理解的可能性也越大，小说研究和评论的天地也就越宽广。如果我们不去管什么正题反题，而是索性把这种现象看作视阈和视角不同，可能也是一种明智之举，这就是诗人早就指点、启示我们的方法：横看成岭侧成峰。应当说这是一种拓宽阅读和研究空间的最佳方式，也是学术宽容的姿态。

其实，根据我五十多年从事文学史、戏曲、小说的教学和科研的经验和教训，我逐渐摸索到一条认知文学文本，特别是认知名著和经典文本的路径，或曰一种理念，即我多次提出的：无须共同理解，但求各有体验。

从第一个层面来看，像《金瓶梅》这样的"奇书"，企盼大家立即理解，那它就不是"奇书"。没有争议的名著，肯定不是具有创造性的。如果《金瓶梅》的价值不是对原有模式的背离、对传统意识的突破、对一般读者阅读习惯的挑战，只是指望众人理解，《金瓶梅》的原创性必然会大大降低，而平庸正在前面招手。事实只能是我们不能"共同"理解这部"奇书"，因为它创造了我们还不能全然理解而需逐步把握、诠释的内涵，这便是小说发展史和小说批评的进步。

从第二个层面来看，一切读者，不管是过去的还是现在的，对文学文本的理解都不是消极和被动的。读者在自己的头脑里有一套原存的"程序"。这套程序就是他自己的文化知识、思想意识、学识修养和道德观念的"数据库"。一个人凭借这个"程序"来理解他所看到的一切文本。所以，对于一个文学文本的解读肯定会因为读者头脑中的程序不同而各异。所以，当人们面对像《金瓶梅》《红楼梦》这样的鸿篇巨制时，每个读者眼中就更加仁智相异了，而且进一步有了"说不尽"和"一百个观众就有一百个哈姆雷特"之说。

用这种姿态来认识和解读《金瓶梅》，我们在寻求这部小说的意蕴时，会是一种开放的、多种多样的心态。然而光有这种心态是远远不够的。我以为将心比心，以心会心或许更能准确地把握一位作家的心路历程和一部作品的真髓。因为以心灵解读心灵是一种真切的体验，是一种平等的对话关系。因此我说心灵体验是解读经典名著的一把钥匙，当然也是打开奇书《金瓶梅》的一把有效的钥匙。

《金瓶梅》的价值取向

关于《金瓶梅》的价值以及关于《金瓶梅》价值的评价，近年有的学者提出了警告。并批评了《金瓶梅》的评论中的"溢美倾向"[①]，指出对《金瓶梅》评论不能由大骂一变而为大捧，甚至捧得可与《红楼梦》比肩。对这样的提醒，我认为是很及时的，这里确实需要我们有一个"真正的科学态度。"[②]

但是，如下的一些见解是否也属于"溢美倾向"呢——"书中所写，无论生活，无论人心，都是昏暗一团"，"不是他无力发现美，也不是他缺乏传播美的胆识，而是他所生活的社会过分龌龊。所以他的笔触在于深刻地暴露那个不可救药的社会

---

① 　见徐朔方、刘辉编《金瓶梅论集》，宋谋瑒《略论〈金瓶梅〉评论中的溢美倾向》一文。

② 　见1988年3月26日《文艺报》蒋和森先生《一件有意义的工作》一文。

的罪恶和黑暗，预示当时业已腐朽的封建社会崩溃的前景。至于偶尔透露出一点一丝的理想的微光，也照亮不了这个没有美的世界"。①批评者认为这就是"溢美倾向"的一种表现，理由则是："怎能把全书的'昏暗一团'委过于作者所生活的社会背景'过分龌龊'呢？《西游记》的作者与《金瓶梅》的作者几乎生活在同一个时代，为什么《西游记》又没有那样'昏暗一团'呢？就是吴敬梓、曹雪芹所生活的雍乾时代，其龌龊程度也不见得比《金瓶梅》最后写定者所生活的隆万时代逊色多少，《儒林外史》和《红楼梦》也都极深刻地暴露了他们那个社会的'过分龌龊'，但他们的书却绝不是'昏暗一团'的。"②这段批评文字写来十分蹊跷，也颇令人困惑。

众所周知，《西游记》与《金瓶梅》的作者虽然"几乎生活在同一时代"，但是，一写神魔，一写世情；一个是把兴趣放在非现实情节上，一个是追求纪实性；一个是浪漫色彩极浓，一个则是写实精神极强。严格地说，二者完全是两种类型的书，可比性并不大，它们只是分别代表当时小说创作的"两大主潮"。③即使如此，也不能忽略《西游记》那个"讽刺揶揄则取当时世态"④的特点和内容。在《西游记》两种类型的故事中，在切近现实的问题上有深、浅、明、隐不同的表现。比如一类故事明显带有影射明代黑暗政治的内容，如特别耐人寻味地在取经路上直接安排了九个人间国度，指明其中好些都

---

① 见拙著《中国古典小说戏曲探艺录》中《〈金瓶梅〉萌发的小说新观念及其以后之衍化》一文。

② 见宋谋瑒先生文。

③ 鲁迅：《中国小说的历史的变迁》。

④ 鲁迅：《中国小说史略》。

171

是"文也不贤，武也不良，国君也不是有道的"国家。吴承恩在这里只是撩起了幕布的一角，让人们看到所谓人间诸国到底是什么货色。而另一类型的故事则是属于涉笔成趣、信手拈来的讽刺小品，这些故事是封建社会徇私舞弊、贪赃枉法等黑暗腐败现象的折射，它因超越了题材的时空意义而具有了象征意蕴。这就是说，即使是作为神魔小说，《西游记》也没有忘情于对其生活的时代的暴露。至于说到"无论生活，无论人心，都是昏暗一团"，其实鲁迅先生早就有言在先，即所谓《金瓶梅》"描写世情，尽其情伪，又缘衰世，万事不纲，爰发苦言，每极峻急"①。看来，"昏暗一团"正是当时社会的产物，何来"溢美之词"？

不错，文艺是对社会生活的反映，但有了这个大前提之后，我就要说，一部文学艺术作品在相当大的程度上又是个性和性灵的直率流露和表现。这种流露和表现得越多，独立性越强；而独立性即艺术创造性，独立性即超越时空的能力。常识说明，一棵树上没有两片相同的叶子。在同一时代背景下，也绝没有两种完全相同的个性、性灵、内外阅历、感受和体验。因此，对于一部杰作来说，与其说是对象主体的魅力，不如说是创作主体的个性、性灵和气质的魅力。丹纳在《艺术哲学》一书里，对艺术家有这样一段描述："艺术家在事物面前必须有独特的感觉，事物的特征给他一个刺激，使他得到一个强烈的特殊的印象……他凭着清醒而可靠的感觉，自然而然能辨别和抓住这种细微的层次和关系，倘是一组声音，他能辨出气息是哀怨还是雄壮；倘是一个姿态，他能辨出是英俊还是萎靡；

---

① 《中国小说史略》。

倘是两种互相补充或连接的色调，他能辨出是华丽还是朴素；他靠了这个能力深入事物的内心，显得比别人敏锐。"丹纳对艺术家素质的论述完全适用于一切有独创性的作家，其中当然也应当包括兰陵笑笑生。

进一步说，对于一个研究者来说，面对一部作品，首先要承认它的作者审视生活的角度和审美判断的独立性，我们无权也不可能干预一位古代作家对他生活的时代采取的是歌颂还是暴露的态度。事实是，在古代，歌颂其生活的时代，其作品未必伟大，暴露其生活的时代，其作品未必渺小。我在前面已经说过：《金瓶梅》的作者不愿写出像人们已写出的那样众多的乐观主义的诗，他没有流于唱赞歌的帮闲文人的行列。试想，彼时彼地，而且又是一个生而有才的人，只要写出了乐观主义的诗，就意味着他加入了现实中的丑的行列，那么，《金瓶梅》就再也不属于他所有，而说部也就会抹掉了这位笑笑生的光辉名字。正因为他不愿趋于流俗，在《金瓶梅》的艺术世界里才体现出兰陵笑笑生创作个性和经由他的艺术感觉，放大和改变了的一个独立王国。笑笑生所创作的《金瓶梅》的艺术世界之所以经常为人所误解，就在于他违背了大多数人们的一种不成文的审美心理定势，违背了人们眼中看惯了的艺术世界，违背了常人的美学信念。而我们则认为笑笑生之所以伟大，正在于他没有以通用的目光、通用的感觉感知生活。因此，对于一个失去价值支点而越来越趋于解体的文明系统来说，这种把生活、人心描写成"昏暗一团"是完全正常的，如果笑笑生没有把他所见到的丑的事物写成"昏暗一团"，倒是不可思议的事了。法国作家福楼拜有句名言："一个人一旦作为艺术家而立身，他就没有别人那样生活的权利了。"[①]按照我的理解，福

---

① 见李健吾著《福楼拜传》。

楼拜指的是社会、人类赋予了艺术家一种高尚的使命，需要一种对人类社会负责的精神，不能在生活上搞"随意性"。既然明代中后期已成"衰世"，而且达到了"万事不纲"的程度，一个忠实于生活的作家为什么没有权利去把所见到的一切写成"昏暗一团"呢？笑笑生可不是一个失职的作家！

沃尔波夫有一句常被称引的话："这个世界，凭理智来领会，是个喜剧；凭感情来领会，是个悲剧。"[1]这就一针见血地说明了作家的主体意识是多么重要了。作家的审视生活、感知生活、体验生活不同，艺术感觉、内在气质不同，就会建构起不同的艺术世界。真正伟大的作家是不会按一种模式来进行艺术创造和建构他的艺术世界的，因此他们和他们的作品也是难以被任何人模仿成功的。

歌德有言："艺术的真正生命在于对个别特殊事物的掌握和描述。此外，作家如果满足于一般，任何人都可以照样模仿；但是，如果写出个别特殊，旁人就无法模仿，因为没有亲身体验。"[2]今天再不会有哪一家文艺理论愚蠢地要求不同的作家在同一社会环境和人文环境中都必须写出一个样式、一种倾向、一种色调的作品了。这是古典文学遗产之大幸，文艺研究的大幸，也是我们的大幸。

总之，窃以为，《金瓶梅》建构的艺术世界——"无论生活、无论人心，都是昏暗一团"——是兰陵笑笑生对他所生活于其中的现实深深凝视的结果。而在这种深深的凝视里，读者随着他的笔锋的运转，每读一句，停顿一下，发现一点新意，

---

① 转见杨绛先生著《关于小说》：《有什么好——读小说漫论之三》，三联版。

② 《歌德谈话录》第10页。

174

领略一下情志，于是，读者饶有兴味地一直读了下去，合起来感受一个艺术世界，一个有着作者自己的发现的艺术世界！

艺术的和非艺术的

和"溢美"说相表里的是对《金瓶梅》建构的艺术世界采取贬抑的态度。有人认为《金瓶梅》要讲艺术成就"恐怕只能归入三流"。在文章的脚注中说："我翻阅了近年一些《金瓶梅》论文，大都肯定它在文学史上的地位，对它的艺术成就的褒扬很多。最近读到美籍学者夏志清《金瓶梅新论》，对它的结构的凌乱、思想上的混乱以及引用诗词的不协调，均有论列。"[①]对一部作品的艺术做审美判断，因论者的文化修养和鉴赏眼光不一、评价标准殊异，做出的结论差异极大，这是司空见惯的事，我们无须纠缠，论个高下。[②]问题是，在对《金瓶梅》的艺术未做任何具体分析的情况下，就轻率地把它打入"三流"，也颇难以使人心服。而结论之根据似又与夏志清的一篇向西方英语读者介绍《金瓶梅》的文章有关，这就不能不引起人们重新思考这个问题的兴趣。

夏志清先生评价《金瓶梅》的文章，还是近年才从胡文彬先生编的《金瓶梅的世界》中看到的，后来又在徐朔方先生编的《金瓶梅西方论文集》出版时重读了一遍，还看到了徐先生的介绍，而且特别关注这一段文字：夏文"对小说的艺术成就谈得少了一些，可能美中不足，但对过高的评价《金瓶梅》艺术成就的流行倾向可能引起清醒剂的作用"。

---

① 见《读书》1985年第10期包遵信文。

② 见【美】万·梅特尔·阿米斯著，傅志强译《小说美学》。

如果从实际情况出发，纵观一下古典小说研究领域，可以发现，几部经典的大书中，《金瓶梅》是研究得最不充分的一部。时下虽有"金学"热的趋势，但对《金瓶梅》的文本研究是很薄弱的，而薄弱中最薄弱的环节又恰恰是对《金瓶梅》的审美价值实事求是的评估。因此，对《金瓶梅》的艺术成就有没有"溢美"倾向、要不要纠偏、是否给一副清醒剂以冷却一下发热的头脑，我以为还为时过早。时贤已经指出，对《金瓶梅》的文学分析难度是很大的。[①]因此，现在的问题是如何发现《金瓶梅》的艺术成就，细致地分析它的艺术成就及其不足，以及通过比较研究，正确评估它的审美价值，而这其中发现和认识《金瓶梅》提供了哪些新的东西，则是最根本的。要而言之，对《金瓶梅》的艺术成就，在今天，还不是什么评价过高过低的问题，而是需要深入研究其艺术成就以及对其艺术成就做出有说服力的分析的问题。

截至目前，我还没有看到一篇文章认为《金瓶梅》是至善至美、无可挑剔的。似乎人们都看出了《金瓶梅》在思想上和艺术上的缺陷（其实其他几部大书也无不如此）。比如在人物、场面、情境和结构、细节处理上就确实存在不少瑕疵。但是，问题是不是到了"结构上凌乱""思想上混乱"的程度呢？是不是就是一部"令人失望"的小说呢？这是需要做出明确的、有分析的回答的。

关于这部百万字的小说的思想和审美的价值，上面已做了必要的申述，不再重复，这里重点谈一下《金瓶梅》的结构艺术。

---

① 何满子：《金瓶梅的思想和艺术》（吴红、胡邦炜著）小序（代卷首语），巴蜀书社1987年10月第1版，第4页。

从系统论的观点来看，一部小说就是一个由诸多元素组成的有机整体，而小说的结构实际上就是因这个有机整体内部各元素之间联系的性质和方式不同，使实现结构整体性的方法和途径也就不同，由此产生的结构类型也必然多种多样。纵观小说艺术发展史，没有一部小说与另一部小说的具体结构形态是完全相同的。从这一意义上说，小说结构不可能也不应该被纳入某种单一的固定模式。如果将千姿百态的生活强行纳入某种固定的结构模式，必然会使生活发生畸变，从而歪曲生活的本来面貌。

但是，小说结构又不是无规律可循的。所谓小说结构类型，实际上就是小说结构规律的具体体现。在中外小说艺术发展史上，有两种比较流行的小说结构类型，一为顺叙式，一为时空交错式。然而，严格地说，所谓顺叙式和时空交错式指的都是外在的小说叙事方式，而非人物性格和人物关系内在的结构类型。优秀的、大型的长篇小说，就人物结构和事件结构类型来说，大多是立体网络式结构。结构类型虽然可以依据整体和部分、部分和部分之间的关系的性质来确定和划分，但这种划分只有相对的意义，实际上，纯属一种结构类型的长篇小说是绝无仅有的。绝大多数小说都是混合型的，只不过混合的程度不同而已；而立体网络式结构，就是指那些混合程度比较高、包容结构类型比较多的结构形式。《金瓶梅》应属此结构范畴。

《金瓶梅》的结构正是契合大家庭固有的生活样式，抓住各种矛盾的相互影响和因果关系，归结到大家庭由盛而衰终至崩溃这个总趋势上。全书组织得既主次分明，又和谐均衡，这是得力于笑笑生开创的长篇小说结构形式，它适合于表现头绪纷繁、事件错综、人物杂陈的内容。

富于创造性的是，《金瓶梅》把人物的隐显过程作为结构线索，通过视觉的强化和淡出给人一种生活实感。从结构的整体来看，《金瓶梅》以遒劲的笔触，在众多的生活细节中，道出了西门氏家族中人与人之间复杂错综的关系，道出了每个人性格和心灵深处的隐微、震颤和波澜。笑笑生的贡献首先在于他找到了与小说内容相适应的非戏剧式的生活化的开放性结构。一方面，小说运用写实性的手法，把活泼的、凌乱的生活形态如实地展现出来。另一方面，小说又不停留在生活化效果的追求上，作者透过生活现象的表层，触摸到暗伏在寻常的生活长流下、这个家庭成员之间激烈的较量与搏斗。小说里着重提炼的西门庆占有潘金莲和李瓶儿的全过程，为西门氏家族的全体成员在心理上造成冲突；以李瓶儿之死为轴心形成人物心理情绪线，把所有人物结成了一张互相维系、互相牵扯的网络。人物之间既没有简单地构成前因后果的矛盾，又不是简单地用层层铺陈、环环相扣的情节演绎主题，所以人物的心态变化也不是简单地、直线性地、单线条地呈现，而是像生活那样在貌似关联不大的零散的生活片段中，相互交错、相互影响、相互渗透着向前推进。吴月娘、孟玉楼、李娇儿、孙雪娥对西门庆占有潘金莲、李瓶儿有着各式各样的态度、心理和行为。除了和西门庆与潘金莲这条主线有关联外，他们每个人又因各自的生活经历而铺衍出一段段插曲。那些看似和小说主线无关的枝蔓，却和主线交织起来，真实地展现出社会生活中人与人之间的关联性，于是在一个开阔的层次上体现出这个社会、这个家庭对人的潜移默化的塑造。小说如是的结构布局、叙述方式和总体构想，既葆有生活固有的"毛茸茸"的原生美，又比生活更集中、更典型。它多层次、多侧面地摄取视角，尽可能追求形象的"杂色""全息"和"立体"，显示出人物性格、思想、感情、情绪、心理的全部复杂性。可以说，小说在一定程度上比较准确地把握了艺术和生活的审美关系。

具体地说，西门氏家族的兴衰为圆形网状结构中纵的主轴，西门庆与金、瓶、梅几个主要人物以及其他人物的命运则是一条条横的纬线；而这个家庭与社会的上上下下的联系则又构成了一条条经线，在编织任何一条纬线的同时，又顺手把经线穿插于其间，其他纬线同时跟上，于是这张网就被托了起来，向四周扩展。这种错杂，恰恰是作者追求的圆形网状结构。

总之，从人物关系来看，《金瓶梅》的总体结构属于立体网络式。小说将线性因果结构进行了一次新的开拓性的试验。一方面，小说通过主人公西门庆从暴发到毁灭这条贯穿线，展示了当时业已腐朽的封建社会的必然衰亡。另一方面，小说又没有局限于仅仅围绕西门庆一个人的命运，直线式地发展情节，而是以此为贯穿线，串起了一系列当时社会生活的生动场面和片段，如李瓶儿与花子虚、蒋竹山，王六儿与韩道国兄弟，宋惠莲与来旺等的纠葛，从而多方面地展示了市民社会的生活面貌和风俗。就西门庆的命运这条线来说，小说各部分、各段落之间具有明显的线性因果关系，从而保证了小说具有较强的向高潮发展的冲力。而就当时市民生活的各种场面和片段来说，各部分和各段落之间则是作为同一主题的不同变奏部出现的。这些具有相对独立性的变奏部，不仅使小说的题旨含义更加丰富，也使整部小说充满了鲜明的时代感和浓郁的生活气息，而从整个小说的结构来看，则无论是具有线性因果关系的段落，还是具有主题变奏关系的段落，最后都有机地融合在一起，形成了一种立体交叉式的格局，尽管这个格局还不够严密

179

完整。

那么，《金瓶梅》的结构是靠什么来获得整体性和统一性的呢？同样，它和其他几部著名的中国古典长篇小说一样，也是靠整体、具体的题旨含义。题旨含义、思想骨架，作为结构整体性的基础，作为吸引、凝聚各部分和细节的基石，作为小说中普照一切的太阳，对任何小说结构类型都是一样的，正如先哲所说："这是一种普照的光，一切其他色彩都隐没其中，它使它们的特点变了样。这是一个特殊的以太，它决定着它里面显露出来的一切存在的比重。"①

探讨《金瓶梅》的结构艺术及其他诸艺术的元素，本应从纵向和横向两个方面同时进行，限于篇幅，我们只能从以上一个角度来论证《金瓶梅》的结构艺术并非如某些论者所谈的那样已达到凌乱的地步，并应归入"三流"。而在我的这部书稿中，对小说的情绪结构、画面结构同深层结构、表层结构则未曾涉及，而小说结构的整体性与开放性的关系这个既具有实际意义又具有理论价值的美学课题，也只能留待以后有机会再去探讨和交流了。

---

① 《政治经济学批判导言》，见《马克思恩格斯全集》第2卷第757页。

"金学"建构

　　"金学"作为一门专门的科学、专门的学问，首先有一个自身逐步完善的过程，这除了要有资料方面的准备外，其中理论准备又是当务之急。

　　恩格斯在《自然辩证法》一书中说："一个民族要想站在科学的最高峰，就一刻也不能没有理论思维。"在相当一段时间里，恩格斯这句至理名言没有引起我们古典文学研究界应有的重视。我们研究水平的提高显得迟滞，其原因固然是多方面造成的，但忽视理论思维，也是导致这种状况的重要原因之一。笔者在很多处一再申言，学术研究流别万殊，而目的则在于探求社会、历史、文化发展的共同规律性；学术性格究非陈陈相因，而在于生生不息。随着社会的变革，文艺观念、小说理论批评的更新也将同步前进，正像马克思所说："每个原理都有其出现的世纪"。①可以说，无论观念、原理，抑或范畴、概念，既有其自身统一、连贯、不可分割的继承性和持续性，也有其产生、发展过程中的时代性、阶段性的本质差异。原理、概念也不是亘古一样的不变模式，它应是人类对于无限的客观世界不断认识的历史产物。说一句实在话，我们的文艺理论，不少概念显得陈旧，运用时也显得混乱，而一个时期以来，对于文艺研究领域出现的新概念的运用，我们又听到过于严厉的批评。人们过分习惯于文章藉以立论的基本概念的彼此重复，

① 《马克思恩格斯选集》第4卷，第148页。

好像作文者手里只有数目固定且形状颜色又相当单调的积木，虽然颠之倒之，力求诸般变化，却无论如何都逃不开千篇一律。其实，概念的贫困同贫困的理论批评有着密切的联系。我们很少看到一篇小说研究文章能提出鲜活的概念，并使用这概念来发表新鲜的见解。常识说明：概念、术语是人们进行思维，特别是逻辑思维的基础材料，又是一切科学理论的最基本的知识单元。自然科学和文艺科学的理论价值都要以若干精确的科学概念为其"核心概念"才能成立。试看中国传统文化中的意境说、形神说、性灵说等等，都是很富诗意而又很精确的艺术概念，至于说那些已被世界文艺史共同承认的现实主义、浪漫主义、象征主义等，更具有不朽的生命力。古往今来，无论哲学、美学、历史学、伦理学、心理学、政治学还是其他各个领域，各种思潮起伏，有如大江东去，人们不仅在其中对人和社会做着无休止的探索，而且为使这探索不断地升华而创造了不计其数的概念。一部思想文化史，从一定意义上说，也可以看作是人类创造概念和论证这些概念的历史。反过来，这无数概念生生灭灭所形成的运动，又反映着人类思维的进展，以及这进展的无限的可能。从这样的视点去考察，我们不难发现那些凡是为人类精神发展做出贡献的思想家，无一不是创造和发明概念的能手。

就古典小说研究而论，十年来，它在一片荒芜中终于得到复苏。但严格地说，小说研究的重大突破，特别是小说本体研究的突破还为数不多。对于小说研究理论的匮乏、视点的单调，我以为尤应进行深刻的反思。而现在，我们正面临着因概念的贫困而带来的思想的贫困，或曰，正面临因思想的贫困而带来的概念的贫困。

所谓思想的贫困，就其根本点来说是哲学意识的贫困。在这里，哲学意识乃是从广义的角度来理解的，即所谓"判天地之美，析万物之理"①的哲学意识。在当今世界，从来没有像现在这样渴望这种哲学的智慧之光的照耀和温暖、启迪和安慰。为了小说文化研究的繁荣，哲学思考比任何时候都显得重要。这是因为哲学探讨人生，它给人生一个审美的解释；哲学沉思万物，它使证明的思考闪耀诗的光辉；哲学追问世界本体，它对世界本体做出艺术化的说明。事实只能是，深厚的哲学修养与恢宏的哲学意识能够大大拓展小说研究家的精神视野和思维空间。"金学"的建构，其营养不独来自文学艺术之内，而且往往来自小说文化之外，如经济学界、历史学界、美学界的营养，特别是唯物史观发展的新成果，常常是影响小说研究内涵深度的一个重要因素。那种缺乏哲学意识的人，是永远不会使自己的小说研究见地升值的。只有不断拓展自己的思维空间，才能对小说文化本体做出独一无二的审美判断，才能触发和增强自己的史识、今识和诗识，才能自成一个小说研究世界。看来，"金学"的建构，如没有小说研究者主体哲学意识的率先强化，没有渗透着永不妥协的历史思辨和一个思想者的真诚，就休想使"金学"达到一个更高境界。美国文艺理论家韦勒克在《哲学与第二次世界大战以后的美国文学批评》一文中一开头就说："批评就是鉴别、判断。因此，也应用和包含了标准、原则、概念；应用和包含了一种理论和美学，最终是一种哲学，一种世界观，即便是那种号称'从来不屑让终极哲学问

---

① 《庄子·天下篇》。

题侵扰头脑、折磨心灵'的文学的批评，也采取了一种哲学立场。"①以上是"金学"构想的第一点。

第二，任何一种小说研究和小说理论批评，哪怕是真理的"含金量"较高的理论研究，都难以对一部辉煌的小说具有全面有效的涵盖性，其实也不必具有这种涵盖性。那种"一方面如何另一方面如何"式的全面，实在是价值不大。

人们总是试图建立起一种能穷尽万象的小说美学理论体系，其实这种理想属于亚里士多德时代遗留的遗产。因为人们相信一种理论就能把握对象复杂的整体的思想的朴素时代已经宣告终结了。人们日益清醒地认识到：任何一种小说研究理论方法，都无法达到对小说文化及其运动在真正意义上的全方位的把握，而只能在小说文本的某一层次、某一侧面进行"横看成岭侧成峰"的分化研究。荷兰文学理论家福克马和库恩·伊柏斯在《20世纪的文学理论》中曾说过："文学研究不再能涵盖整个领域，只有这种研究的协调分配才能回答我们所面临的诸多问题。"这段论述对我们的文艺研究，其中包括对《金瓶梅》的研究同样适用。如果说，对《金瓶梅》的研究从整体上需要多种研究的综合—互补的话，那么对每一个研究个体来说，就需要分化—深化的自觉意识。我们似乎应抛弃那种无论对理论研究，抑或小说文本的评论，都能十八般武器样样在行的"全能冠军"式的良好感觉，亦应防止面对任何一部小说，

---

① 见《批评的诸种概念》一书，四川文艺出版社1988年版。另外在该书英文版序言中还转引了韦勒克另一段话，他认为："我们要记住……只有以哲学（即概念）为其基础，理论问题才可能得到澄清。在方法论问题上有一个明确的认识，将影响到未来研究的方向。"

抑或任何一种理论，都能打麻雀战似的叽叽喳喳地高谈阔论，这种通论家并非是我们本应赞扬的"通才"，反而使人很容易联想到卖包治百病的狗皮膏药者。有分化，才能有深化。因此，"金学"的构筑只有在分化研究的基础上，具有各个击破式的研究深化，才能在本体上加以把握。这种分化，既包括研究职能的分化，也包括研究视野的分化，即从多学科的视角对《金瓶梅》的多层次多侧面进行深化研究。在这种分化—深化的研究趋势中，每一位有志于披上《金瓶梅》研究这一灰色职业服的人，都应该依据自身的志趣和素质，选择属于自己的研究领域做深入的开掘和独到的职能把握，否则就必然像南郭先生混迹其中而自炒鱿鱼。因此，"金学"的建构应以科学的精神开创《金瓶梅》理论研究的多元化格局。

既然任何一种研究都只能从某种特定的视角对小说进行有限的探索与概括，那么这种概括即使准确，也只能在它所对应的领域实现其价值。所以，对《金瓶梅》的研究来说，寻找对应性，就是"金学"价值实现优化的重要条件。这种选择意识，窃以为，对《金瓶梅》研究者来说，是有必要健全地建立的。其实，《金瓶梅》的研究家们选择意识的健全，对小说研究将是一种有力的制约和调节。古典小说研究应该更加注重对小说创作实践具有现实意义的课题的探索，而不能一窝蜂地挤在一个命题上。我们的《金瓶梅》研究，应当建立自己的文化品格，即把研究小说自身作为目的，从而超越其他外在功利性的东西。

第三，要建立"金学"，就要经常进行对话和潜对话，就要造成一种和谐的学术氛围。一位勇于开拓的研究者不是在自我封闭的心理状态中进行思维的，而是在与外界对话的过程中

185

不断摄取新的信息并调整自己的理论意识中进行的。这其中重要的一点，就是老生常谈的"实事求是之心"。我常觉得，在对小说本身的研究和理论批评中，实事求是之心难求。批评家及研究者的思维方式中，某种单一的要求往往给作品和别人的理论文字带来过多的损伤。其实对峙是一种必然，但不一定转化为对立，这里就需要一种现实的宽容。宽容，不是意味着彼此拱手寒暄可以掩饰意见分歧，而是体现在彼此都坚持从自己的思维角度、立场发表见解的同时，努力倾听对方的声音，并从中汲取对自身有益的东西。认识彼此的局限是一种明智，而故意把自己表现得毫无局限，这才是真正的局限。

"金学"的建构需要宽容，还表现在小说研究的可错性和探索的变易性。小说研究是对小说文本和小说现象的一种追求、评判和概括、探索。这种努力和探索既负荷着多重制约，又需不断突破这些制约。所以，小说研究，从某种意义上讲，属于对小说和小说家的一种"瞎子摸象"，它既有对本体贴近真实形貌的猜测，又有相当荒谬的可错性。这就决定了小说研究只能永远处于"夸父追日"的过程中，因为真理的太阳既是遥远的，又是日新的，没有一种凝固而完美的模态。

对小说研究的可错性是无须嘲笑的。一个好的小说研究理论和方法是一个对对象世界提出涵盖面较广泛的看法，人们对此常常抱有这样和那样的期待。但实际上，一个研究者断言越多，其潜在的可错性就会越多，为此，我们迄今还未曾看到过一种全面、正确的小说研究辉煌地战胜所有的对手而一霸天下的情况。

不可否认，在过去，理论研究文章一经出现失误常为人们所不容，然而当思考力进入到某种复杂状态时，失误是难免的，可错性是经常出现的。可以说，失误与可错现象的存在应被视为一种逻辑发展的定律。在这里，批评的态度不应是金刚怒目式的，而应当选择善意探讨之法。思想交锋和精神交流只有在深切理解和可以分析的基点上才能得到深化。说理与说教，其分界线常在有无这种胸怀和精神状态。批评家应具有的风度应是那种新型的风度，"金学"的建构正需要这种风度。再说一遍，我们这一代每一个参加"金学"建构的人，都应建立自己的文化品格，即把《金瓶梅》的研究作为目的，而超越其他外在功利性的东西。

我深信：《金瓶梅》是说不尽的！

回归文本：21世纪《金瓶梅》研究走势臆测

时下文化人似乎都有一点世纪之交的"情结"和对21世纪的激情。对此季羡林先生于几年前即撰文解嘲式地说："所谓'世纪'是人为地创造出来的，如果没有一个耶稣，也就不会有什么世纪，大自然并没有这样的划分。"①真的，如果国人仍按干支纪年，是不是就减弱了这份激情，或松弛了这份情结，就真不好说了。

解嘲也好，消解也罢，一旦面对即将来到的21世纪，人们似乎就有了几分严肃，有了几分使命感。事实是，20世纪90年代已经过去了八个年头，我们却从中发现在人文学科特别是小说文化领域一批颇有水平、颇有意味的研究成果。文化环境的日渐宽松，学术气氛的日渐平和，使这一段时间里的学术研究呈现出花开数朵，各表一枝的多元局面。具体到《金瓶梅》，从微观研究到中观与宏观的研究，从重头的专著到"金学"的构想与实施，都有令人耳目一新之感。是的，最为引人注目的是，虽然20世纪80年代到90年代的《金瓶梅》研究不乏共同对象的选择与总体趋势，然而，这个时期的《金瓶梅》研究比以往的研究更带有研究者鲜明的主体精神和个性色彩，从而使《金瓶梅》的研究成果获得了某种独特的学术风貌。而中国小说学的进一步发展与成熟，正需要这种鲜明的个性色彩。这种局面的出现自然值得我们高兴，并期盼它能得到更为深入的发展。而"使命感"在"世纪之交"，就越来越使这一研究领域

---

① 季羡林《跨世纪中国人该读什么书》，《中华读书报》，1995年5月17日。

的学人感到任重而道远。而21世纪毕竟是一块还没挂出来的匾，匾上的字是什么，谁也说不准。因为这不是仅凭激情可以预测出来的，而《金瓶梅》研究的走势，甚至用理性的思考，也是很难准确道出个究竟，世界文化走向的复杂性和某些不可预测性，完全适用于《金瓶梅》的研究。在这种尴尬的局面下，列出这个题目，其本身就把自己置于极为被动的地位上，因此臆测也好，臆说也好，都是出于一种积极的期待而已，除此之外，别无他意。

一

在文学领域，一个不争的事实是，无论古今，作家得以表明自己对社会、人生、心灵和文学的理解的主要手段就表现在文本之中，同时也是他们可以从社会、人生、心灵和文学中能够得到最高报偿的手段。所以一个写作者真正需要的，除了自身的人格与才能之外，那就是他们的文本本位的信念。因此，对于任何一个真诚的研究者来说，尊重文本都是第一要义。换句话说，要想探求未知的知识，第一步必须建立在细读文本的基础上，不然任何"规律性"的现象，都会缺乏实在性。具体到我对《金瓶梅》的研究，我是在进行了理性的思考以后，选择了回归文本的策略。这是因为，归根到底，只有从作家创造的艺术世界来认识作家，从作家对人类情感世界带来的艺术启示和贡献，去评定作家的艺术地位。比如笑笑生之所以伟大，准确地说，他的独特贡献，就在于他的创作方式异于他同时代和以前时代的作家，因为他找到了一个典型的世俗社会作为他表现的对象，并且创造了西门庆这个角色：粗俗、狂野、血腥和血性。他让他笔下的人物呈现出原生态，所谓毛茸茸的原汁原味。这是一个崭新的前所未有的叙事策略。而这一切却被当时大多数人所容忍所认同，以至欣赏。而且由于这部小说的诞生，竟然极为迅猛地把原有的小说秩序打乱了。从此，很多作家都不同程度地卷到这一场小说变革的思潮中来，并和当时的主流意识形态远远隔离开来。毋庸置疑，这一切都是小说文本直接给我们提供出来的。

这里，我绝对无意排斥占有史料和考据功能。过去在这个问题上，我的一些言论曾招到某些误会，这次借机会再加必要的说明。

文史之学是实学，不能离事言理。因此，充分占有材料，乃是从事研究的必要手段。一些文史家长于以检验师的敏锐目光与鉴别能力，审视着历史上和古籍中的一切疑难之点，并以毕生之精力对此做精细入微的考证，汰伪存真的清理，其"沉潜"之极致颇有乾嘉学派大师们的余韵。但是我也发现，个别研究者囿于识见，只见树木，不见森林，用力虽勤，其弊在琐屑苍白。无关宏旨的一事一考，甚至一字之辨，尽管可以竭研究者之精思，但重大的文学现象往往被有意无意地置于脑后。比如曹雪芹祖籍的考证，比如我们《金瓶梅》研究中的作者的考证，我就发现，它们很少或几乎没有和小说文本挂上钩。这说明，只凭对作者的一星半点的了解，类似查验户籍表册，那是无以提供对这些名著和经典文本做出全面公允评价有力证据的。我欣赏德国优秀诗人和理论家海涅的一段精彩文字，现摘引如下，以飨读者：

　　……艺术作品愈是伟大，我们便愈是汲汲于认识给这部作品提供最初动机的外部事件。我们乐意查究关于诗人真实的生活关系的资料。这种好奇心尤其愚蠢，因为由上述可知，外部事件的重大性和它所产生的创作的重大性是毫不相干的。那些事件可能非常渺小而平淡，而且通常也正如诗人的外部生活非常渺小而平淡一样。我是说平淡而渺小，因为我不愿采用更为丧气的字眼。诗人们是在他们作品的光辉中向世界现身露面，特别是从远处观望他们的时候，人们会给眩得眼花缭乱。啊，别让咱们凑近观察他们的举止吧……①

海涅下面还有较为刻薄的话，我不想抄引了，免得无意间又伤害了人。如果从"求新声于异邦"的角度来看海涅这番话，其深刻含意我是能够认同的。

如果允许我进一步直言不讳的话，我认为整天埋头在史料堆中钩稽不着边际的史实，对文学研究者来说，并非幸事。因为它太容易湮灭和斫伤自己的性灵，使文笔不再富于敏感性和光泽。也许它仅有了学术性而全然失去了文学研究必须有的灵气、悟性和艺术性。试想，如果真要到了不动情地审视着发黄发霉的旧纸堆，我想那就成了今日多病的学术的病症之一了。或者应了一位学者的明智之言，"学问家凸现，思想家淡出"，然而学者的使命毕竟是在追求有思想的学术和有学术的思想这一层次上的。

学术研究是个体生命活动，生命意志和文化精神是难以割裂的。《金瓶梅》研究中的"无我"是讲究客观，"有我"则是讲究积极投入，而我们的理想境界则在物我相融。过去，《金瓶梅》研究中的考据与理论研究往往相互隔阂，甚至相互排

---

① 海涅：《莎士比亚的少女和妇人》，见《莎士比亚评论汇编》（上），中国社会科学出版社1979年，第328页。

斥，结果二者均得不到很好的发展。我们的任务是把二者都纳入到历史与方法的体系之中并加以科学的审视，只有这样才能体现考据、理论与文本解读的互补相生、互渗相成的新的学术个性。为此，《金瓶梅》研究，庶几在新世纪中可以得到健康发展。

二

选择《金瓶梅》文本的回归策略，乃是小说本体要求。我承认，我从不满足"文学是人学"的命题或界定，而更看重文学实质上是人的灵魂学、性格学，是人的精神活动的主体学。是的，心灵使人告别了茹毛饮血的生存方式，心灵使人懂得了创造、美、理想和价值观，也是心灵才使人学会区分爱与恨、崇高与卑琐、思考与盲从。而一切伟大的作家最终关怀的恰恰也是人类的心灵自由。他们的自救往往也是回归心灵，走向清洁的、尽善尽美的心灵。所以，对于一个真正的作家来说，他都是用心来写作的。《金瓶梅》像一切伟大的小说文本一样是"我心"的叙事。仅就这一点，人们即很容易看到，中国的作家和外国作家在文学观念上确有同中之异。还是在莎士比亚时代，他们几乎多认为"文学是一面镜子"，而今天有的现代派作家就又公然说"小说是在撒谎"①。而我们的小说家一方面虽不说自己的作品是"镜子"，但总是信誓旦旦地言说他的作品都是"实录"，"不敢稍加穿凿，至失其真"，而另一方面，又呼唤"谁解其中味"。时至今日，我们几乎都把文本看作是作家心灵独白的外化，是作家心路历程的印痕。在这一点上，

---

① 巴尔加斯·略萨在谈创作的文集《谎言中的真实》中就说过这样的话。

长篇小说更具有心灵史的意义。不管作家意识还是没意识到，它的使命特点，只能是召回生活史和心灵史的内容。而一旦回忆生活、回忆心灵历程，长篇小说就有了反思的特色。

我们不妨把眼光向《金瓶梅》稍前和以后的几部经典进行一番最简括的扫描。《三国》《水浒》一写割地称雄，一写山林草莽，都把英雄豪气做了深刻而有社会意味的描写。其美学风格，如深山大泽吹来的一股雄风，使人顿生凛然荡胸之感。然而它们同样是历史反思之作。《三国》是通过展示政治的、军事的、外交的斗争，并熔铸了历代统治集团的统治经验，思考以何种国家意识形态治国的问题，关注政治文化思维的反思性是明显的。《水浒》突出体现了民间心理中的侠的精神以及对侠的崇拜。然而从深隐着的民间文化心理来观照，让我想起了那种叫社会人格、社会群体心理反应和民族心理结构这类课题。因此"逼上梁山""乱由上作"的民众抗暴斗争的思维模式是《水浒》进行反思的重心。至于《儒林外史》则是通过对举业至上主义的批判所进行的百年文化反思。《红楼梦》写的虽是家庭琐屑、儿女痴情，然而它的摇撼人心之处，其力度之大，却又绝非拔山盖世之雄所能及者，它的反思常常把我们带入一种深沉的人生思考之中。说到《金瓶梅》则完全是另一道风景线。笑笑生在生活的正面和反面、阳光和阴影之间骄傲地宣称：我选择反面与阴影！这是他心灵自由的直接产物和表征，所以他才有勇气面对权势、金钱与情欲诸多问题并进行一次深刻的人生反思。

与许多名著不同的是，《金瓶梅》在反思人生的基础上，还巧妙地采用了应属今日小说理论中的所谓反讽模式：自嘲和自虐。按理论家的说法，反讽是赞美的反拨，是对异在于己的历史人生的清醒的嘲弄、讽刺和幽默。它是一种否定，一种近乎残酷的否定。《金瓶梅》的作者之所以伟大，就在于他没有轻率地把反讽停留在表层上，即以胜利者、说教者的姿态，对对象进行居高临下的嘲弄。而是推进一层，用我们当下的俗话，就是把自己也"摆进去"。小说中的对对象的嘲弄开始被自我嘲弄所取代：原来作为反讽主体的"我"，这时走向了对象的位置，他不再是裁决者而是失意者。讽刺者在嘲弄了现实以后蓦然回首："我"同这现实一样是被嘲弄的对象，真正需要和可以嘲弄的，不仅是"你们"，恰恰是"我们"。酒、色、财、气在"我"的身上一样挥之不去！由此看出，笑笑生的感知是有质量的，而他的反讽更是深刻的，是入木三分的。这一切使《金瓶梅》的反思性才有了更为巨大的历史感和时代性。窃以为能得笑笑生《金瓶梅》真传者只有吴敬梓和他的《儒林外史》，他的反讽力度更是无与伦比的，这一点只有鲁迅看得最为分明。

无论是反思还是反讽，其实都是心灵化的。这一点，今天的不少文学评论家也给予了充分的关注，开始把批评重心置于"发皇心曲"之上。他们坦言：文学评论越来越倾向于心灵的探寻了。在升华作品的同时升华自己，在批判作品的同时批判自己。

其实，心灵史的被看重，我们可以一直追溯到庄周和屈原，他们的作品同属心灵史诗。而宋之遗民郑思肖索性把自己的著作称之为"心史"。这证明了一点，文本都是作家心灵的凝聚物。而我自己尤其偏爱与凝聚为文本的作家心灵进行对话与潜对话。因为这种对话，其实也是对自我魂魄的传达——对文学、对人生、对心灵、对历史的思考。

一个不算短的日子，我不断斟酌一个问题：文化史被大师们曾称作心理史，所以文化无疑散落在大量典章制度中、历史著作中；但是，它是不是更深刻地沉淀在古代作家的活动环境中，沉淀在他们的身上，尤其是沉淀在他们的心灵中？因此，要寻找文化现场，我认为首先应到作家的心灵文本中去勘察。令我们最感痛心的和具有永恒遗憾意味的是，历史就像流沙，很多好东西都被淹没了，心灵的文化现场也被乌云遮蔽得太久了！

三

对《金瓶梅》的研究，选择回归文本的策略，乃是在一个新的层面上对经典的拥抱和真正走进名著。在关于名著与经典的多重含义下，我特别看重"划时代"这一点。从外显层次看，"划时代"是指在文学史上起过重大作用的作品，这些作品标志了中国文学发展的一个特定时期，具有"划时代"的意义。但从深隐层次来观照，名著和经典在某种意义上都具有艺术探险的意味。从屈骚开始，经汉之大赋、唐之近体诗、直到词曲和章回小说等等，哪一个艺术现象不应看作有史以来文学家在精神领域进行最广泛、最自觉、最大胆的实验？而实验又是以大量废品或失败为代价的，但经过时间的磨洗，必然有成功的精品存留下来，成为人类艺术发展长河在这个时代的标志或里程碑而载入史册。所以像《金瓶梅》这样真正走进了文学史的伟大作家的精神产品，就具有了这样的品格：由于其不可复制性和不可替代性而具有永恒的魅力。因此文学从来不以"古""今"论高低，而以价值主沉浮。正是在这个意义上，我才说《金瓶梅》这部小说的文本是说不尽的。歌德在谈到莎士比亚的不朽的时候说："人们已经说了那么多的话，以致看来好像再没有什么说的了，可是精神有一个特征，就是永远对精神起着推动作用。"[1]事实是，像明之四大奇书，也将对我们的精神和思维空间不断起着拓展的作用。进一步说，一切可以称之为伟大的作家都具有创造思想和介入现实的双重使命感，

---

[1] 歌德：《说不尽的莎士比亚》，见《莎士比亚评论汇编》（上），中国社会科学出版社1979年，第297页。

这充分体现于他的作品的字里行间。他们每一部可以称之为名著的又无不是他们严肃思考的内心笔记。比如《金瓶梅》尽管是笑笑生个体生命形态的摹本，然而对于我们来说，它的文化蕴涵确实随时间的推移，而富有更广大的精神空间，而后世的每一个解读者对它都不可能做出最终的判定。解读名著本身就具有动态的特征，这是由于知识本身就是流动的。它不可能是小学中学乃至大学课本上那几行已经变得发黑的字体和干巴巴的结论。这里我不妨借用古希腊先哲赫拉克利特的一句名言：

"灵魂的边界你是找不出来的，就是你走尽了每一条大路也找不出；灵魂的根源是那么深。"虽然我们还不能完全找出《金瓶梅》及其作者的全部灵魂，但我们仍然在锲而不舍地找，变换着方式去找，我们毕竟能逐步接近它的深邃的灵魂边界。

解读名著是提升自己的灵魂的一剂良药。要解读《金瓶梅》就需要一个开放而智慧的头脑，同时还需要一颗丰富而细腻的心灵。进一步说，它还需要营造一种自由精神气氛、一种人文情怀。具体到《金瓶梅》，围绕书中的性，已经说了几百年。但是，当我们把这个问题置于人性和人文情怀中去，对它的解释就会是另一种面貌了。人们认为最羞耻、去极力隐讳的东西，其实恰恰是最无须以为耻、无须隐讳的东西。大家以为是私情的东西，其实也正是人所共知的寻常事。真正的私情是每个具体人的感情，那是最个性化的、最秘而不宣的东西。事实是，历史行程走到今天，人们对性已失去了它的神秘性、隐讳性。人们在闲谈中带些性的内容都已变成司空见惯的事，但谁又会将感情深处的东西轻易流露呢？为什么对性，就不能以平常心对待呢？性不需要任何理由，它只是存在着。在我们以往的《金瓶梅》研究中，对性的态度与行为往往成为一种道德评判的标准，其实，这对于小说的本质而言是徒劳的。小说最应该表现也难以表现的是人的复杂的感情世界和游移不定的心态。人的道德自律在于要正视纯粹、自然和真诚。评论界已经明智地指出：劳伦斯将性的负面变为正值，公然提出性就是美，并把笔下的主人公的性关系，以浪漫的诗意来表现。而像已故的作家王小波在《黄金时代》对以往的道貌岸然的反讽中，将性价值全然中立化，他让人们在净化中理解两性关系的意义，于平淡中体味人的温情，人性之美自然溢出。我当然知道，笑笑生不是劳伦斯、王小波；《金瓶梅》也不是《查泰莱夫人的情人》和《黄金时代》。我只是希望我们从中能得到这样的基本启示：在未来的生活和文学作品中，将性的价值中立化，在净化中理解两性关系的意义，以及以平常心对待性，这也许会变得可能。到了21世纪，《金瓶梅》研究中的性描写问题会不会被人看得淡些呢？

四

不可否认，面对大师的经典和名家名著，那是要求有与之水平相匹配的思想境界的。在研究或阐释作家的思想精神和隐秘心灵时，你必须充当与他水平相当的"对手"，这样庶几才有可能理解他的思路和招数。有人把解读名著比喻为下棋。那么我得承认自己永远不会是称职的对手，因为棋力棋艺相差太远，常有捉襟见肘的困窘，这是不容否定的事实。

我深知，《金瓶梅》所体现的美学价值意义重大，不做整体思考不行。而一旦经过整体思考，我们就会发现笑笑生给我们最大的启示是如何思考文化、思考人生。歌德说过一段很耐人寻味的话：人靠智慧把许多事情分出很多界限，最后又用爱把它们全部沟通。所以对《金瓶梅》的生命力必须以整体态度加以思考。我正是想努力从宏观思维与微观推敲相结合入手研究《金瓶梅》文本的。

至于要想找到《金瓶梅》文本的生命动力，多维理论思考和方法论是必须的。我信服德国物理学大师海森伯在说明测不准定律时的那段名言：世界不是一种哲学可以完全解释的。在描述一种现象时，需要一种理论，在测定另一种现象时，则需要另一种理论和方法，没有放之四海而皆准的真理。我以为，如果有了这种认识和知识准备，也许有可能在即将到来的21世纪，对难以解读的《金瓶梅》做出突破性的学术发现，从而使我们有可能切身感受到《金瓶梅》等优秀的古典小说那生生不息的生命运动。

《金瓶梅》研究方法论刍议

人类学问的推进和方法之推进是联系在一起的。古代单元化的方法论必然向着现代多元化的方法论发展。我们应自觉地对文学研究中的传统方法和现代方法，不分新与旧，做实事求是的多元化的分析和研究。

我国古代的几部小说经典的文献学、历史学、美学和哲学的研究已经初步形成了多元化的格局。这就是说，对它们的研究的起点已被垫高，研究的难度也越来越大。在这种形势下，我们的古代小说研究必须面向世界，开辟中外学术对话的通道，借鉴、汲取新观念、新方法，在继承前贤往哲一丝不苟严谨治学精神的同时，应随时代之前进而不断更新和拓展。几部经典小说文本，已提供了广阔的空间，或曰有一种永恒的潜在张力。因此，从一定意义上来说，面对每一部小说文本，它的研究也应被视之为过渡性文本，所以，今天我们对每一部小说文本的审视与诠释，都是学术文化史的必然。

当然，小说研究对于一些学人来说，是没有什么固定的方法，或曰一位小说研究者肯定有很多方式。比如，有的人擅长复述故事，有的人擅长理论性阐释，有的人则对一个字词、典故都要进行细密的考证，有的人只是漫无边际地与小说人物进行对话和潜对话，当然也有为数很少的人兼备。而人们也许渴望返璞归真，只想知道小说作者怎么想的，又怎么写的，也许就是"无为之为"，也就是没有方法之方法。

然而，对于学院派而言，方法论对于其研究的学术规范则是不可或缺的重要一环。

不要鄙薄学院派。学院派必将发挥小说学建构的文化优势，即可能将中国古代小说研究置于现代学术发展的文脉上来考察和思考整个古代小说之来龙去脉，以及小说审美意识的科学建构。黑格尔在回忆自己走过的学术道路后在与友人书中说："我们必须把青年时代的理想转变为反思的形式"（《1800-11-02致谢林》）。[①] 所以，回顾与前瞻小说研究，反思规范与挑战规范，是我们不可推卸的责任。

一

那么，小说方法论的本体内涵是什么？一言以蔽之，应是文学本性的展开，而文学的本性又是多重性的，因此，人们所应展开的研究方法必然是多元的。

---

① 苗力田译：《黑格尔通信百封》，上海：上海人民出版社，1981年，第58页。

具体到《金瓶梅》的研究，这部小说的作者之谜，理所当然地要被研究者提到首要的议事日程上来，于是陆续提出了王世贞、徐渭、卢楠、薛应旂、李卓吾、赵南星、李开先、屠龙、李渔等说。然而到了后来，"兰陵笑笑生"本来只是别号或化名，或者说只是这部小说作者的代称，可是却被"演绎"成一个多种面孔的人物，直到当下，由于商业行为的介入，一位小说家竟然被多处地方抢来抢去，至今仍不遗余力地进行"考证"，以便证明"我们"这儿是这位大小说家的诞生地①。这种作家研究的无序状态，就理所当然地被一些研究者所批评，甚至一位不厚道的批评者把整个《金瓶梅》研究讥诮为"笑学"，这当然会引发一些严肃的"金学"研究者的不快。然而，是不是在面对这种讥讽时，我们也应进行一些反思呢？

从方法论角度来观照，我认为有两个层面应予考虑：

第一方面，确实有一些文史家长于从微观角度研究《金瓶梅》的作者问题，他们以检验师的敏锐目光与鉴别能力，审视历史上或古籍中的一切疑难之点，并以毕生之精力对此做精细入微的考证、汰伪存真的清理，他们"论一事必举证，尤不以孤证自足，必取之甚博，证备然后自表其所信"②。其"沉潜"之极致乃有乾嘉学派大师们的风范。他们的精耕细作的收获，

① 有趣的是，从笑笑生的考证竟在后来又派生出抢夺小说中的虚构人物和其"故里"等事，二省三市就演出了一场抢夺"西门庆故里"的闹剧，把小说虚构的人物也抢来抢去。从作者之"谜"到人物之"虚"，弄得乌烟瘴气。最近我们终于听到了有关管理部门的声音：据2010年7月14日《深圳商报》报道，文化部和国家文物局发出通知，严禁以负面人物建立主题文化公园。不知政府部门的指示能不能刹住这股"抢"风。

② 梁启超：《清代学术概论》，上海：商务印书馆，1930年，第13~14页。

不容忽视。

然而，在《金瓶梅》作者的考证中，我们也看到，有个别研究者往往囿于识见，只见树木不见森林，用力虽勤，其弊在琐屑苍白，琐细冷僻。无关宏旨的一事一考、一字之辨，尽管可以竭研究者之精思，但重要的小说文化现象往往被置之脑后，这当然是一种偏颇。

为了不造成误解，我们必须指出，史实是治史的基础，一部小说的作者问题，也必须在具体可靠的史料基础上方能构筑成功。历史的真实性，同样是小说作者问题的第一价值尺度。从这个角度看，一切以史实为原则的小说作者的考证，都离不开微观研究，也就是说，都必须从小的角度去观察与考索历史的局部、细部，这种考察进行得越细致、越准确，那么由此构筑的历史大厦就越有可靠的根基。为了促进作家身世的研究，我们只是主张要从大的文化背景和中国小说的特性入手去考察微观对象，因为这样才能跳出过去"兰陵笑笑生"考索的窠臼。

在《金瓶梅》的作者破译过程的众说纷纭中，我的看法始终如一。在没有确凿的资料和证据面前，我宁肯把"兰陵笑笑生"这个明显的作者笔名就认作是一个永远的天才的象征，他无须被还原为一个实在的某某人。事实上，中国通俗小说的作者之谜不仅仅是一部《金瓶梅》的作者，甚至妇孺皆知的罗贯中是《三国演义》的作者，吴承恩是《西游记》的作者，现在也遭到了质疑，论文、专著一大摞，但我至今存疑，原因只有一个，即中国小说特别是通俗小说一直被认为是"邪宗"，是小道，是街谈巷议，因此无论作者个人有意地化名，或历朝历代的读者善意地把一部小说安在一位文化名人的名下，我想都是事实。所以与其捕风捉影，进行徒劳的"伪考证"，不如索性把中国的通俗小说家的署名只当作一个文化符号，在不影响理解文本内容、意义和艺术成就的基础上，给予更宽容的处理。这样，"笑学"之讥也就不会轻易地落在我们的"金学"头上了。

对于我们来说，搜求材料、考据事实的方法，并非毫无用处，关键是它能否有助于揭示文学审美的根本问题。借用美国文艺理论家韦勒克在《比较文学的危机》一文中所说：真正的文学研究关注的不是惰性的事实，而是价值和质量。[①]他还认为，文学研究是一种系统的知识体系，它有独特的方法和目的，它的核心问题是要把文学首先定位在艺术上。所以他又在《反实证主义的潮流》一文中明确指出：文学既作为艺术，又作为人类文明的一种表达去研究文学文本。[②]韦氏的看法我认为是中肯的，因为在当代世界各国的文艺研究中，这种"实证主义"的潮流并没有消退和更新，仍然有相当的势力。因此，就目前的研究状况来说，提倡一下回归文学本位，强调一下文本细读是非常必要的。这就是我要论述的第二个层面的问题。

二

一般地说，小说研究和小说学的建构，任何方法论意义上的学术策略和采用的具体方法，都来自小说研究者的学养、路

---

① 【美】韦勒克：《批评的诸种概念》，丁泓译，成都：四川文艺出版社，1988年，第274页。

② 【美】韦勒克：《批评的诸种概念》，丁泓译，成都：四川文艺出版社，1988年，第264页。

数和兴趣。目前文学研究中提出的综合研究、学术史研究、文化研究和文化诗学研究都提供了新的思路和视角。但是一个不争的事实是，每个学科都有自己的界限。我的文化焦虑是，当前的文学研究特别是小说研究有一种取消"文学"取消"小说"的倾向。而对文学性和小说特质的消解，都是对文学性和小说特质的致命戕害。一个时期以来，文学被泛化了，小说也被泛化成无边无际的"文化"或者别的什么，那最终是导致文学审美性的消解。我的忧思是：当人们不再沉浸在诗意世界去领略那天才的文学精魂和美学创造，是人类文明之大幸还是不幸？

小说研究直面的是人，是作家，是作家的心灵和心态。既然面对的是人的灵魂，谁又能不带着自己的感情色彩去审视呢？小说研究者再怎样客观、公允，也不可能避免主观的介入。进一步说，一个小说研究者不投入感情，那又怎能感悟到成人在一路步入晚景时对人生况味的咀嚼，以及那历经心灵磨难后的沧桑感。《金瓶梅》感伤后的孤愤和《红楼梦》所述说的人生的永恒遗憾虽然迥异，但它们同样需要小说研究者诗意的观照。不然笑笑生的机锋、顿悟、妙谛和曹雪芹天纵之神思、幽光之狂慧都难以艺术地把握。

我感觉到，我们的精神同道中有人忽略了米兰·昆德拉最爱引用的奥地利小说家赫尔曼·布洛赫的一句至理名言："小说唯一的存在理由就是去发现唯有小说才能发现的东西。"①虽然米兰·昆德拉对世界小说史的认识有很多谬误，但坚信布洛赫一再坚持强调的观点，对于这一点我们不能否认这两位外

---

① 艾晓明编译：《小说的智慧——认识米兰·昆德拉》，长春：时代文艺出版社，1992年，第13页。

国小说家的真知灼见。细想起来，我们过去何尝没发现只有小说才能发现的历史社会和人生图像呢？比如历史，它的写作多是宏观的，偏重重大事件的变迁；小说再怎么宏阔，也多做微观；许多描述多是史家不屑顾及的百姓生活；历史关乎外在，小说则注重内在，历史重形而小说重神；历史登高临远，雄视阔步，小说则先天地富于平民气质和世俗情怀。比如，作为世情小说开山祖的《金瓶梅》就为我们展现了一幅色彩斑斓的市民社会的风俗画。是的，《金瓶梅》堪称中国中世纪社会的百科全书，而其最大特色是笑笑生极其关注世风民俗。在这一百回的大书中，作者常常怀着浓厚的兴趣，挥笔泼墨描绘出一幅幅绚烂多彩的风俗画面，成为刻画人物、表现题旨的文化背景。人世间众多的民风世俗，举凡礼节习俗、宗教习俗、生活习俗、山野习俗、江湖习俗、市场习俗、匪盗习俗、城市习俗、乡间习俗、娱乐场所习俗、行会习俗、口语习俗、文艺习俗等，几乎都可以从这部小说中找到，它为我们积淀着生动形象丰富多彩的风情习俗大观。当然，小说家言不免夸张，但绝非毫无根据。联系"金瓶梅艺术世界"，我们可以看到，也许这里未必都能够得到多少可以考证的历史事实，但是，《金瓶梅》所展示的五光十色的社会图景和丰富多样的人物形象却有助于我们认识当时社会生活的某些本质方面，具有一般历史著作和经济著作不能代替的作用，特别是具有许多历史学家所忘记写的民族文化的风俗史的作用。

总之，兰陵笑笑生不是一个普通艺匠，而是一位心底有生活的独具只眼的大小说家。他真的没有把他的小说仅仅视为雨窗寂寞、长夜无聊的消闲解闷之作。他的小说是出于市民的思想意识和市民的视角。这从一个重要方面来说，笑笑生发现又展示了市民社会的风俗画，正是市民日益强大并在小说领域寻求现实主义表现的反映。

"金瓶梅艺术世界"的创造对我们的启示是，小说的审美的研究必须得到强化，对小说的审美感悟绝不能失去耐心。回想十几年前"文化研究"热时，《金瓶梅》确实得到"文化"的综合研究，然而，众所周知，《金瓶梅》只剩下了社会历史的注脚，文学性的研究和审美批评被大大消解。

三

其实，"文化研究"在西方也早有争议。格林布拉特是当今西方学术界对文学进行文化研究和跨学科研究的领袖人物之一。他把自己的新历史主义方法论称之为"文化诗学"。但几年后，他就发现，每个学科都有自己的界限，保留各自的界限是必要的。具体到小说的某些"文化研究"，有一个致命的弱点，即无视小说艺术的界限，脱离了小说文本，结果造成过多的误读，或过度诠释。由此，在小说史和小说学的建构中我想我们的前提仍应是回归文本，在"细读"上下功夫。回归文本之本意就是要求审美的文学性构成不应被消解。给我印象最深的是八年前刘少勤先生之大作《文学评论断想》，他认为"任何一种批评，都不能脱离'作品'，都必须面向'作品'本身。当代中国的文学批评，一个重大缺陷就是离开了'作品'，瞎扯各种'文化'和各种'主义'"。于是刘先生疾呼："面向作品本身！"① 还有严绍璗先生在为张哲俊先生专著《中日古典悲剧的形式：三个母题与嬗变的研究》所写的序中同样精辟地

---

① 刘少勤：《文学评论断想》，《政策》2003年第1期。

第三十九回

寄法名官哥穿道服

金瓶梅

散生日敬濟拜冤家

写道："在人文学术研究目前的学术状态中，应该特别提倡文本的解读和文本的解析，特别提倡建立在充分的文本基础上的理论研究，从而与欧美的各种主义和论断共济互补，从而创造出具有世界性的理论学说。基于这一最基本的认识，我觉得一切对学术和社会承担责任的稍许年长一些的学者，应该积极地鼓励年轻的学者，致力于文学文本的研究，并从文本的解读中引导出具有一般意义的理论来。"[①]观刘、严二位先生的意见，我应引他们为精神同道和学术知己。

其实，我对《金瓶梅》没有做过深入研究，只是在学习"金学"专家诸多研究该书的论著后，确实觉得对《金瓶梅》的解读，回归文本并非是一个过时或不必要的絮叨的策略。我直觉地感到，在"红外线"热潮影响下，现在也有了"金外线"的倾向，所以我才认为，回归文本是《金瓶梅》的一个重要的研究策略，并试着把自己的一贯的学术追求即文本实证和理论研究相互照应的思路在这里再做扼要的陈述。我的初衷是想为朋友们的讨论提供一个参照，希冀在碰撞和交流中引发更多的思考。因为我思忖，对《金瓶梅》的解读，永远是一个不会终结的对话和潜对话的过程。

无论从宏观小说学角度看还是从微观小说学角度看，《金瓶梅》文本，都是一切读者关注的对象。这是因为，兰陵笑笑生得以表明自己对世道人心和小说艺术的理解的唯一手段就表现在他的文本之中，同时也是他可以从社会、人生、心灵和艺术中得到最高报偿的手段。所以，具体到一位小说家，他要通过文本证明的是他的人格、才情，特别是审美的道德的倾向。

---

① 张哲俊：《中日古典悲剧的形式：三个母题与嬗变的研究》，上海：上海古籍出版社，2002年，严绍璗《序言》。

这就是为什么小说家本人总是有一种文本本位的信念。

可以作为参照系的西方文学史中就有一大批文本本位论者。普鲁斯特就明快地表明：作家的真正自我仅仅表现在文本之中，而且只有排除了那个外在自我，才能进入写作状态。海明威这位硬汉作家索性说：只要是文学，就不用管谁是作者。而福克纳更干脆地告诉他的传记作者：我的雄心是退出历史舞台，死后除了发表的作品以外，不留下一点废物。看到这些言论，也许我们觉得有些偏激，然而你却不能不承认这些作家把文本确实看作心灵自由的表征。他们的自救往往是通过文本回归心灵，从而走向清洁的与美善的人性。具体到笑笑生，谁又能不承认他心底回旋的仍然是美的信念和美的理想呢？谁又能不承认他是以纯真的真善美的心来写作呢？无论是暴露，无情的暴露，还是孤愤、谴责，不都是笑笑生的"我心"的叙事？时至今日，我们读者几乎都把《金瓶梅》文本看作是笑笑生心灵独白的外化，是他人生体验的印痕。于是，对于《金瓶梅》文本，我们再不会看到单一的诠释了；而"一种"解读也在逐渐从研究论著中消失。事实上，对《金瓶梅》心灵文本的追寻，极大地调动了读者思考的积极性。每一位读者都有可能根据自己的生活经验和审美经验，思考《金瓶梅》文本提出的问题并且得出完全属于自己的结论。回顾一下，作为持久不衰的"显学"的《红楼梦》研究不是不断在证明：对它的心灵文本的追寻，使这部旷世杰作的多义性成了它艺术内涵的常态，而对《红楼梦》任何单一的解读都成了它艺术内涵的非常态吗？《红楼梦》研究辉煌丰硕的成果，必将鼓舞我们广大《金瓶梅》文本研究者的信心。它将使我们的审美追求更愿与凝聚为文本的作家心灵进行对话和潜对话，并学会探寻在文本内蕴的旋涡和潜流中发现《金瓶梅》文本之伟大。

在面对作家和他创制的文学文本时,我宁肯从作家创造的艺术世界来认识作家,从作家给人类情感世界带来的艺术启示和贡献来评定作家与文本的艺术地位。

学术研究是个体生命活动,生命意志和文化精神是难以割裂的。学术研究包括古代小说研究的"无我",是讲究客观,"有我"则是讲究积极投入。而我们的理想境界则在物我相融。过去,考据与审美的理论研究往往相互隔阂,甚至相互排斥,结果二者均得不到很好的发展。我们的任务是把二者都纳入艺术与方法的体系之中并加以科学的审视,只有这样才能体现考据、审美研究与文本实证的相互应照、互补相生、互渗相成的新的学术个性。如此,《金瓶梅》研究庶几可以得到健康发展。

反之,如果我们的"金学"研究队伍,都在"金外线"上蜂拥而上,埋头在缺乏可信性的史料中,对《金瓶梅》绝非幸事,因为它最容易湮灭和灼伤研究者自身的性灵,使审美体验迟钝,使文笔不再富于敏感性和光泽。也许它仅有了"学术性",而全然失去了《金瓶梅》研究必须有的艺术审美性。如果真到了不动情地审视那发黄的旧纸时,我想那就成了今日多病的学术的病症之一了,或者应了一位学者的明智之言:学问家凸现,思想家淡出。然而《金瓶梅》等古典小说名著的研究使命毕竟是在追求"有思想的学术和有学术的思想"这个层次上的。

四

强调回归作家的文本，是看到了唯有文本才能最真实地反映作家的内心世界，而他的生平传记乃至谈话录不一定就能揭示其心灵的真诚。因此可以说，伟人作家的文本是留给我们的精神遗嘱。一部中国文学发展史，在一定意义上说，就是一部形象的、生动的、细腻的"心史"，19世纪著名文学史家勃兰兑斯在他的六卷本《十九世纪文学主流》的引言中说："文学史，就其最深刻的意义来说，是一种心理学，研究人的灵魂，是灵魂的历史。"①这是我迄今看到的对文学史做出的最符合实际、最富有科学意味的界定。这一思想的深刻性就在于他不再是停留在文学即人学的层面上，而是充分认识到文学乃是人的精神主体的历史。这就是我一再强调的，心理结构乃是浓缩了的人类历史文明、文学文本，特别是小说文本则是打开时代灵魂的心理学。

然而，在认同必须超越"人学"的基础上，心灵史的研究又应当是动态的，即作为心灵史的最细微处、最微妙处，乃至稍纵即逝的心态也是研究的对象。心态史的研究应当有别于思想史和性格史的研究。相对而言，思想性格等等在成熟后，具有相对的稳定性，而心态则是一种精神流动体。心灵的流变更受个人遭际、社会精神、时代思潮乃至政治变数的影响而不断游移。进一步说，作家之间的差异除思想、性格、气质、人格之外，最深层最重要的差别往往是心态变异中的特色，因此，

---

① 【丹】勃兰兑斯：《十九世纪文学主流》第1分册《流亡文学》，张道真译，北京：人民文学出版社，1997年，第2页。

在我们认真观照作家的心态时，往往发现它不是在"过去"就已经成型的，所以，心态乃是"尚未"被规定的精神现象，它当然和思想、性格密切联系，但又不能等同，因为它总是处在"制作"之中，"创造"之中。

心态史的叙述是一种"发皇心曲"的研究，它体现在细致入微的心理分析上，而心理分析中强调的是人物心理的真实性，不大看重人物的完美性。所以通过作家文本中把握心态流动的微妙处，也就道出了一个心态研究的真谛：作家并不是只有一种面孔。这就决定了他的心灵流变往往是社会流变的一面镜子，或是一个缩影，更是活生生的人的本相的真实显现。我们在读《金瓶梅》时会不会有这样一种感悟：笑笑生在人生旅途中行走着，成长着，也成熟着。身影远去，留下一道道踪迹，或深或浅，汇聚一起，你蓦然回首竟是一部大书。笑笑生不同凡响处，就在于他把人们经历过的，又是司空见惯的永恒的人生历程，以哲人式的思考，又用形象提炼、升华，演绎了这部百万字巨著。不同的只是笑笑生把它转换成纯粹市民社会中的事和市民中的人，而这些事和人又是出于作家个人的艺术虚构，然而读者一看，其生活底色是活生生的现实世界，一个我们能深切感知的人生与社会。这是一个方面。

另外，作家的心灵世界是复杂的，而这种复杂性就凝聚在他笔下的人物中。笑笑生善于洞悉每一个人物，透视每一件事情，在他的"精神的眼睛"的观照下，这个社会既是一个被放大了千百倍的世界，又是一个被剥去了种种表象的全然裸露的世界。他的伟大就在于他发现了如巴尔扎克所说的：一种文明所产生的怪物及其全部斗争，野心和疯狂。但是，我们更应看到笑笑生内心的隐忧。一般地说，初读《金瓶梅》故事时，我们注意到了笑笑生注重人生的善恶是非和社会意义的评判，然而当你进入小说的深层意蕴时，你会感悟到笑笑生更倾心于人生生命经验的况味的执着品尝。我们读者千万不可忽视和小看了生命的经验和人生的况味这个绝妙的视角和视位的重新把握，以及精彩而又智慧的选择的价值。从一般的写世俗之事和家庭之人到执着地品味人生的况味，这就在更宽广、更深邃的意义上，表现了人性的冲突（其中当然包括笑笑生的人性与书中西门庆和潘金莲无人性之冲突），表现了丰富的心灵世界。而用小说写出野心与疯狂之际，却又表现了作家内心人性之美，这正是各个时代、各种人都具有的感受和体验。所以说，从《金瓶梅》的接受史来观照、体验和体会人生况味，是这部世情小说的艺术魅力所在，也是笑笑生通过他的奇书与读者进行对话的最易沟通之处。

对古代小说家的心态史的研究，从小说方法论角度说，应该是多元的、开放的，也是多视角、多层面、多侧面的。窃以为，中国传统诠释学中的"以心会心""将心比心"仍有其鲜活的生命力，仍然可以运用于小说家的心态史和心灵文本的研究。这是因为对他人的理解来自对自己的理解，心理的洞察来自自我意识。易卜生在谈到自己的文学创作时曾说：写作就是坐下来审视自己。那么研究一部小说，更需要对自己有所理解。研究者的功力应体现在面对一部经典的心灵文本时，能穿透纸背去体验，把握作家的心灵脉动。正如我们面对《金瓶梅》时，就能发现我们是在面对笑笑生，他的强悍与脆弱、真诚与虚伪、愤激与寂寞、爱与恨、喜与悲、坦荡与阴鸷……我们几乎都可以感知。是的，只有抓住作家的内心纠葛，抓住他的自我折磨，抓住他的欲说还休，抓住他的挥斥洒脱和悲剧意识，抓住他的宽容与狭隘，才能对笑笑生这种小说巨擘的心灵流变的真实轨迹加以把握。

严格地说，以心会心，将心比心，是一种真切的内心体验，而对阅读来说还是一种纯真的审美体验。而小说家的心灵正好也是饱含着人生和审美的体验，他常常能够与我们的体验灵犀相通，正是基于这一点，会心与比心才是一种沟通、交流和对话。这，既能贴着自己要探究的心灵脉动律，并尽可能地描述出作家的心理流程，又始终与他们保持一定距离，达到理性与感性相融合的审视。这可能就是一位读者或小说研究者应具备的既多怀同情之心，抒怜惜之情，又具冷眼旁观之自觉吧！这也许就是我们的心灵史与心态史研究方法所追求的史笔诗心的理想境界吧！

五

什么是方法？什么是文学方法论？什么又是小说研究方法论？如果明快一点，是不是可以这样回答：方法就是主体介入客体的工具，同时又是客体的“类似物”。它一方面为主题的目的所推动，一方面又要在发展的客体中找到自己的思维内容，因此，只要客体在发展，方法永远推陈出新。研究新方法，借鉴新方法是一种合乎规律的必然现象。我们不妨粗略地回顾一下小说方法论的沿革。

中国小说理论批评自成格局，独标异彩。散见于明清小说里的序、跋、评、叙、述、引、题词、凡例、读法、导语、自记中关于小说创作的论述犹如零金碎玉，营造成中国小说理论批评的主要框架，其中已有今日所说的带有小说方法论意味的精妙之处，有些是那些大块文章说不到的灵性感悟，它提出了一系列在他们之前的理论著述中所没有提出过的更为复杂的小说文类的课题，体现了传统小说美学雏形期的形态。其中小说评点正是中国古代小说理论批评的主体部分，也是中国古代小说审美鉴赏的主要方式，为别国所罕见。

评点本义乃是评点和圈点。古人读书对在自己认为精彩之处加以圈点，或因有所感，随手记下，撮要钩玄，点睛取髓，乃至借题发挥。其中虽有艺术与人生之理念支撑，但不少评点往往是才情、灵性、顿悟之挥洒。然而评点中的回批、眉批则更侧重于对小说艺术创作规律的探索。因此，我们不妨把小说的序、跋和回批组合起来，即会发现它们已经较好地涉及了审美心理、审美创造、审美欣赏等一系列小说美学上的不少问题。李贽、叶昼、金圣叹、脂砚斋、张竹坡、但明伦的小说评点中议论纵横，警句迭出。他们触及许多艺术的辩证法，比如：真与假、情与理、虚与实、主与客、分与合、起与落、伸与缩、直与曲等等。

小说评点的另一重要贡献还在于他们开始注意提炼、归纳和小说创作与艺术表现的一些"法"。中国诗论、文论就好谈章法、文法。批评家时常以"法"这个概念笼统地指称艺术创作中的技巧。其实，按严格意义来说，"法"很难说就是艺术创作中的技巧。"法"只意味着作家创造某种文学的形式时所依据的规矩、程式和法则而已。小说评点中提出的"法"，一般都认为是总结小说创作的文法。可能是冯梦龙开其先河，"躲闪法"和"捷收法"就是他提出的概念。可称为评点派大师的金圣叹在前人开拓下总结了《水浒》的十五种技法，脂砚斋在评点《红楼梦》时提出的做法不下数十种，直到但明伦评《聊斋志异》又总结了前人的法，提出了不少"法"。总之林林总总，不下一百多"法"。实事求是地说，这些"法"的总结并不是十分科学，其含义也未必很明确。

对于中国小说的评点，今日小说研究界评价不一，有的学者把它们提升到"小说美学"的高度，有的学者则不赞成把小说评点的学术价值刻意提高。然而窃以为，近三十年来对小说评点的研究还是取得了很大成绩，对我们汲取其经验大有裨益。

也许就是"与时俱进"吧，改革开放，文禁初开，迎来了新一波的"西学东渐"。随欧美小说创作的大量译介之后，小说研究的花样翻新的方法论也被一一引进。西方文学方法论如走马灯似的变换，我们也几乎不假思索和鉴别地一一引入进来，于是20世纪80年代才有了方法论之热潮的涌现。不可否认，小说方法论的新知输入大大促进中国小说研究观念和方法的更新。一时间新名词、新概念铺天盖地而来。一方面是小说研究有了日新月异的面貌，但与此同时，"套用法"也比比皆是，后来有的学者调侃这种倾向：中国小说研究成了各种新方法的"试验田"。

在花团锦簇的各式"方法论"中，小说研究者终于厘清了小说文类还是与叙事学有着"血缘"关系。即我在前面所说，主体介入客体时，叙事学方法论就是小说艺术的"类似物"。于是我们的古典小说真正进入了本体性研究阶段。

应当说，我们的叙事学研究虽然仍有争议（包括叙事学与叙述学概念的运用上还有不同界定），但可以称之为成绩斐然。其标志是，小说研究者视野被扩大了，小说名作得到了本体性的阐释，小说的审美性价值日益明晰。我承认我就是受益者之一。

在试着用叙事学方法论来观照《金瓶梅》时，我就发现《金瓶梅》在创作时开辟了一条全新的道路。它不断地模糊着文学与现实的界限，它不求助于既定的符号秩序，它关注有质感的生活。看来笑笑生就是要保持原始的粗糙特征。对于叙述者来说，生活是一些随意涌现又可以随意消失的片段，然而一个个日常生活中最常见的和最微小的元素，被自由地安排在一切可以想象的生活轨迹中。这些元素的聚合体，对我们产生了强烈的心理影响，它使我们悲，使我们忧，使我们愤，也使我们笑，更使我们沉思与品味。这就是《金瓶梅》为我们创造的另一种特异的境界。于是这里显现出小说美学的一条极重要的规律：孤立的生活元素可能是毫无疑义的，但系列元素所产生的聚合体被用来解释生活，便产生了审美价值。《金瓶梅》正是通过西门庆、潘金莲等人物认识了生活中注定要发生的那些事件，也认识了那些俗世故事产生的原因。笑笑生的腕底功力就在于他能"贴着"自己的人物，逼真地刻画出他们的性格、心理，又始终与他们保持着根本的审美距离。细致的观察与精致的描绘，都体现着传统美学中"静观"的审美态度，这些都说明《金瓶梅》的创作精神、旨趣和艺术立场的确发生了一种转换。

窃以为，中国古代小说类型的区分，长期处在模糊状态，人们往往停留在语言载体的文言与白话之分，或满足于题材层面上所谓的历史演义、英雄传奇、神魔小说和世情小说等等的界定。于是在中国古代小说研究中经常出现一种"类型性错误"。所谓"类型性错误"，就是主体在研究观念和方法上混淆了不同范畴的小说类型，从而在研究活动中使用了不属于该范畴的标准。这种评价标准上的错位，就像用排球裁判规则裁决橄榄球比赛一样，即张冠李戴，此类方法论上的错误屡屡发生。在价值取向上，诸多的著名小说中，《金瓶梅》的命运可能是最不幸的，它遭到不公正的评价，原因之一就是批评上的"类型性错误"所致。因此，需以小说类型理论确立《金瓶梅》研究中亟待解决的问题。

事实是，小说的变革与其说是观念、手法、趣味、形式的变迁，不如说是这个时期"人群"发生了巨大的变化。而"人群"的差异是根本的差异，它会带动一系列的变革。《金瓶梅》中的"人群"，当然就是城镇市民阶层的激增及其势力的进一步扩大，市民审美趣味大异于以往的英雄时代的审美趣味。正因为如此，这种来自市井阶层的小说类型，是顺应亚文化群的小说类型，它既然不是专注于故事来制造气氛，所以它也就没有明代的那三部属于世代累积型小说的那种具有极纯度的浪漫情怀。而相对来说，《金瓶梅》一类的纯属市民的小说，不要求纯粹抽象的精神活动，他们更关心自己身边的"生活琐事"，因此家庭背景的小说才风行一时。另外，闲暇生活常常需要一种感官刺激，以此达到平衡神经官能的作用。因此以《金瓶梅》为典型例证的市民小说常常会有性与暴力的内容。正因如此，市民小说常常在有意无意中迎合读者消遣的需要，有庸俗的、粗糙的东西掺杂其间是普遍的现象。这也是毋庸置疑的问题。

还应着重指出，从话本小说到《金瓶梅》，说明市民小说是一种应变能力极强的小说艺术，它的形态可以多姿多彩，它的内涵可以常变常新，它的发展更不易被理论所固化。因此对市民小说和对《金瓶梅》类型的研究将是一个长期的生动的广泛的课题。

前面已提到回归文学本位，这是一种本体性的思考。从逻辑关系来看，既然是文学本位就要充分考虑文学本体的核心，即文体。事实是，文体不是一个文学的局部，文学创作都在文体之中，文学的各种形态都被文体浸泡过。因为有了文体意识，才有诗歌思维、散文思维、戏剧思维（形态）和小说思维（形态）等等，无论是诗歌、散文、戏剧、小说，其思维形态既是作家对客体的一种审美认知能力，也是构筑形象体系、显露主体审美理想的一种创造力，所以，它是一种动态过程。前者表现为对认知客体的信息搜集、筛选与归纳，后者则表现为在目的性的引导下，以一定的结构形态与表现方式，把诸多形象元素进行组合和生动描述。所以各种文体的思维图式体现不同作家不同目的性的认知活动和审美表述，所以，分小说、戏剧、诗歌、散文文体，就是以文体的审美特征为表征，为指归。

其实在中国古代关于文体意识是有一个漫长发展的过程的。李清照仅仅以她的创作和审美体验提出了"词别是一家"之说，就引发了众多的争议和不断的探讨，但李清照的思考是何等深刻啊！到了现代，文体的概念常见，不过作为一种追求和倡导仍很不够，提出文体家的要求就更少见了。这就让我记起1933年鲁迅先生在《我怎么做起小说来》一文中说，他在小说语言上的努力曾得到过有些人的肯定，他说："只有一个人看出来了，但他称我为Stylist（即文体家Stylist，当时译作体裁家，现在一律译为文体家了）。"这说明，鲁迅先生是默认了这一点的，尽管他当时也自谦了一番；不过这也说明在我们很讲究文体的国家，也曾经忽略了文体和文体意识。

如果不被误解的话，我认为对文体概念的界定还是应给予明确化的。按我的粗浅的理解，文体应该是特定的艺术把握生活的方式，即黑格尔在他的《美学》一书中多次反复强调的：

既是作家的艺术感知方式，同时又是艺术传达的方式。而艺术的内容与艺术的有意味的形式又将相互转化——哲学高度对文体的把握——主体精神对象化的认识，是我们常说的文体的最深层次。

进一步说，文体是作家运用语言的某种统一的方式、习惯和风格，不是简单的语言本身。因此，对于文学类型的各种文体的描述就不能仅仅是对文学语言的单向描述，而必须配合以作家创作所涉及的影响文体形式的语言之外的诸种因素，如时代、社会、思潮、流派、题材、题旨、理念等等因素的研究。这些影响文学文体形式的语言以外的因素就是理论界常常提及的"文体义域"。

联系《金瓶梅》之文体，我们首先感受到的就是它凸现的三大特色：小说的市井气、平民化和个性化。在我们沿着小说情节的滚动，逐步看清了这部小说的独有神韵：正在进行的，打算进行的，已经进行的情节。而对话在这里起了非常重要的作用：烘染环境、氛围，指明器物，带出动作，隐喻表情、心理、性格、人物关系，等等。在笑笑生的笔下，这些描绘容量大而多变，技巧精而繁复。于是，我们发现，在《金瓶梅》中，语言不再是修辞的、技巧的、纯形式的运用，而是主体与客体、作品生活内容与作家的情感特征以及语言意蕴等诸多元素的融合。

在思考这篇小说的研究方法论时，使我倍感亲切而又震动的是，在我阅读陈平原教授的《文学的周边》时，他已经在思考和搭建中国小说研究的框架了。陈平原教授在他的长文《小说史学的形成与新变》中就做了这样的告白："具体到每个研究者，不可能永远追随潮流，必须有舍弃，也有所坚持，我的努力方向是，将叙事学、类型学、文体学三者合一。"①读了这样的文字，我可以说太有同感了。古典小说的研究，特别是几部小说的经典文本，单一的叙事学研究已远远不能揭示其文学性审美性的底蕴。叙事学、文体学与类型学以及其他的诗学方法的综合观照，"搭建起中国小说研究的基本框架"，庶几可以把这些大书的文化内涵揭示得更深刻、更明晰一些。总之，对于我们这些从事古代小说教学和研究的人来说，方法论的模式总是在不断更新，我们的理论思维也应不断更新。进一步说，小说研究中从未有一个固定的方法论。方法论的多元态势只能是常态，单一的方法论必定受到文学艺术的新形态的挑战。现代量子力学创始人海森伯就认为，世界不是一种哲学可以完全解释的。他在阐发测不准定律时明快地指出：在描述一种现象时需要一种理论，在测定另一种现象时，则需要另一种理论，没有放之四海而皆准的绝对真理。

　　总括以上粗疏的意见，我认为在小说研究领域，应该自觉地重视方法论的意义。古代小说研究的新形势要求于我们的是：纵横驰骋于中外文学之间，古今贯通，上下左右求索，采摭群言，以广见闻的态度，熔种种方法于一炉，从而提炼出真知灼见。

《金瓶梅》评点的新范式

　　当前的《金瓶梅》研究，朱紫交竞，异说相腾，这说明"金学"研究已深入到一个新层面，若继此轨辙以往，必有助于《金瓶梅》研究的新发现和大突破。

　　卜键先生在《金瓶梅》研究上成就斐然，其博通精思的特

---

① 陈平原：《文学的周边》，北京：新世界出版社，2004年，第186页。

点突出地体现在全方位、多层次地阐述"金学"的重要命题。他从对李开先的生平事迹的考证，到小说文体及文学精神的探索，又以实证精神与白维国先生合作校点了《金瓶梅》，另外他还熟稔明史，先是出版了《嘉靖皇帝》，最近又经认真修订出版了《明世宗传》。这一切都聚焦在《金瓶梅》的阐释上，在材料、观点、视角、方法上做了充分准备，就为他的重校评批《金瓶梅》提供了严谨扎实的书写条件。

卜兄的《双舸榭重校评批金瓶梅》与其副本《摇落的风情——第一奇书〈金瓶梅〉绎解》，堪称"金学"研究领域的最新、分量最重的成果，对极富民族文化特色的小说评点学做出了不可小觑的贡献。如与其他学者的评点本相比，卜著在阐释文本的价值时，发现和认识到小说评点乃是一个有内在思维理路、深具文化意蕴的批评形式。因此在自觉的文本意识引领下，使他的《金瓶梅》评点显示出新的特色，为构建崭新的小说批评提供了一个很值得参考的范式。这是一种诗学文体，其背后的社会文化蕴涵、审美体验与审美判断，给予我们以启示意义。

一、评点，见的是真性情

评点作为一种文学批评的形式，必然是以文本为载体为依托，所以它天然地具有文本中心的品格。无论是"因文而起"的探究，还是"随事而生"的议论，都要依据文本，这是不言自明的事。具体到《金瓶梅》，兰兄得以表明自己对世道人心理解的唯一手段，表现在他的文本之中，他也是要通过文本证明他的人格、才情，特别是审美的道德倾向。时至今日，读者几乎把《金瓶梅》文本看作是兰兄心灵独白的外化，是他人生体验的印痕。于是，读者和批评家天然地愿与凝结为文本的作家的心灵进行对话和潜对话，并会努力去探寻文本内蕴的旋涡，于潜流中发现《金瓶梅》文本之伟大。

卜兄的评批虽然也是依据文本的脉络推进，虽然也是通过对文本的全面接触、领悟与判断，虽然在评批中也有或多或少的感悟话语，但是，卜兄首先在"知人论世"上下功夫，直抵兰兄的文心，为《金瓶梅》文本品格定位。关于这一点，卜兄在《摇落的风情》序言中，开宗明义地提出了他的"哀书"说。

人们熟知的是，对《金瓶梅》的文本品格，几百年来就有奇书、淫书、才子书，以及笔者赞同的愤书之说。而卜兄在提挈全书的序中说：

> 《金瓶梅》是一部奇书，又是一部哀书。作者把生民和社会写得嘘弹如生，书中随处可见人性之恶的畅行无阻，可见善与恶的交缠杂糅，亦随处可体悟到一种悲天悯人的情怀。他将悲悯哀矜洒向所处时代的芸芸众生，也洒向巍巍庙堂赫赫宫门，洒向西门庆和潘金莲这样的丑类。这里有一个作家对时政家园最深沉的爱憎，有其对生命价值和生存形态的痛苦思索，也有文人墨客那与世浮沉的放旷衷玩。这就是兰陵笑笑生，玄黄错杂，异色成彩，和盘托出了明代社会的风物世情。

这段诗性的书写是极为重要的文字，笔者把它看作是卜著——评批《金瓶梅》的纲。它贯穿于所有眉批、夹批和回后评中，甚至在调侃、揶揄、反讽的文字中都充满着"哀书"的音符！

卜兄曾经历少年漂泊，亦有大悲悯之心，与兰兄的悲悯之

心隔代契合！事实上，明代几部奇书都有对人事兴亡的儒家式感喟，其忧患意识溢于言表。但是，兰兄与卜兄却未停留在感喟世风之浇漓，而是更加关注生命意义以及生命价值的被异化。可作为参照系的是张竹坡氏的诸多批评，其"冷热金针"一说最富说服力。张氏充分看到了人世间的由热到冷的炎凉，或曰：《金瓶梅》就是要写一部由热到冷的炎凉故事。百回大书，前五十回是由冷到热，后五十回是由热到冷。卜兄直逼兰兄之文心：从主人公西门庆、潘金莲，一直到西门家族的各色人等，都是以各种形式使生命走向毁灭的（他确实是把无价值的撕开给人看）。兰兄高明之处，就在于他把他的人物置于彻底堕落而又彻底毁灭的境地。他看清了这个可诅咒的社会的罪恶，看清了堕落时代的象征物——西门大院的不可救药，于是以凌厉的笔锋、冷峻的姿态，具象地摹写一个又一个的人物走向生命终结，而一连串个人的毁灭，其总和就是社会的必然崩溃和必然毁灭。读者透过小说画面看到了阴森可怖的社会剪影，而导读者又通过一唱三叹强化了我们对人生、对命运、对生命况味无尽的遐思。

是的，卜兄善于在生命价值受到威胁时，发出唏嘘不已的感叹。请看，《金瓶梅》一经进入主题，第一个镜头就是谋杀！一个懦弱而又无辜的武大郎被害。接下来有宋惠莲的自杀，一直到官哥儿和李瓶儿之死，再到西门庆的暴卒……这种灰暗的色调几乎无处不在，挤压着读者的胸膛，让人感到呼吸空间的狭小。武大郎之死，卜兄叹息：可怜的武大郎，惊呼"可怖"；官哥儿之死，卜兄又说"震惊之余，心中不免战栗畏惧，人心之阴毒残忍竟然于此乎"，直到六十二回李瓶儿之死，卜兄全然抑制不住对生命的感慨：

想的最多的是死，惧怕最深的还是死，瓶儿可怜。

悲悯之心溢于言表！他在回后评中虽说"真正悲伤、深度悲伤的人，除了老西以外，又有谁呢"，其实卜兄恰恰是为生命的脆弱而感到深度悲伤。这种悲伤当然不仅局限于一个人物的逝去，而是对生命存在的大悲悯之情。"可怜"是卜兄评批中的关键词，由此可见其对人生况味不断咀嚼后的慨叹：原来生命如此脆弱，于是他回到了自己设置的母题——哀书！

古人当然不同今人，小说作者当然不同于今之评点者，但今之评点者又往往视古之小说家为知己，不可避免地以想当然的态度视古人，视古之小说家，于是就出现了所谓的误读和过度诠释。但是，卜兄与兰兄的悲悯之心却在文本中相遇，深深沉浸在文本之中。小说家之心即他的创作动机，文本之心即文本的文学性，而评点者正是穿越小说文本重新认识、探寻、阐发、绎解小说家至隐至微的文心。卜兄在前人的评点基础上进行再开掘，推究出古人未曾明言的情愫、思绪、心态，显然有了一番大的超越。一经比较，会发现一般的小说评点多发微于形式层面（这是极必要的），比如意象、结构、修辞等等，是"取其形"，而推究小说家的内宇宙，则需要"传其神"的功力。

我深切地感受到卜兄对《金瓶梅》一书所投入的感情，不然他怎么会体验到隔朝隔代的人生况味，触摸到小说家那历经心灵磨难后的沧桑感！《金瓶梅》作者的感伤孤愤与《红楼梦》所述说的人生的永恒遗憾虽然迥异，但同样需要小说研究者的诗意关照，不然兰兄的机锋、顿悟、妙谛和曹氏的天纵之神思、幽光之狂慧，都难以艺术地把握！卜兄乃兰兄之知音，也

金瓶梅

第六十二回

潘道士法遣黄巾士

金瓶梅

西门庆痛哭李瓶儿

必成知己！

与兰兄神交，卜兄应是渊源有自的。卜兄乃真性情人也，他多情而不滥情，讲情讲义而又有节制，然而一旦看中真性情者则又能以全部真情相付。我曾读过卜兄的一则随笔《直取性情真》，当时就很感动。今天写文至此，忽然想到卜兄的这篇小文大著，翻箱倒柜终于找到了它的复印件。文章乃是写他与台湾著名学者曾永义先生的友谊。他说曾先生是一位重感情、负责任、能担荷的人，一个充满激情和活力的人，说：

> 他以己身为献祭，矢志不渝地投身于华夏精神与文化的求索传承；复以散文为外传，不断记录着自己的天涯行脚和心路历程。雪北香南，雪泥鸿爪，人生本来就有许许多多可珍贵的东西，学术人生原也可以绽放出斑斓绚丽，讲堂与校园更是永远真情络绎的所在……

这里是写曾先生之性情，其实何尝不是卜兄的自况。生活中我多次触摸过卜兄的悲悯之心，至于笔端常带悲剧意识。"哀书"一说，我深知其内蕴，我知卜兄一旦切入《金瓶梅》之底里，必是"发皇心曲"之杰作。

二、风情，世情小说内涵的应有之义

"一个时代的历史，有时竟像那渐渐长成又无奈老去的树，雪朝雨夕，摇落花叶和枝丫，也摇落一地一地的风情。"

这是卜兄在他的《摇落的风情》扉页上写下的"题记"。"风情"二字竟被卜兄如此看重！但从理论思维的视角来观照，这正是卜兄对小说类型的准确把握。

把握类型并非简单易行之事。事实上，在中国古代小说研究领域，科学地把握小说类型还未受到应有的重视。因此，中国古代小说类型的区分，长期处于模糊状态。人们往往停留在语言载体的文言和白话之分，或满足于题材层面上的所谓历史演义、英雄传奇、神魔小说等等的界定。在中国古代小说研究中经常出现一种"类型性错误"，就是主体在研究观念和方法上混淆了不同范畴的小说，从而在研究中使用了不属于该范畴的标准。评价标准上的错位，就像用排球比赛规则去裁决乒乓球比赛一样，"张冠李戴"的现象屡屡发生。在价值取向上，诸多的著名小说中，《金瓶梅》的命运是最不幸的，它遭到不公正的评价几乎也与此有关。最典型的例子应当是美国学者夏志清教授。他在《中国古典小说导论》一书第五章中评论《金瓶梅》时，几乎从思想到艺术都对《金瓶梅》给予了否定性的评价。笔者思忖，这种判断除了文化背景不同，审美标准与判断不同，乃至思想片面外，还有一点，即对中国小说类型还有些陌生，乃至错误地理解。比如提到作者时，夏教授竟怀疑："以徐渭的怪杰之才是否可能写出这样一部修养如此低劣、思想如此平庸的书来？"对具体的艺术处理他更是彻底否定。人们不难看出，这位小说研究专家的审美取向和艺术态度，是否在混淆了不同范畴的小说类型时，也就使用了不属于该范畴的标准？

其实前贤早已明快地把《金瓶梅》和《红楼梦》等小说定格为"世情小说"。一般来说，凡世情小说大多离不开"风情"，而没有了"风情"也就没有了"世情小说"。所以"风情"就成了"世情小说"内涵的应有之义。卜兄的重要贡献，就在于他十分明晰地框定了它的核心价值：第一位写出风情的长篇小说的是兰兄，即如《金瓶梅》书开篇所言："引出一个风情故事来。"

果然，兰兄就用了百回大书写尽了形形色色的一连串大大小小的风情故事。按照卜兄的诠释："风情本是市井的亮色，是生命的一道异彩。"他继而又说：风情既属于承平时日，但在走向末世时常愈演愈烈，以至于如《金瓶梅》书所叙，几乎所有风情故事都通向死亡！西门庆与金、瓶、梅，宋惠莲与陈经济，一个个正值青春，又一个个死于非命！这种人生况味的感喟，与评批者把《金瓶梅》看作"哀书"首尾相应。卜兄唏嘘感叹的是以下十八个字：

> 红尘无边，风情万种，其底色却是宿命与悲凉。

卜兄的"风情"论还有更细密的话语表述，且看下面的文字：

> 永远的喧嚣，必然的寂寞，显性的欢快，底里的悲怆。世情括着风情，风情也映照传衍着世情；世情是风情的大地土壤，风情则常常呈现为这土地上的花朵，尽管有时是恶之花。正因为此，所有的风情故事都有过一种美艳，又都通向一个悲惨的大结局。

这里，世情与风情的辩证法，卜兄以诗性的笔法，传达给了阅读他的评批的读者。哲理与世情的交融，智性、灵性与感悟的并举，确确实实打开了《金瓶梅》既神秘又凡俗的大门，他们（卜兄与兰兄）的默契与呼应启迪了我们的智商与情商。噢，原来我们应当这样领略几百年来常常被误读的风情宝典！不能不折服卜兄的"第二视力"①的洞见。

我们发现，卜兄的评批智慧与小说家的智慧，以及常变常

---

① 见巴尔扎克《驴皮记》序。

231

新的小说智慧，是和谐统一的。卜兄在大量的眉批、夹批中，有着太多诗人气质的感喟、长太息，而到回后评又能巧妙地把过去那种印象式、情绪化乃至教条八股式的评批的弊病彻底摆脱，呈现着深刻的理性思考，很多文字完全可与诗文批评一争高下。试看这段文字：

> 西门庆与潘金莲的私情和奸情，还能够算是爱情吗？当然不能算。他们之间从一开始就没有纯洁和纯正，没有专一和忠贞，因而也就没有美。可我们能说两人之间没有情吗？能说两人从来就没有产生过爱恋、缠绵和思念吗？私情也好，奸情也好，不都也有着一个"情"字吗？

评批的绎解，完全没有回避那美好的富于浪漫色彩的通语："一见钟情。"在卜兄看来，一见钟情并不仅属于才子佳人，有时也会预示一场奸情的开始。理性的思考和警策之语，让我们看清"一见钟情"的底里，感悟到情感世界的驳杂。

在风情上所做文章，又因具体人物具体故事而不同。比如吴月娘的不解风情，孟玉楼不擅风情，妓女们也在风情隔一尘，至于缺少意趣的孙雪娥等也当不起"风情"二字。这一系列的精彩分析，让我们聆听了对世情小说中何以为风情的解说，我们从中也看到评批者在直抵小说作者文心以后，亦即回归心灵层面以后，把风情提升到人性层面的剖析。这就是卜兄的功力。

三、故事，红尘中的人性花朵

流传于16世纪文人创作的"四大奇书"，为17世纪的中国

第四回

赴巫山潘氏幽欢

金瓶梅

鬧茶坊鄆哥義憤

文学批评带来新的生命。小说评点不啻为中国文学批评史上的一次大跃进，一次不可小觑的变革。"文体卑下"、不能登大雅之堂的小说戏曲，竟然也可以"被"审美，被"鉴赏"了！由此，小说创作与小说审美批评，构成了通俗文化的两翼而雄视于文坛。研究者甚至把明清之际的小说评点称为中国文学思想史上的第二次"文学的自觉"，这无疑是符合实际的。

小说评点与小说评点家的出现，源自小说已成为独立文体。事实是，小说文体不是一个文学的局部，小说创作都在文体之中，小说文学的全部都被文体浸泡过。有了文体意识才有了小说思维，其思维形态既是对客体的审美认知能力，也是筑建形象体系、显露主体审美的一种创造力，是一个动态过程。小说文体的思维图式，体现不同小说家、不同目的性的认知活动和审美表述，因此小说思维必然以文体为表征和旨归。卜兄的评批就是凭依着他的小说文体意识，又根据自己的审美体验，对《金瓶梅》做出真正属于小说美学的评批。十三年前，卜兄就有中国小说文体研究的专著出版。其《绛树两歌——中国小说文体与文学精神》一书，有四篇论《金瓶梅》的文章，有两章论《红楼梦》、四章论《鹿鼎记》、四章论古龙的文章。所写文章，无一不是紧紧围绕小说文体和文学精神论述的，文体意识极为鲜明。他置疑雅俗之分，关注的恰恰是类型和章回小说的独立文体的多样性、多元性。

联系到《金瓶梅》之文体，卜兄提出三大重点：市井气、平民化、个性化。他沿着小说故事情节的滚动，揭示这部小说的独有神韵：正在进行的、打算进行的、已经进行的关目。在这里，人物的话语和叙事话语紧密交织，指点出人物性格、人物关系、隐喻表情，同时又带出环境、氛围乃至器物，进而领略兰兄丰饶多变的笔触。在看似零零星星的眉批夹批中，读者会发现，书中的人物性格、语言动作、叙事话语，不再是以修辞的、技巧的纯形式孤零零地存在，而凝结为生活内容与小说家的心灵心态以及语言意蕴等多种元素的聚合。

故事是滚滚红尘中的花朵。小说文类本来就与叙事学有着天然的血缘关系，作为理论形态的叙事学是小说艺术的"类似物"。当把艰深的理论及其术语进行简约化叙事，就是讲故事。中国小说尤其重视讲故事，其中变幻妖娆的情节更是令人惊讶！不过我们又发现，情节的概念在中国叙事美学中的地位显得有点模糊，相反，评点派更看重"段"，以及"段"与"段"之间的连贯艺术。张竹坡举的例子就是二十八回围绕一只鞋演绎了一大回的故事。卜兄在回后评中充分把握了中国章回体的叙事特色，指出："此回从金莲丢失一只红绣鞋写起，一时间亦风生水起，由葡萄架找到藏春坞，由金莲的红绣鞋引出惠莲的红绣鞋，再由小铁棍手上到陈经济袖中，虽是涟漪，却也层层叠叠，颇有可读之处。""于是便有了秋菊的疑问：怎生跑出娘的三只鞋来了？"这段小小故事，一经点拨，便能明晰地看出《金瓶梅》正是通过西门庆、潘金莲等人物认识了生活中注定要发生的事儿，也认识到了那些俗世故事产生的原因。卜兄发现了兰兄的腕底春秋，就在于能"贴"着自己的人物，逼真地刻画出他们的心理、性格，同时又舒展自如地给你讲了一段又一段不大不小的俗世故事。

赘语：读罢兄的《双舸榭重校评批〈金瓶梅〉》真是浮想联翩，它又一次引发了我对小说研究方法论的思考。

第二十八回

陈敬济饶幸爵金莲

金瓶梅

西门庆糊涂打铁棍

中国小说理论批评自成格局，独标异彩，其中小说评点正是中国古代小说理论批评的主体部分，也是中国古代小说品评、鉴赏、审美的主要方式，为别国所罕见。深一层次地看，正如谭帆教授在他的《中国小说评点研究》一书的"导言"中所说：

> 中国古代小说评点是一个独特的文化现象，而非单一的文学批评，评点在中国小说史上虽然是以"批评"的面貌出现的，但其实际所表现的内涵远非文学批评就可涵盖。

此一观点极为重要，它促使人们思考，小说研究方法如何从单一的文学批评拓展开来，从而使小说研究具有开放的、多元的、富有新意的格局。

又想起几年前读陈平原教授《小说史学的形成与新变》一文时的惊喜之情。原来，他很早就已经在思考和搭建中国小说研究的框架了。他明确地告白："具体到每个研究者，不可能永远追随潮流，必须有舍弃，也有所坚持，我的努力方向是，将叙事学、类型学、文体学三者合一。"陈平原先生的这番言论，私心确有同感。古典小说的研究，特别是几部小说经典文本，单一的叙事学研究似已远远不能解释其文学的审美性的底蕴。今读卜兄大著大开眼界处就在于，他虽然在形式上仍采用传统的评点方式，但实际操作已经把叙事学、类型学、文体学综合起来对《金瓶梅》进行观照。是的，这种大格局的诗学观照，才使得这部大书的文化蕴涵被揭示得如此深刻、明快。

总之，对于我们这些从事古代小说教学与研究的人来说，方法论的模式总在不断更新，我们的理论思维也应不断更新。进一步说，小说研究也从未有一个固定的方法和策略。方法和策略的多元态势毕竟是常态，单一的方法与策略必然受到文学艺术实践的新形态的挑战。现代量子力学创始人海森伯就认为：世界不是一种哲学可以完全解释的。他在阐释测不准定律时又明快地指出：在描述一种现象时需要一种理论，在测定另一种现象时，则需要另一种理论，没有放之四海而皆准的绝对真理。

　　信然。

整合与发现：21 世纪《金瓶梅》研究的新起点

　　我和《金瓶梅》总是通过不同渠道结缘。

　　2000 年 10 月下旬，第四届国际《金瓶梅》学术研讨会在山东五莲召开。根据大会负责人的安排，我有幸和魏子云先生分别在大会上致辞。就是借着这次世纪盛会和发言的机会，我把十年来的绵长思绪说了出来："中国《金瓶梅》学会是一个大家庭。在这个来自各地的朋友组成的大家庭中，我感到温馨。从众多师友中，我不仅获得了丰富的人文知识和富有启示的思想，同时更获得了真诚的友谊。"这里说的"真诚的友谊"就包括香久兄对我的情谊。在五莲，会议时间不长，我又因故提前返津，但是我和香久还是做了两次深情的谈话。我们的话题很广泛，并未专注于"金学"。然而，我只是在一个多月后收到香久的散文选集《一壶天地小如瓜》，读了他的《一部书的罪与罚》后，我才真的感到一部小说巨著如何把我俩的心更紧地连在了一起，一种相知相契的感情油然而生。我治"金学"研究付出的并不大，所谓浅尝辄止而已，因此在没取得什么成果的情况下，我的心态始终很平衡。香久兄可就大不同了，为了一部《金瓶梅》，他受到的是大惊、大恐和大委屈，如果换了我，我会一生躲着这部书，免得它给我再招灾惹祸。可是香久兄却不这么想，他竟以十一年的心血岁月（1989～2000年）拿出了一部前无古人、独标彩异的厚重之作——《综合学术本〈金瓶梅〉》。这是何等顽强的毅力！说他有一股为学术文化献身的精神绝非过誉。而从另一角度讲，香久兄这次在《金瓶梅》研究领域取得的实绩也绝非偶然。

在新时期青年研究的群体中，香久真是多才多艺。他在北大读书时即受名师指点，此后依恃着丰厚的文学与史学功底以及敏锐的文化感悟力，在文学创作与文化研究上都取得了显著成绩。举凡诗歌、散文、小说创作、文艺评论、古典文学研究都有所建树。比如，他的历史文化散文就有自己的特点。这突出映示为：行文落墨、布局谋篇的斜出旁逸，无拘无束而终不失法度，以及对诗文掌故、趣闻逸事的信手拈来，巧妙化用。它们无形中酿成了作品缤纷洋溢、挥洒自如的叙事风度，贻人以参错繁富之美。这种文人的真笔真墨在商业时代显得很珍贵。对于诗，我的理解很肤浅，但读香久的诗作，仍然感知到它们的灵动高华、精微郁勃、文采焕然、妙语迭出，如果做什么"历史定位"的话，这当属香久的"性情之书"。

至于香久的"学术之书"则在古典文学研究上。他的几部代表作让我感受到的是他善于凭借他的研究对象（除《金瓶梅》以外还有纪晓岚）去寻求文化灵魂和人生秘谛，即对中国文化的历史命运和中国知识分子人格构成的深入探索。

香久关于纪晓岚年谱之作，涉题广泛，思想丰阔，富有现代精神。过去，考据和文本与理论研究往往隔阂，甚至相互排斥，结果三者均得不到很好的发展。香久却将三者纳入历史和方法的体系中加以审视，从而体现了文本以及理论的互补相生、互渗相成的新的学术个性。有时明明是一部资料书，却显得血肉丰满，有理有据，无枯燥乏味之弊，而是灵气十足，富有可读性。

香久的拿手好戏当然是《金瓶梅》研究。从已出版的三部专著中，似可总结出一点经验，即小说研究要求相对的稳定性和连续性，需要学识与才情、广博与精深、新颖与通达等等的平衡与调适。香久兄以过去《金瓶梅》研究中的问题为鉴，在深沉反思的起点上，力求突破长期以来这个领域中的陈旧模式，锲入新的感悟和理解。而在文字上的特色则是叙笔与论笔互呈，叙笔灵俏，论笔机锋，彼此相映，从容道来，从而深刻揭示了《金瓶梅》在小说文化史上的重要地位和独特价值。不难看出，香久在三部"金学"研究专著中，更看重的是条分缕析，用之以构筑自己的论说框架。比如在情与欲的正负价值上，在美丑的区别上，在中国小说模式的开放性论说中，都贯穿着细致而新鲜的见地，显示了他与失去活力的僵化的研究路数的不同思路。

现在我们看到的是香久兄"金学"研究的集大成之作了。作为一种具有整体性的全新文本，《综合学术本〈金瓶梅〉》熔甄别、整理、校注、评点、纪事于一炉。香久倾其心血，发挥其学识之长，真正做到了精勤与博洽、细密与敏锐相得益彰，而细琐与难考之事亦以求实之精神，做出合理之诠释。另外全书的注释常有开掘前人未发之新意，和修正前人的某些谬误的思维勇气。

写到这儿我不能不横插一笔，谈谈香久明确标举的"学术本"的问题。"学术本"三个字无疑是全书的关键词，也是香久标新立异、独辟蹊径之处，更是他为自己提出的一个大难题，当然还是一个全新的思路。"学术本"不仅意味着全书的学术性，同时更可看出作者极重视学术的规范化。从学界专家的观点来看，学术首先讲究客观和理性，来不得一点天马行空、酣畅淋漓，即太多的主观化；其次，要讲"学术本"那就要讲究规范。尤其今日之治学术，其中"术"的因素越来越强，而"学"又越来越与特定的技术、程序与方法（"术"）联系在一起，于是也就越来越学科化、体制化，以至于不术便无学，而不是"不学"则"无术"，因而也就越来越需要"训练"。这部"综合学术本"的《金瓶梅》是对香久兄国学功底和现代学术规范的一次考验。就我浅薄之见，他是渡过了道道难关，而又较好地实现了他创制的"学术本"的新规范。

一部书的结构框架是十分重要的，他往往显示编著者面对研究对象的一种宏观把握的能力。常有这样的情况，当你尚未展读全书，但由它的目次所揭示的体系的概貌便引发你强烈的阅读兴趣。香久的《综合学术本〈金瓶梅〉》正是这样一本书。可以想见，《金瓶梅》虽是一部小说，但涉及文化的方方面面，何为大端，从何着笔，乃是操作时颇费斟酌的问题。香久的这部大书称得上恢宏大度，疏而不漏。所以通观全书，体系编排，井井有条，有注有评，且有"史"有"论"，亦"史"亦"论"，史论相依，结合成一个纵横相交的主体坐标轴。于是，《金瓶梅》便在其中确定了在一个小说史上的地位，同时，又因这部书属综合性学术本，从而显示出它在学术史上的地位。所以仅从框架建构上来说，作为一部综合性文本，它显示了编著者的功底和眼力。于是，我突然想到了陈寅恪先生的一个重要主张。他认为治史要有所"发现"。也就是说，要在历史的观察中注入主体独特的目光，看到别人不曾看到的东西。今天，我们读到香久的这部新书，从建构到书写同样体现了他具备敏锐的"发现"意识。香久因为拥有多年修成的较为深厚的文学功力而显得睿目炯炯，卓尔不群。从这里我们还获得了一个重要启示：学术研究的意义不仅仅在于成果，也许更重要的是思考。是的，成果是重要的，思考同样重要，而这又恰恰需要智慧、巧思和责任感。香久兄和许多真正的学者作家一样，他在默默地为我们做着这些工作。

一篇序言写得这么长，早应停笔了。但是当香久兄把电话打过来，又把材料寄过来以后，我就处在极度的不安和兴奋中。香久兄对我的信任我是有深切体会的，但是为他的大书写序我是意想不到也是愧不敢当的。我在为一位研究生的专著写序言时就说过，自己曾反复诵习杜牧为李贺诗集所写的序，并且真的有所领悟：古人对于为人写序，是看得很重的，是非常负责的，杜牧是谦让再三才命笔的。我辈才疏学浅，绝对无法与杜牧等大家相比，但看到香久兄的研究成果，特别是他的《金瓶梅》研究与整理的第五部书的出版，欣慰之余，我才大胆把平日的一点感想写出，与香久共勉。

2001年的钟声就要敲响了。我有一种冲动，一种像恩格斯说的那种企望"将头伸到下世纪探望一下"的冲动。就在这神圣的日子立刻就要来临时，我轻轻放下了笔，为香久兄写就了这篇上不得台盘却有纪念意义的序言。

换个视角去观照《金瓶梅》

学人必要的品格是应当不断地反思自己学术思维的缺失和学养的不足。而一旦发现了这种缺失和不足，唯一的补救方法就是充实自己，修正自己的观点，调整自己的研究方法，其中包括转换自己审视文本的视角。记得十几年前我为自己所写的《说不尽的〈金瓶梅〉》[①]那本小册子的后记中就说过：《金瓶梅》无论在社会上、人的心目中和研究者中间，它仍然是一部最容易被误解的书，而且我自己就发现，我虽然殚精竭虑、声嘶力竭地为之辩护，我也仍然是它的误读者之一。因为，我在读我现在所写的这部书稿时，我就看到了自己内心的矛盾和评估它的价值的矛盾。

时过境迁，现在一旦检点这部旧作就真的发现，我确实对《金瓶梅》有过诸多的误读和并非全面正确的诠释。当然我也发现一些精神同道和我一样，对它有过"过度诠释"的毛病。当然，这也是文艺研究与批评的正常现象。我信奉歌德的那句名言："人们已经说了那么多的话，以致看来好像再没有什么可说的了，可是精神有一个特性，就是永远对精神起着推动的作用。"歌德这段评价莎士比亚不朽的话也可以移用来看待《金瓶梅》，并用于调整我们的阅读心态。因为作为一部伟大的精神产品的《金瓶梅》，也必将对我们的精神和思维空间起着拓展的作用，回过头来，又是对它的新解读。

引发我重新打量《金瓶梅》的文化精神还有两个直接原因：一个是对吴存存的《明清社会性爱风气》[②]的阅读所受的启发；一个是去年我去新加坡参加明代小说国际学术研讨会，逼得我去重读《金瓶梅词话》，并重新思考《金瓶梅》在小说审

---

① 天津社科院出版社1990年版。

② 人民文学出版社2000年版。

美意识演变中的地位与价值。

吴著中的一段话对我最有震撼力。她在对张竹坡领悟的那个"真义"进行批评的同时说："对于一部反传统的作品，竭力从中找出合乎正统观念的因素，把这视为一大优点借以抬高这部作品，是我们小说批评中一个卑陋而自以为是的传统。"①这真是说到了点子上了。仅就这一点来说确实值得我们部分"金学"研究者进行深思。

在多种原因的引发下，我对《金瓶梅》的理解多少也有了一些转变，也想试着换个视角去重新观照《金瓶梅》这部伟构具有的原创性价值。

中国的小说发展史有它自己繁荣的季节、自己的风景，有自己的起伏波动的节奏。明代小说无疑是中国小说史上的高峰期、成熟期，是一个出大家的时期。要研究这段历史上的小说审美意识，除视野必须开阔、资料储备充分以外，最主要的是如何把握中国传统文化的命脉和中国小说自身的内在逻辑。比如从一个时段来看小说创作很繁荣，其实是小说观念显得陈旧而且浮在表层，有时看似萧条、不景气也可能地火在行动，一种新"写法"在酝酿着，所谓蓄势待发。如果从《三国演义》最早刊本的嘉靖壬午年（1552年）算起，到《金瓶梅》最早刊本的万历四十五年（1617年）止，这六十年的时间里，小说的变革与其说是观念、趣味、形式、手法的变迁，不如说这个时期的"人群"发生了巨大的变化。而"人群"的差异是根本的差异，它会带动一系列的变革。这里的人群，当然就是城镇市民阶层的激增和势力的进一步扩大，市民的审美趣味大异于以

---

① 见该书第95页。

246

往的英雄时代的审美趣味。而世代累积型的写作在逐渐地消歇，随着人群和审美意识的变化，小说领域越来越趋向于个人化写作。而个人化写作恰恰是在失去意识形态性的宏伟叙事功能以后，积极关注个人生存方式的结果。在已经显得多元的明中后期的历史语境中，笑笑生特异的审美体验应属于一种超前的意识。

这里所说的"超前意识"全然不是从技术层面考虑，而是指《金瓶梅》颇富现代小说思维的意味。比如作者为小说写作开辟了一条全新的道路：它不断地在模糊着文学与现实的界限；它不求助于既定的符号秩序；它关注有质感的生活。这是一种什么样的生活？这种追问已经无法从道德上加以直接的判断，因为这种生活的道德意识不是唯一重要的，更重要的倒是那个仿真时代的有质感的生活。于是它给中国长篇小说带来一股从未有过的原始冲动力，一种从未有过的审美体验。这就是《金瓶梅》特殊的文化价值。

任何文学潮流，其中总是有极少数的先行者，《金瓶梅》就是最早地使人感受到了非传统的异样。它没有复杂的情节，甚至连一般章回小说的悬念都很少。它充其量写的是二十几个重点人物和这些人物的一些生活片段。但每一个人物、每一个片段都有棱有角。因为《金瓶梅》最突出的叙事就是要保持原始的粗糙特征。至于这些人物，在最准确的意义上说，几乎没有一个是正面性的，他们不是什么"好人"，但也不是个个都是"坏人"。他们就是一些活的生命个体，凭着欲念和本能生活，这些生活就是一些日常性，没有惊天动地的事迹，没有令人崇敬的行为，这些生活都是个人生活的支离破碎的片段，但这里的生活和人物都给人以深刻的印象。在作者毫不掩饰的叙述中，这些没有多少精神追求的人，他们的灵魂并没有隐蔽在一个不可知的深度，而是完全呈现出来。所以，一个个地分析书里面的人物，反而是困难的，而且很难分析出他们的深刻，你的阐释也很难深刻。因为他们的生活就没有深刻性，只有一些最本真的事实和过程，要理解这些人和这些生活，不是阐释、分析，只能是"阅读"和阅读后对俗世况味的咀嚼。

《金瓶梅》的叙事学是不靠故事来制造氛围，它更没有三部经典奇书那样具有极纯度的浪漫情怀。对于叙述人来说，生活是一些随意涌现又可以随意消失的片段，然而一个个日常生活中最常见的和最微小的元素，被自由地安排在一切可以想象的生活轨迹中。这些元素的聚合体，对我们产生了强烈的心理影响：它使我们悲，使我们忧，使我们愤，也使我们笑，更使我们沉思与品味。这就是笑笑生为我们创造的另一种特异的境界。于是这里显现出小说美学的一条极重要的规律：孤立的生活元素可能是毫无意义的，但系列的元素所产生的聚合体被用来解释生活，便产生了审美价值。《金瓶梅》正是通过西门庆、潘金莲等人物认识了生活中注定要发生的那些事件，也认识了那些俗世故事产生的原因。笑笑生的腕底功力就在于他能"贴着"自己的人物，逼真地刻画出他们的性格、心理，又始终与他们保持着根本的审美距离。细致的观察与精致的描绘，都体现着传统美学中"静观"的审美态度，这些都说明《金瓶梅》的创作精神、旨趣和艺术立场的确发生了一种转捩。

《金瓶梅》审美意识的早熟还表现在事实意义上的反讽模式的运用，请注意，笔者是说作者事实意识上的反讽，而不是有意识地运用反讽形式。反讽乃是现代文学观念给小说的审美与叙事带来的一种新色素（我从来反对流行于中国的"古已有之"的说法），但是我们又不能否认，在艺术实践上的反讽的可能，虽然它还不能在艺术理论上提出和有意识地运用。事实上，一个时期以来，《金瓶梅》研究界很看中它的讽刺艺术，并认为，作为一种艺术传统，它对《儒林外史》有着明显的影响。但依笔者的浅见，与其说《金瓶梅》有着成功的讽刺笔法，不如说笑笑生在《金瓶梅》中有了事实意义的反讽。一般地说，讽刺主要是一种言语方式和修辞方法，它把不合理的事象通过曲折、隐蔽的方式（利用反语、双关、变形等手法）暴露突出出来，让明眼人看见表象与本质的差异。而反讽则体现了一种变化了的小说思维方式：叙述者并不把自己搁在明确的权威地位上，虽然他也发现了认识上的差异、矛盾，并把它们呈现出来，然而在常规认识的背景与框架中还显得合情合理的事象，一旦认识背景扩大，观念集合体瓦解而且重组了，原来秩序中确定的因果联系便现出了令人不愉快的悖逆或漏洞。因此反讽的意义不是由叙事者讲出来的，而是由文本的内在结构呈现出来的，是自我意识出现矛盾的产物。或者可以更明快地说，反讽乃是在小说的叙事结构中出现了自身解构、瓦解的因素。

事实上，当我们阅读《金瓶梅》时，已经能觉察出几分反讽意味，所以对《金瓶梅》的意蕴似应报之以反讽的玩味。在小说中，种种俗人俗事既逍遥又挣扎着，表面上看小说是在陈述一种事实，表现一种世态，自身却又在随着行动的展开而转向一种向往、一种解脱，这里面似乎包含了作者对认识处境的自我解嘲，以庄子的"知止乎（其）所不（能）知"的态度掩盖与填补着思考与现实间的鸿沟。实际上我们不妨从反讽的角度去解释《金瓶梅》中那种人世近俗、与物推移、随物赋形的思维形态与他对审美材料的关心与清赏，其中存在着自身知与不知的双向运动，由此构成了这部小说反讽式的差异和亦庄亦谐的调子，使人品味到人类文化的矛盾情境。

面对人生的乖戾与悖论，承受着由人及己的震动，这种用生命咀嚼出的人生况味，不要求作者居高临下地裁决生活，而是以一颗心灵去体察生活中的各种滋味。于是，《金瓶梅》不再简单地注重人生的社会意义和是非善恶的简单评判，而是倾心于人生的生命况味的执着品尝。在作品中，作者倾心展示的是主人公和各色人等人生道路行进中的感受和体验。我们千万不要忽视和小看了这个视角和视位的重新把握和精彩的选择的价值。小说从写历史、写社会、写风俗到执意品尝人生的况味，这就在更宽广、更深邃的意义上表现了人性和人的心灵。这就是《金瓶梅》迥异于它以前小说的地方。

《金瓶梅》中的反讽好像一面棱镜，可以在新的水平上扩展我们的视界与视度。当然，《金瓶梅》反讽形式的艺术把握也有待于进一步思考与评说。

《金瓶梅》在中国小说史上的地位，归结一句话，就是它突破了过去小说的审美意识和一般的写作风格，绽露出近代小说的胚芽。它影响了两三个世纪几代人的小说创作，它预告着近代小说的诞生！

《金瓶梅》呼唤对它审美

关于《金瓶梅》的价值尽管众说纷纭，但我们仍然执着地认为，无论是把它放在中国世情小说的纵坐标还是世界范围内同类题材小说的横坐标中去认识和观照，它都不失为一部辉煌的杰作。只是由于过去那旧有的狭窄而残破的阅读空间，才难以容纳它这样过于早熟而又逸出常轨的小说精品。

值得庆幸的是，近十多年来，随着学术气氛的整体活跃，《金瓶梅》研究才开始沿着复苏、建构、发展的轨迹演进，其研究方法才由单一走向多样，由封闭走向开放，课题也由狭窄走向宽阔，小说文本与美学也不断勾连整合，于是《金瓶梅》研究才真正建构成一项专门的学问了，这就是今人泛称的"金学"。

纵观对小说文化的研究，流别万殊，而目的在于探求社会、文化艺术的共同规律与特殊规律。学术研究非陈陈相因，而在于生生不息。随着社会的变革，文艺观念和小说美学的研究模式的更新也就将同步前进。对于《金瓶梅》这样一部骇俗惊世的奇书，我们需要创造性的美学研究，而且应该显示出新时期审美和历史眼光的新光芒。所谓《金瓶梅》研究的审美发现，就是要以敏锐的哲理和美学的眼光，透视复杂的内容和它的小说艺术的形式革新，见前所未见，道前所未道，"炒冷饭"式的议论，是不足以称之为《金瓶梅》高品位的美学研究的。因为任何真正科学意义上的《金瓶梅》的研究，其成果都应成为指引读者进入新的境界的明灯。

首先在关于《金瓶梅》的作者问题上，近年来颇有令人瞩目的突破。我们看到了不少文史大家以检验师的敏锐目光与鉴别能力，审视着历史上、古籍中和作品里的一切疑难之点，对此做了精细入微的考证、汰伪存真的清理，尽量做到"论事必举证，尤不以孤证自足，必取之甚博，证备然后自表具所信"。[①]其沉潜往复，颇有乾嘉学派大师们的余韵。当然，在作者的问题上至今还未获得共识，可是，这些学者的精耕细作的收获是不容忽视的。

---

① 梁启超：《清代学术概论》。

不可否认，在《金瓶梅》作者的研究中，也有个别学者用力虽勤，但其弊在琐屑冷僻、无关宏旨的一事之考，尽管可以竭研究者之精思，而小说著作者背后的艺术现象往往被有意或无意地置之脑后。这倒不是说我们对于作家本身行状注意的太多，而是感觉到我们忽视了本不应忽视的对作家心理状态的研究和追录。现在学术界越来越认识到小说很重要的一面在于情感性，而情感性又和作家的心理有着密切的联系，不了解作家的心理，我们对于小说作品中的许多情感现象就会莫名其妙。而过去我们不十分熟悉的心理批评在这方面恰恰可以补充我们的不足。这种批评模式强调文学是作家心理欲望的表现，因此它选择的批评途径是直指作家内心，揣摩作品中蕴含的作家个人的心理情绪，寻求作家个人经历在作品中的印记，挖掘作家塑造人物形象的深层微妙意图。人们完全可以不同意这一批评模式的理论根据——"声名狼藉"的弗洛伊德精神分析学说，但是却完全有理由借鉴这一模式所采用的方法。如果仅仅因为弗洛伊德学说"毒素"太多，而拒绝借鉴心理分析手法，那很可能不是一种明智之举。过去我们有些有关《金瓶梅》作者的考据文章常常和作家本人的生活道路、特殊心态、创作意图对不上号，同文学文本几乎没挂上钩。这说明只凭对作者的一星半点儿的了解，类似查验户籍表册，那是无以对《金瓶梅》文本做出全面公允的评价的。因为事实是，作品是作家特定心境下的产物，后来人不经心理分析的想当然议论，往往不如作家的朋友的一些"随意"评论来得贴切，比如欣欣子的一篇序，他的某些揭示，不时令人拍案，至于张竹坡等人的"读法"和评点，其精彩处也非一般考据所可比拟，它们对我们了解小说作者的心态，特别是创作心绪是大有裨益的。

从另一种意义来说，一部长篇小说往往就是作者的一部"心史"。果戈里就曾说："坦率地说出一切，所有我最近的著作都是我的心史。"[1]罗贯中、施耐庵、吴承恩和笑笑生的杰作的纸底和纸背，大多蕴藏着人民的郁勃心灵，同时又表现了他们个人感情的喷薄和气质的涵茹。当然，这一切又都是时代狂飙带来的社会意识在杰出作家身上的结晶。但是，如果我们不透过其作品追溯其心灵深处，又如何能领会这些杰出作家以自己的心灵所感受的时代和人民的心灵呢？彭·琼生说莎士比亚为"本世纪的灵魂"，那么我们可以说，众多的优秀小说家的杰作也是他们所处时代的"灵魂"。因此，从最深微处说，中国小说也是一门中国社会心理学，一门形象的社会心理学，对待具有心史性质的小说，我们必须深入小说家的灵魂，把握他们的心理脉搏，同时还要透过作家的感情深处乃至一个发人深思的生活细节作为突破口，去纵观时代风尚和社会思潮。所以有必要看重心史这个侧面，这样，我们对作者生平行状的考察就可以得到进一步深入，我们就可以从那纷纭呈现的历史表象的背后发现一些新的东西，而且必定有助于真正把握《金瓶梅》的精髓。

至于对《金瓶梅》文本，我们当然也不能说研究得很充分了。我们目前的《金瓶梅》研究注意的热点还是集中在它的认识价值上，这可能和这样一种不十分全面的论断有关。比如一位"金学"研究者就曾断言："《金瓶梅》的价值在认识方面，而不在审美方面。"其实这也是一种误解。仅从叙事学的角度去审度《金瓶梅》的叙事法的审美变革及其审美价值，就是一个重要课题。《三国演义》《水浒传》《西游记》都堪称是对

---

① 魏列萨耶夫：《果戈里是怎样写作的》。

经典叙事规则的娴熟运用。所谓经典叙事具有引导读者向小说同化的内容和形式，即表现主观愿望与客观现实之间的冲突，展示怀有愿望的主体对愿望客体的永恒的追求，然而客观现实总是阻碍和拖延愿望的实现。《水浒传》中一百单八将的逼上梁山是如此，《西游记》西天取经，遭遇八十一难更是如此。它们一开始，叙事就总是打破主体的平衡状态，让主体与其愿望对象之间存在一段"最初距离"，在主体实现愿望的过程中，设置一系列障碍、假象、破坏、不幸等中间环节，主体总是一步一步地克服困难，越过障碍，最终达到目标。情节的发展尽管一会儿奇峰千仞，一会儿跌落平阳，但仍然还是从不平衡状态恢复到平衡状态。故事中主体愿望与客观障碍之间的冲突和张力是经典故事的推动力，愿望主体追求愿望客体的过程，对于读者的深层心理具有一种深深的魅力，它吸引着读者向主人公认同，向故事同化，并参与故事的发展过程。

可是，《金瓶梅》却打破了这种经典叙事故事模式，这当然同《金瓶梅》的题材有别于上述诸杰作有关，并决定了它不可能采取那些作品运用的经典叙事模式，同时我们也应看到《金瓶梅》创造性地选取了吸引读者把自己投射于故事中去的叙事方式，这就是在平凡的生活中"看"出独特的故事来，而其技法则是根据普通生活塑造出故事角色，故事创作者的本事就体现在通过角色一目了然地"公开经历"，于是，西门庆、应伯爵、陈经济、潘金莲、李瓶儿、庞春梅等人物，一步追一步、一层深一层地被开掘、发现，提出其人生未知领域的疑问。在这里全然没有经典叙事模式中怀有愿望的主体对愿望客体的永恒追求，没有一连串客观现实阻碍和拖延愿望的实现，也没有叙事开始打破主体的平衡状态，让主体与其愿望对象之间存在"最初距离",情节发展似也没有太大的升降,甚至令人感到"平铺直叙"。进一步说,它也没有《三国演义》《水浒传》《西游记》数百个故事中可以概括出来的"诸葛亮式""曹操式""刘备式""林冲式""武松式""李逵式""唐僧式"和"孙悟空式"的那种性格类型和情节类型。它似空无依傍,又都一个个地生成为独特的人物,构筑为一个个性格的历史——情节。因此,《金瓶梅》的艺术创造的精髓恰恰在于创作者对活生生的现实的切身体验和独特感悟。总之,笑笑生自觉或不自觉地并未完全运用,或者说他在关键处几乎改变了经典小说叙事常见的引导方法。这种引导方法实际当属当今小说美学中所说的控制审美距离的方法,即在作者、叙述者、人物和读者之间拉开距离。如果我们从研究者的角度来审视,这种审美距离控制主要有如下几种:理智的距离,即指四者对事件理解上的差别;道德的距离,指四者道德观念上的差距;情感的距离,即指上述四者对同一对象的厌恶、同情等不同情感的区别;时间的差距,指作家写作、叙述者叙述、人物的活动及读者阅读之间时间上的差距;身体的差距,指作品中人物与读者形体上的差异,如西门庆的伟岸、潘金莲的淫荡,与一般读者显著不同。这种在审美距离上的反差越大,在价值、道德与理智上造成的"间离效果"就越大。所以我们认为这种审美距离控制模式具有现代性。它再不是简单地套用经典叙事模式引导读者全方位地介入,而是让读者既介入又不完全介入。无疑,这当然和《金瓶梅》写的是丑和恶而不是美与善有关。不过,我们认为用距离模式来分析《金瓶梅》中作者与读者之间的复杂关系以及发现其叙事法的审美特色,确实是一个很有实践价值的参照结构。我们现在国内的《金瓶梅》研究还停留在总体研究水平上，进入这些微观层面，采用审美距离控制作为参照系来细致分析上述描述，还有待提高和注意。因此，我们想，审美距离理论也许真的会给我们的《金瓶梅》研究带来新的生机和有益的启发。

以上所言，实际上涉及了在《金瓶梅》的研究领域，如何首先拓宽阅读空间和调整阅读心态这样一个极普遍又亟待解决的理论和实践的问题，从实际出发，创制小说研究的理论范式，无论是外国的，还是中国的，莫不始于阅读。有识之士已经明确指出：阅读空间的重建是文艺批评和研究完成蝉蜕和更新的内在动因。"两难之境"的发现和确认，实际上是对重建阅读空间的一种觉醒和要求。例如，意识到"以文本为中心"的必要，使英美新批评提出"细读法"；以"读者意识和作者意识的相遇"为前提，意识批评的代表人物乔治·布莱建立并发展了认同批评法；把弗洛伊德的精神分析学作为认识文学的基础，夏尔·莫隆力图在作品中发现从顽固比喻到个人神话之间的通道；为了寻求终极的结构模式，茨维坦·托多洛夫可以把一本书当作一个句子来加以分析；试图打破罗各斯中心主义，雅克·德里达可以拆散本文的结构而实现意义的多元化；为了在艺术创作中起用久被忽视的读者，接受美学中的康斯坦学派反复强调作品的召唤结构等等。诸如此类导致文学研究一次又一次完成蝉蜕的努力，无一不起源于一次比一次强烈的重建阅读空间的愿望。批评的问题，研究的问题，归根结底是一个阅读的问题。因此，要拓展"金学"研究者的思维空间，首先要重建"金学"研究者的阅读空间。

《金瓶梅》阅读空间的狭小与残破，早已使读者和研究者有窒息之感了。且不说过去那种以阶级斗争为纲的阅读方式，使多少"金学"研究者竭力在作品中调查西门庆的财产，给人物划成分，或者千方百计地追寻作者的阶级归属与政治派别，以为如此即可纲举目张，抓住作品和人物本质；也不说经济决定论使多少研究者四处搜罗数据以构筑所谓的时代背景，以为生药铺的产量和吞吐量中隐藏着小说的秘密；也不说机械反映论使多少"金学"研究者形成牢不可破的思维定式，把"通过什么反映什么"当成万古不变的公式，死死地套住任何落在眼中的小说。他们忽视了作家的政治观点和他的作品可以是互相矛盾的，不懂得聪明的作家往往不在想象的作品中直接表述其政治立场和哲学观念，也不愿承认成功的作品中的人物一定是自由的、不肯轻易接受作者主观意图的摆布。因此，一些研究者在遇到矛盾时，不承认矛盾、分析矛盾，而是挖空心思甚至牵强附会弥合矛盾，其结果，要么以"局限"之名从轻发落，要么一厢情愿地修改文本的内涵。这种现象在《金瓶梅》研究中不是毫无表现，究其原因，阅读空间的狭小与残破，当在考虑之列。

我们有必要再一次说明，面对《金瓶梅》这样惊世骇俗的奇书，面对这早熟而又逸出常轨的小说精品，必须进行主动的、参与的、创造的阅读，从而才有可能产生出一种开放的、建设的、创造的研究和批评。

在这里，我们应做说明的是，拓宽阅读空间只是吸收了接受美学对文本阅读再创造的观念，不同意把作品封闭起来排斥任何外缘的了解，但绝非赞成无限度夸大批评与阅读的主体性发挥。我们希望的是切实而又开放的批评眼光，并不主张猎奇式的"玩批评"或"新名词轰炸"。我们是把解读《金瓶梅》作为一门严肃的学问来看的。现代的解读小说学应是开放式的文本细读与有限度的审美接受的结合。解读《金瓶梅》是征服困难，从而给读者一把体味与理解《金瓶梅》的钥匙。

写到这里，我们又要涉及"金学"研究的一个热门话题，即"金学"研究是否真有"溢美倾向"？一个普通的常识是，对待任何一部作品都应有一个客观标准，但这个客观标准并不排斥中国俗语中所说的："仁者见仁，智者见智。"其实在外国的文学研究中也有类似情况，自法国大诗人波德莱尔以降，不少批评家力倡一种"有所偏袒"的批评，不再以全面、公正、成熟相标榜。这"偏袒"自然不是盲目的吹捧或粗暴的践踏，而只是情有所钟、意有所会所产生的一种心态。小说作为人的精神创造物，是一种特殊的对象，若要接近并掌握它，也许局部的、片面的、不成熟的、未完成的阅读行为要比任何"深入"或"穷尽"的企图更为忠实，这是研究者应有的明智，因为他始终处于斯塔罗宾斯基所说的那种"不疲倦的运动"之中，他一旦停下来，阅读行为即告结束，阅读空间也随之瓦解。所谓"深入"，所谓"穷尽"，都可以不论了。因此，我国有的批评家径直地提出"深刻的片面"，实在是一种深谙文心的真知灼见，而不仅仅是对宽容的一种呼唤。倘若批评家果然于沉潜往复中情有所钟，或出现溢美倾向，那就尽可以不断地扩大"深刻的片面"，而不必担心会受到嘲讽。在小说批评史上，无论是中国的还是外国的我们都极少见过深刻的全面，如能有一、二乃至更多的"深刻的片面"，已经可以让读者感到满意了。当然我们也不是提倡任何的"片面"，只是深深地感到，对文学研究来说，"全面"和冷峻的不偏不倚的面孔永远是一种幻想，更不用说"深刻的全面"了。遗憾的是，这幻想至今还盘踞在某些个别"金学"研究者的头脑中，并使他宁肯追求肤浅的全面而不去接受"深刻的片面",这里我们倒要呼唤宽容了。

批评《金瓶梅》研究的"溢美倾向"还值得商榷的是,提出这一问题的研究者曾有意无意地规定了小说作者应当怎么写不应当怎么写。这一论述显然与文艺创作规律不符。杜勃罗留波夫有句名言:"我们不应该指责作家为什么不那样写,我们只能分析他为什么要这样写。"所以对于一个小说家来说,描绘任何一个时期的历史,都可以使用明亮和阴暗两种色调,因为历史的面貌本来就是由这两种色调构成的,光明中有黑暗,黑暗中有光明,只是不同时期主次关系不同而已。一段光明的历史,不会因为有人抹了几笔阴影就失去了光明,一段黑暗的历史,也不会因为有人投下几道光亮就会令黑暗遁去。作家的笔触是有自由的,他观照的角度也是自由的,他人很难干预。重要的是,在一片斑斓驳杂的色彩中,人们是否看到一个真实的世界。

小说创作的生命是真实,这个道理不言自明,实行起来却并不容易,既要避免刻板式的照搬生活,也不能借口"主流""本质"而回避生活的阴暗面,给读者一个廉价而虚伪的安慰。对于古代作家和作品更应如此要求。不错,《金瓶梅》的色调是阴暗的,结论也近乎悲观,令人颇感不快。这种不快所包含的感情是愤怒和不平。近乎悲观的结论居然是正确的,是因为它来源于环境和人物的真实性,而人物的真实在于环境的真实,环境的真实又取决于赖以生存的历史背景的真实。

可贵的是,笑笑生深入到人的罪恶中去,到那盛开着"恶之花"的地方进行探险。那地方不是别处,正是人的灵魂深处。他远离了美与善,而对罪恶发生兴趣,他以有力而冷静的笔触描绘了一具身首异处的"女尸",创造出一种充满变态心理的触目惊心的氛围。作家在罪恶之国漫游,得到的是绝望、死亡,其中也包括他对沉沦的厌恶。总之,兰陵笑笑生的世界是一个阴暗的世界,一个充满着灵魂搏斗的世界。他的恶之花园是一个惨淡的花园,一个豺狼虎豹出没其间的花园。小说家面对理想中的美却无力达到,那是因为他身在地狱,心向天堂,悲愤忧郁之中,有理想在呼唤。然而在这残酷的社会里,诗意是没有立足之地的。这一切才是《金瓶梅》的独特的小说美学色素,它无法被人代替,它也无法与人混淆。这里用得着布吕纳吉埃的一句名言了:"不是巴尔扎克选择他的主题,而是他的主题抓住了他,强加于他。"

评论家们曾提出过,应当把杰出的小说看作是一个有许多窗口的房间。《金瓶梅》就是一个有许多窗口的房间,读者从不同的窗口望去,看到的是不同的天地,有不同的人物在其中活动。这些小天地之间有道路相通,而这道路是由金钱和肉体铺就的,于是读者面前出现了一个完整的世界。

从一个窗口望去,我们看到了一个破落户出身的西门庆发迹变泰的历史,看到了一个市井恶棍怎样从暴发到纵欲身亡的全过程。

从这个窗口,我们看到西门家族的日常生活:妻妾的争风吃醋,帮闲的吃喝玩乐,看到了一幅市井社会的风俗画。

换一个窗口,我们看到了卖官鬻爵、贪赃枉法的当朝太师蔡京等市侩化了的官僚群的种种丑态。

再换一个窗口,我们看到了……不,在所有的窗户外面,我们几乎都看到了潘金莲的身影。她是《金瓶梅》中的特殊的人物:一方面,她完全充当了作者的眼睛,迈动一双小脚奔波

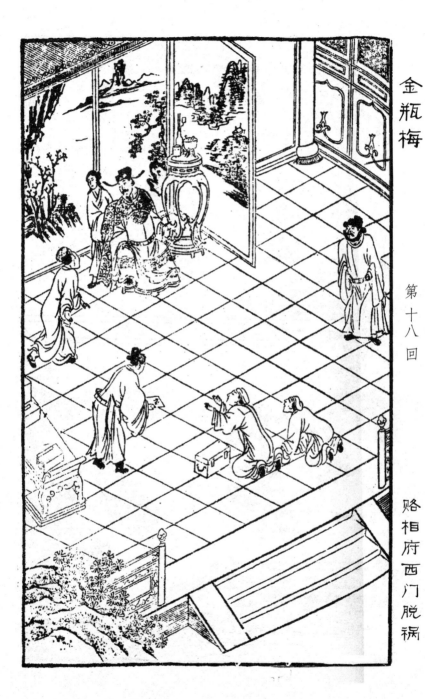

金瓶梅

第十八回

賂相府西門脫禍

金瓶梅

见娇娘敬济魂消

于几个小天地之间，用她的观察、分析、体验，将其联结成一个真实的世界。她又是一个发展中的人物，开头她被西门庆占有，而后西门庆的生命终点又是她制造的。因此，潘金莲这个形象在一定意义上又比西门庆更显得突出。

总之，《金瓶梅》的许多窗口是朝着这些"丑恶"敞开着的，读者置身其中，各种污秽、卑鄙、残忍、悲剧、惨剧、闹剧，无不历历在目，尽收眼底。

《金瓶梅》也许是最让那种善贴标签的研究者头疼的一部小说了。在我国，批判现实主义、现实主义、自然主义等等都曾被当作标签使用过。然而，这除了让笑笑生变成周游列国的旅行家那被贴得花花绿绿的手提箱之外，并不能使我们全面、深刻地把握住他笔下的那个世界。面对莎士比亚，研究者有"说不尽"之叹，难道《金瓶梅》就是说得尽的吗？当你说"现实主义者笑笑生"的时候，立刻就会有人出来说"自然主义者笑笑生"；当你说"笑笑生是位观察者"的时候，立刻就会有人出来说"笑笑生是位洞观者"。

观察者乎，洞观者乎，二者并非不能兼容，分歧的焦点是何者为重，何者为轻：是写实为重创造为轻，还是创造为重写实为轻？笑笑生通过他的小说告之我们的首先是社会的现实还是人生的奥秘？首先是镜中的影像还是神秘的象征？换句话说，我们面对这部奇异的小说，首先应做历史的理解还是哲学的领悟？

在这里，我认为读一读波德莱尔的《论泰奥菲尔·戈蒂耶》这篇文章是非常有益的。他说："我多次感到惊讶，伟大光荣的巴尔扎克竟被看作是一位观察者；我一直觉得他最主要的优点是：他是一位洞观者，一位充满激情的洞观者。他的所有人物都秉有那种激励着他本人的生命活力。他的所有故事都深深地染上了梦幻的色彩。与真实世界的喜剧向我们显示的相比，他的喜剧中的所有演员，从处在高峰的贵族到处在底层的平民，在生活中都更顽强，在斗争中都更积极和更狡猾，在苦难中都更耐心，在享乐中都更贪婪，在牺牲方面都更彻底。总之，巴尔扎克的作品中，每个人，甚至看门人，都是一个天才。所有的灵魂都是充满了意志的武器。这正是巴尔扎克本人。"我们无意把巴尔扎克与笑笑生做肤浅的类比，我们只是感到波德莱尔的这番言论对我们研究一位小说大师的作品是颇有启示意义的。

波德莱尔把巴尔扎克的人物比作枪膛里压满了意志的武器，极生动地刻画出他们的震慑人心的性格力量。波德莱尔所列举的五个方面：生活、斗争、苦难、享乐和牺牲，看似不经意，实际上绝非信手拈来，而是对巴尔扎克笔下的人物的命运的高度概括，那五个"更"字既显示出对现实生活的超越，又透露出其中所交织的千丝万缕的联系。这些人物的活动是建立在细节真实的环境中的，而细节之真实甚至准确，当然是观察的结果，但是他们之所以成为生气灌注的人，则非仅仅得力于观察。把波德莱尔分析巴尔扎克的言论消化溶解，是有助于我们更好地理解笑笑生和他的《金瓶梅》的。试看《金瓶梅》中的人物，他们已经不仅仅是现实生活中的人了，他们在某种意义上也已超越了平凡的现实生活，在人生的舞台上，他们个个都是出色的"天才"演员。他们都在具体的情欲中煎熬，人人又都变成了"怪物"，正因为如此，他们一方面能使人感到惊奇甚至害怕，一方面又能让人们信以为真，承认其强大的"生命活力"。这些绝非仅仅得力于笑笑生的一般观察，而是洞观者笑笑生的创造物。

波德莱尔把巴尔扎克称为"梦幻的伟大追求者"，这显然不适用于兰陵笑笑生。然而，他们二人相似的却是，他们都洞悉每一个人物，在透视每一件事情时，在他们的"精神的眼睛"前面，世界的每一个凸起变得更加强烈，社会的每一种怪相变得更加惊人，也就是说，在他们的"精神的眼睛"的观照下，世界既是一个被放大了千百倍的世界，又是一个被剥去了种种表象的全然裸露的世界。本来是一个肉眼所能观察到的实在的世界，现在变成了一个只有精神之眼才能看见的变态了的世界。

在一定意义上说，波德莱尔论巴尔扎克的一些言论给我们开辟了把握兰陵笑笑生的杰作《金瓶梅》的第二战场。假如我们再证之以巴尔扎克本人的言论，可能更会有新的发现。巴尔扎克在《驴皮记》初版序言中写道："在诗人或的确是哲学家的作家那里，常常发生一种不可解释的、非常的、科学亦难以阐明的精神现象。这是一种第二视力，它使他们在各种可能出现的境况中猜出真相，或者说，这是一种我们说不清楚的力量，它把他们带到他们应该去、愿意去的地方。他们通过联想创造真实，看见需要描写的对象，或者是对象走向他们，或者是他们走向对象。"巴尔扎克在这里提出的"第二视力"是一个很深刻的艺术见解，他所说的"第二视力"正是洞观者所独具的那种洞察力，那种透过现象直达本质的能力。巴尔扎克本人就具有这种"第二视力"，兰陵笑笑生也不乏这种"第二视力"。

毫无疑问，波德莱尔和巴尔扎克一样，在他们的言论中带进了不少神秘主义的成分，但我们毕竟不能把这一切视为谬说。当我们去掉"主义"而只保留"神秘"的时刻，我们会更深刻地领会"洞观者"或"第二视力"的含义，甚至会感到某种亲切。刘勰《文心雕龙》说："寂然凝虑，思接千载；悄焉动容，视通万里。"陆机《文赋》说："观古今于须臾，抚四海于一瞬。"不就是说"洞观者"的"第二视力"吗？对于我们这些习惯于简单贴标签的人来说，借助于这种"第二视力"是很有必要的。歌德在和他的秘书聊天时也说："经验丰富的人读书使用两只眼睛，一只眼睛看到纸面上的话，另一只眼睛看到纸的背后。"是的，"第二视力"也好，用两只眼睛看书也好，它都可以帮助我们突破已有的研究格局，把《金瓶梅》研究从狭窄的视野中解放出来，在不同的层次上对它进行审美的观照和哲学的领悟。

《金瓶梅》呼唤对它的审美！

一部经典小说的历史命运

学术史的任何门类的史识、史评和史述几乎都天然地落在了"学院派"身上，于是，专家、学者和教授的相关研究构成了学术史研究的优势。中国现当代文学史上的批评家、小说家、诗人，如胡适、鲁迅、闻一多、朱自清、俞平伯、钱基博、郭绍虞、刘大杰诸先生以及后来的游国恩、林庚、李长之、王季思、章培恒、袁行需诸先生，在一定意义上都是学院派的学术史各门类的专家和批评家，他们都有文学史、批评史和其他史著传世。

30多年来，吴敢先生在教学、科研和《金瓶梅》研究会的会务工作之余，几乎把主要的时间、精力都放在了为《金瓶梅》立传，为"金学"撰史的工作上。2015年6月，中州古籍出版社又隆重推出了《金瓶梅研究史》，它已摆在了所有关注"金学"研究历史进程的读者面前了。我在为吴敢先生新作面世而兴奋不已之余，也产生了诸多思绪，现略陈拙见与精神同道交流、探讨。

吴敢先生是当代"金学"界具有影响力的专家，以考据深入、见解独特、坦诚直言而蜚声海内外。他是当代具备史家修养素质、审美眼光和强烈文化使命感、道义感以及担当精神的"金学"研究大家。

吴敢先生的这部凝聚其心血的《金瓶梅研究史》的总体特色，正是为小说经典文本《金瓶梅》定位，还《金瓶梅》以小说的尊严，从而建立《金瓶梅》在中国小说史上的学术价值体系。全书在史述中严格恪守史家之公平、客观的书写原则，始终贯通一种真诚、豁达、融通并力求新知的学术姿态。全书不仅资料宏富、知识广博，具有一种在不断探索中为崭新的《金瓶梅》研究史的建构奠基新的学术风度，而且是对《金瓶梅》研究史的文化断裂的切实填补，更是打通文化壁垒和贯通古今的一种拓展。这对《金瓶梅》研究史重建做出了巨大贡献。

吴著《金瓶梅研究史》构建体系由三大部分组成。上编为"金学"概论，这是一种顺向考察，上迄明清时代，下至21世纪第一个15年的"金学"研究；中编是"金学"专题篇，是为横向考察，全编12项，从成书年代、作者、版本，一直到人物、语言、文化、文献；下编是"金学"学案，以当代"金学"研究者为主干，勾勒了中外"金学"研究者的研究成果，特别是他们的"金学"研究观点。这三编的互相呼应，体现出他以厚实的文史功底，以及独有的文化感悟力，将文献考索与理论探求相结合，体现了文献、理论以及方法的互补相生、互渗相成。整部著作是其对《金瓶梅》研究史做哲学式观察后所做的总体性描述。

吴著在反思《金瓶梅》研究史的基础上，力求突破长期以来小说研究的固有模式，契入新的理解和感悟。其中通达和新颖达到了恰当的平衡与调适，充分显示了吴敢先生长期为《金瓶梅》立传、为"金学"写史的学术积淀，其学术个性已跃然纸上。

为《金瓶梅》立传和为"金学"写史，"重读"经典名著乃是前提条件。这是因为，名著在经历历史的淘洗和筛选的过程中，不断地置身于"重读"和阐释之中。正如歌德在论及伟大剧作家莎士比亚的不朽时所说："人们已经说了那么多的话，以致看来好像再没有什么可说的了，可是，精神有一个特性，就是永远对精神起着推动的作用。"

《金瓶梅》作为一部旷世奇书，对于每一位认真的读者和研究者来说，它必然会对我们的精神和思维空间起着不断拓展的作用。

要重建阅读空间，非有一种新的阅读心态不可。因为有什么样的阅读心态，就会有什么样的阅读空间。任何封闭的、教条的、被动的，甚至破坏性的心态都可以导致重读和再阐释的偏颇与失衡。为了建构或重构《金瓶梅》研究史的新体系，必须进行主动的、参与的、创造性的阅读，或曰"重读"。吴敢先生的《金瓶梅研究史》正是在对《金瓶梅》不断重读和不断阐释的基础上，重构他的研究史体系的。事实是，吴敢先生创制的正是一部开放的、多元的、创造性的《金瓶梅》研究史著，或曰《金瓶梅》研究史的研究。因为吴著已经用他的43万文字证明了他的研究史，相当完善地体现了研究史这门科学的编写运行机制。这一切说明《金瓶梅研究史》乃是对"教科书"模式的突破，这和吴敢先生思维的开放、阅读心态的多元化以及重构《金瓶梅》研究史的理念和追求分不开。

我始终认为，建构文学艺术的研究史必须具有当代意识，即以当代意识建构小说研究史、戏剧研究史、散文研究史和诗歌研究史等。以当代意识建构研究史注重的是通过现在来理解过去，或曰以当代意识反观历史。吴敢先生始终以当代意识观照《金瓶梅》，他深谙"历史意识"乃是尊重历史的真相，而"当代意识"实质上是对研究主体的一种科学性要求。吴敢先生在研究史写作中的当代意识体现的正是当代人的科学精神、科学的悟性和思辨力，也饱含了其对真理的信仰和追求，以及他作为一名学人所应有的独立品格和学术尊严。吴敢先生正是在建构和重构《金瓶梅》的研究史中站在了当代的文化立场上，提供了一个认知和重新认知《金瓶梅》历史现象的新范式。

是的，我们绝不否认，小说的历史研究与一般历史的研究史有所不同。因为历史事实具有相对稳定性，而小说的历史研究却有某种"流动性"（即如上所述：因为它始终处于不断被重读和再阐释中），因此，我们假定有10位《金瓶梅》研究史家，那么，这10位的研究一定会各自不同，而且越是富于才情，写出的研究史就越风格迥异；如果他们生活在不同的历史时期，他们的研究会更加大异其趣。事实是，吴敢先生的《金瓶梅研究史》正是基于他的当代意识，才能使读者更明晰地把握到《金瓶梅》作者原创的伟大精神和《金瓶梅》伟大丰宏的思想和艺术。

优秀的学术史和不同的文学门类的研究史，都蕴涵着一代人的文学思考。吴敢先生的《金瓶梅研究史》就包孕着一代人的文学思考。吴敢先生的《金瓶梅研究史》一书既应看作是他的文学思考的结晶，又应看作是他对《金瓶梅》精魂的一份宝贵的奉献。他的《金瓶梅研究史》也必定载入中国的学术史册。

典型人物论

一部优秀的小说首先是它写出了具有独特性格、独特心灵、独特命运的人物。德国美学家黑格尔在《美学》第一卷中开宗明义地指出：

> 每个人都是一个整体，本身就是一个世界，每个人都是一个完满有生气的人，而不是某种孤立的性格特征的寓言式的抽象品。①

他推崇莎士比亚而贬低莫里哀，原因就在于前者作品中的人物（如哈姆雷特、奥赛罗）是"完满有生气的人"，而后者作品中的主人公（如《伪君子》和《悭吝人》中的主人公）则是"某种孤立的性格特征"的"寓言式的抽象品"，后来的典型论者，包括恩格斯、别林斯基无一不受黑格尔的影响。

我们十分看重小说中的人物性格的塑造。文学中的人物的性格，就是指人物的个性，二者是同义语。恩格斯关于典型的名言，过去译为"典型环境中的典型性格"，后来朱光潜先生参照各种译本改译为"典型环境中的典型人物"，这是一个很重要的更正。所谓典型性格，如果真正存在的话，那也只存在于文学发展的初级阶段。在生活中，我们说某人"性格急躁"，某人"性格开朗"，是就其性格中的某一方面而言，就某一方

---

① 《美学》第一卷，商务印书馆1979年1月第1版，第303页。

面而言人们彼此间是存在共性的。但是，文学中的人物性格是就整个人而言，因此必须因人而异。如写《文心雕龙》的刘勰就说"其异如面"，所以典型性格不能乱说，写人不能只写人的一方面，而应写多方面的，写出个性本身的丰富性。

至于我们在小说评价中常划分正面人物和反面人物，那是对于人物的道德评价，而不是指人物的性格。性格不能分正面反面，但性格与品格又是有联系的。有人认为，人就是人，无所谓正面反面，人人都有优点和缺点，这是一种无可置疑的人性论观点。当然人性是绝对存在的，但对人的道德评价是永远需要的。生活中如此，文学中也是如此，作家塑造他的人物时，或明或晦，总要表现某种道德评价。但这种评价通常并不是把人分成好人与坏人两大类，这倒是真的。

上面谈了这么多的"文学常识"，有小儿科之嫌。但我的本意就是有了这人人皆知的"文学常识"，可以更好地、更科学地理解《金瓶梅》中的人物，并进一步把握笑笑生在人物塑造方面的创造性以及从中体现出的民族审美特色，质而言之，笑笑生在人物创造上确实有一种新思维。以上这些铺垫的话，就是为了和读者进行交流时有个准则。

情欲、权势欲和占有欲
构成性格、人性发展的杠杆：西门庆

在对西门庆这一形象进行剖析之前，有一件有趣而又值得我们思考的事。据2007年5月9日《北京青年报》上评论员张天蔚先生介绍：

据媒体报道，黄山当地"学者"辛苦研究十年，终于"考证"出《金瓶梅》故事发生地实为安徽省西溪南镇（村），西门庆原型则为当地大盐商吴天行。只是由于《金瓶梅》当时名声不佳，恐为"当时当地的舆论所鄙视"，作者才未敢言明。岂料世事变迁、白云苍狗，当初的"鄙视"，如今却成了仰慕，需要花费"学者"十年工夫，才为家乡争得半个"西门故里"的美誉。

略感遗憾的是，"西门大官人"的后代似乎并不领当地政府和"学者"的情，辛苦考证出的"西门原型"吴天行的第三十几代后人，坚决否认自己的祖先与西门庆和潘金莲有任何瓜葛，并称这样的考证结果"令吴氏宗亲蒙羞"。看来，在寻常人那里，并未失却寻常的羞耻之心，只是在某些自认对振兴当地经济负有责任的人那里，常识、常理、常态，才让位于某些堂皇却又不计廉耻的突发奇想。

评论还指出，网上可以搜索出的数百条相关报道、评论，几乎无一例外地对这一大胆而又离奇的"创意"，给予激烈的抨击或尖锐的嘲讽。

近来各地"文化搭台，经济唱戏"的戏码奇招迭出，连番不断。但是几百里外甚至上千里去找西门庆的"原型"，并进行十年考证，真是令人瞠目。

我们必须看到，《金瓶梅》中的西门庆形象是笑笑生原创性的"熟悉的陌生人"。前文笔者已经分析过，西门庆"这个"人物是笑笑生的重大发现，也是这部特异的小说所取得成就的主要标志。如果我们确切地把握西门庆这一艺术形象所对应的时代大坐标，我们会更敬佩笑笑生的这一重大发现。西门庆生活的时代，正是中国封建社会由兴盛走向衰亡的转折时期，资本主义经济萌芽，在如磐的夜气中萌发，笑笑生对新思潮有特殊的敏感，他不知不觉地对八面来风的新鲜信息已有吸收，他观照当代的意识极强，所以他既把握住了西门庆性格中凝聚着的那个时代统治集团心态中积淀的最要不得的贪欲和权势欲，同时又在西门庆身上发现了市民阶层的占有欲——占有金钱，占有女人（即"好货好色"，这种对金钱与肉欲的享受与追求毕竟带有中国中世纪市民阶层的特色）。所以西门庆的性格正是对应着新旧交替时代提出的新命题所建构的思想坐标，此时此地，他应运而生了。

艺术形象总是在比较中，才能显现其独特的美学价值和思想光彩。我在一次系列讲座中比较系统地梳理过中国小说中具有代表性的"反面人物"，与西门庆做了一些比较，但是，给我们带来的难题和困惑是，从纵向上考察西门庆性格在形象塑造发展链条上的位置和突破极其困难。因为在西门庆的形象诞生之前，还没有发现西门庆式的人物（这是因为时代使然，同时也与作者的视点不同有关），往前追溯，张文成的《游仙窟》只是自叙奉使河源，在积石山神仙窟中遇十娘、五嫂，宴饮欢

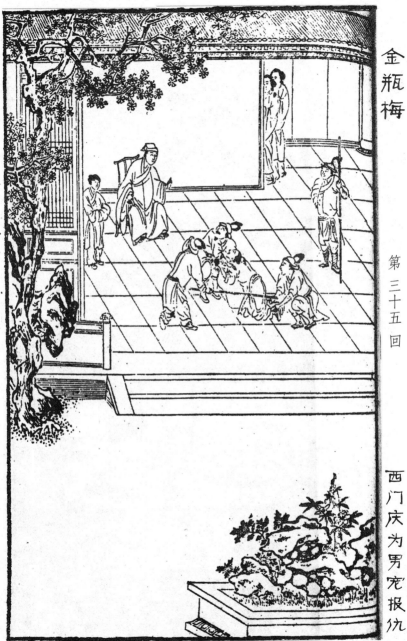

第三十五回

金瓶梅

书童儿作女妆媚客

笑，以诗相调谑，止宿而去。小说写的是游仙，实际上反映了封建文人狎妓醉酒的腐朽生活。蒋防的《霍小玉传》中的李益是堕落了的士大夫的典型，他对霍小玉实行的是一个嫖客对妓女的不负责任的欺骗，小说点染出了进士阶层玩弄女性的冷酷虚伪的灵魂。只有传奇小说《任氏传》中郑六的妻弟韦崟是个好色之徒、无耻的恶棍，有一点点西门庆的影子。至于话本小说《金主亮荒淫》中的完颜亮，如剥掉其华衮，则是一个典型的淫棍，这一点颇类似西门庆。然而他们都没有也不可能具有西门庆的形象所包蕴的丰富的社会生活内容。无论是张文成、李益、韦崟，还是完颜亮，他们的性格内蕴，主要止于展示形成这种性格和行为的外力因素，即小说家观照人物性格及其行为的视角，仅止是一种社会的、政治的、道德的视角。这样的视角当然是重要的，作为中国古代小说的初步成熟期，做到这一点已属不易，但仅止于此又是不够的。因为形成人物性格即心理现实的基因，除外在的社会政治因素之外，还有更为深层的内在的文化心理因素。《金瓶梅》中的西门庆已经表明笑笑生观照人物命运的视角有了新的拓展，不仅注意了对形成其性格的外在基因的开掘，也开始着意于对形成其性格的内在基因的发现。西门庆性格塑造之高于以上诸作中的好色之徒和流氓恶棍性格塑造，就在于西门庆具有深刻的历史真实。就其艺术造诣而言，他具有更鲜明的个性真实。更可贵的是，在这种历史真实与个性真实之中，渗溶着丰富的社会内涵和人的哲学真实。正是在这一点上，应当充分估价西门庆性格的典型意义。

从横向上相比，我们很容易就想到明代拟话本《蒋兴哥重会珍珠衫》中的陈商和《卖油郎独占花魁》中的吴八公子，同时也可以把《金瓶梅》中的陈经济与西门庆相比。陈商不过是个登徒子，具有明代商人特有的"好货好色"的情调，而吴八公子则是个具有恶棍作风的纨绔子弟，两个人相加也仅有一点点西门庆的性格。至于陈经济至多是个偷香窃玉的无耻之徒。他们当中没有一个人可以和西门庆相"媲美"，他们完全缺乏西门庆的"创造精神"，同样，他们都缺乏西门庆的形象所包蕴的社会生活与时代精神的丰富蕴涵，因此，他们都称不上是典型人物。

对西门庆的性格的典型塑造始终是围绕着他的性生活而展开的。这是笑笑生为了揭示西门庆的性格蕴涵最本质的特征而做出的独特的选择。

本来，爱情的最初动力，是男女间的性欲，是繁衍生命的本能，是人的生物本质。生活在任何社会里的人都回避不了性行为，因此，对在文艺作品中，尤其在小说艺术中出现的性描写，完全不必采取宗教式的诅咒。不是吗？早在一百多年前像奥尔格·维尔特那样耽于"表现自然的、健康的肉感和肉欲"的诗人就为恩格斯所首肯。笑笑生的同时代人冯梦龙所编著的"三言"和稍后一点的凌濛初所编著的"二拍"，就主要表现了两性关系中封建意识的褪色。"三言""二拍"里也有性爱描写，对偷情姑娘、外遇妻子大胆行为的肯定。这无疑是封建道德意识剥落的外部标记。而更为深层的内涵在于，冯梦龙、凌濛初以他们塑造的杜十娘、花魁等一系列文学女性向社会表明：妇女是能够以自己的人格、平等的态度和纯洁的心灵去击败附着在封建婚姻上的地位、金钱和门阀观念，从而获得真正的爱情的。

因此，作为人类生存意识的生命行为的一部分，性应该在艺术殿堂里占一席之地。

而《金瓶梅》则是通过对西门庆的性生活的描写展示了性的异化。应当看到，笑笑生并没有把西门庆的性意识、性行为作为一种脱离人的其他社会行为的静态的生存意识和生命行为，有意夸大出来。在作者的笔下，人的动物性的生理性要求也没被抬高到压倒一切的位置，成为生活的唯一的内容。恰恰相反，西门庆对女人的占有欲是同占有权势、占有金钱紧紧结合在一起的，并且达到了三位一体的"境界"。笑笑生通过对西门庆床笫之私的描写，不仅有人们所指出的那种性虐待的内容，而且更有着丰富的社会内涵——通过"性"的手段达到攫取权势和金钱的目的。所以，作者写出了西门庆的床笫之私，实际上也就是写出了这个时代的一切黑暗，揭开了一个专门制造西门庆时代的社会面。

　　另外，毋庸否认，作者确有性崇拜的一面。作品有不少地方把性看作是万物之轴、万事之核心，也将其当作了人物性格发展的内驱力，并且特别注重其中性感官的享乐内容。所谓"潘驴邓小闲"的"驴"不仅被表现为西门庆"人"格有无的衡器，也是支配家庭纠葛、掀起人物思想波澜、推动作品情节展开的杠杆。人们对此往往持有异议，认为这是夸大了性的作用。不错，在两性关系中，区别于动物的人的标志，是精神成分。换言之，性吸引力是男女爱情的低级联系，精神吸引力是男女爱情的高级联系。如果用"精神吸引力"去衡之以西门庆的"爱情"，那就太荒唐了。笑笑生笔下的西门庆是个泼皮流氓，是个政治上、经济上的暴发户，也是个占有狂，理所当然地从他身上看不到丝毫的"精神吸引力"，也不存在具有"精神吸引力"的真正爱情。

　　我曾提到《金瓶梅》从来不是一部谈情说爱的"爱情"小

说。如果说它是一部"秽书"，那就是因为笑笑生从未打算写一部"干净"的爱情小说！

事实是，在塑造西门庆时对他的性生活的描写，即肉的展示过程是不存在灵的支撑的。作者所承担的使命只是宣判西门庆的劣行，所以他才写出了一个代表黑暗腐败时代的占有狂的毁灭史。

以上我们从"寻找"西门庆的"原型"中看到了一场闹剧，我们又认真地梳理了中国小说史中与西门庆"类似"的人物状态，也捎带为这部书做了一个简明的"定位"，现在我们不妨具体分析一下西门庆"这一个"典型人物。

西门庆"原是清河县一个破落户财主，就县门前开着个生药铺。从小儿也是个好浮浪子弟，使得些好拳棒，又会赌博，双陆象棋，抹牌道字，无不通晓"。"他父母双亡，兄弟俱无，先头浑家是早逝，身边只有一女。新近又娶了清河左卫吴千户之女，填房为继室。房中也有四五个丫鬟妇女。又常与勾栏里的李娇儿打热，今也娶在家里。南街子又占着窠子卓二姐，名卓丢儿，包了些时，也娶来家居住。专一飘风戏月，调占良人妇女，娶到家中，稍不中意，就令媒人卖了，一个月倒在媒人家去二十余遍。人多不敢惹他。"前前后后，他陆续娶了六个老婆。

西门庆由一个破落户，连发横财，成了地方上的首富；由一介平民，平步青云，做了锦衣卫理刑千户，还当上了蔡京的干儿子，从此以后就成了炙手可热的权豪势要。有钱有势，贪财好色，巧取豪夺，横行霸道，淫人妻女，无恶不作。小说真实生动地叙写了他的发迹变泰，又写了他淫欲无度而败亡。因此，《金瓶梅》全书就是以西门庆的发迹到败亡为主轴，为我

金瓶梅

第六回

何九受賄瞞天

金瓶梅

王婆帮间遇雨

们提供了一个集富商、官僚、恶霸三位一体的人物的发迹史、罪恶史和毁灭史。

先哲早就说过，贪欲和权势欲是历史发展的杠杆。西门庆的贪欲和权势欲是紧密结合的。

人们早就看得分明，西门庆绝非一般的登徒子式的色鬼，虽然他以低标准纳妾、偷情，但他自有他的标准和要求。从小说的大布局而言，第一回至第六回写西门庆与潘金莲私通，并谋杀了武大郎，接下去应该是他们两个合作一处了。但却有薛嫂说媒，西门庆反而先娶了孟玉楼，把潘金莲撂在一边。到第八回又接上了潘金莲的故事。孟玉楼一回书不仅艺术上奇峰突起，更重要的是它成为全书的画龙点睛之笔。小说写得极为分明，使西门庆内心激动不已的不是爱情，而是情欲。他的情欲可以随时随地为女色所点燃。但是，钱物财产更使他内心炽烈。潘金莲在他身上引起一次次的色欲，这种色欲可以强烈到使他杀人而不顾后果。但是，当潘金莲和孟玉楼的上千两现金、三二百筒三梭布以及其他陪嫁相比时，潘金莲的诱惑力就会暂时黯然失色。直到孟玉楼正式进门以后，她的陪嫁的所有权全部转到西门庆手中，潘金莲的肉体才又成了他不可须臾离开的物件。

至于西门庆和李瓶儿的关系，也是经西门庆多方策划，把这位生得"五短身材"、枕上好风月的女人用花轿抬进家门。孟玉楼和李瓶儿这两件婚事都在很大程度上有把对方的财产转移到自家手中的因素。必须看到，西门庆的发迹过程，始终贯穿着一条黑线，即渔色的成就和不断发财的事业穿插在一起的。西门庆之所以在女人中非常宠爱李瓶儿，并在她死时痛哭流涕——这一直被很多人看作是西门庆真动了感情——其实在情欲和谐的因素外，那是和李瓶儿给他带来众多箱笼资财有着太大的关系的。对于西门庆的这份感情，西门庆的仆人玳安看得最清楚，说得更是切中肯綮："为甚俺爹心里疼？不是疼人，是疼钱。"这就让我们看到财产实利在婚姻中所起的决定性作用。

总之，当不涉及财产实利时，西门庆的贪欲的砝码是在女色上；而当波及财产实利时，他的贪欲的砝码又会向财产实利一边倾斜，这是绝不含糊的。因为西门庆懂得有了钱财，一切女色是不难被他拥有的。在审视这个关系时，我们可以这样说：西门庆是一个不十分重才貌而重色欲的人；而财产实利又在色欲之上。西门庆"这一个"形象绝不同于中国小说戏曲中的才子佳人那　一套，也不同于一些文人学士的风流韵事，西门庆的贪欲似有一架调控器在那儿自动处理这两种既不相同又永不分离的欲望的先后和轻重。

财产实利当然更不可能和权势和权势欲分开，而权势又和女人有什么关系呢？像孟玉楼和李瓶儿这样财富充盈的寡妇，如果没有有权有势的男人做靠山，手中的财产很快就会落到家族和地方势力之手。像西门庆这样的"打老婆的班头，坑妇女的领袖"，为什么孟、李甘心情愿寻求他的"保护"？一言以蔽之，在一个权势支配一切的社会中，男人占有女人的程度更多地取决于他的社会地位的高低和权力的大小，而往往不是他个人的魅力。于是，在这部以贪欲和权势欲为主轴的长篇小说中，淫乱与官场和权势夹缠在一起。纵欲身亡，他生前占有的女人、占有的财富、占有的权势就会立即转移到其他有权势的人的手中。

关于西门庆的真实身份，现在学术界仍有分歧，大体上说有四种意见：一、地主、恶霸、商人三位一体；二、新兴商人；三、官商；四、官商与新兴商人的混合体。这四种意见，其实有一个共同点，即西门庆还是一个商人，他的全部活动是以经商为基础，官僚的身份不过是屏障辅助而已，面对众说纷纭，我始终倾向于三位一体说。如果仅就西门庆的经商活动来说，西门庆所经营的工商业都是非生产性的，再者，西门庆在获得利润以后，少见其扩大再生产，而是把金钱用于买官行贿和过着穷奢极欲的糜烂生活。西门庆的政治投资数额巨大，所以他的发迹，完全是靠贿赂权奸、交结官府，以钱权交易为手段得来的。而一旦有了更大的权势，他的经商活动就越来越超出商业活动的最底线，比如偷税漏税、投机盐引，从而进行更大规模的掠夺。他发的几笔大横财，实质上是用钱买权，以权养商。比如西门庆获知朝廷有一笔利润很大的古董生意，他立即花钱买通山东巡按，将这笔生意揽到手里。正是由于手中有钱，于是手中也就有了权，而有了权，他的财富就越聚越多。据小说记载，在他死前，除了那最早的生药铺以外，还开了好几桩生意，缎子铺、绸绒铺、绒线铺等等，资产多的有五万两银子，少的也有五千两。总之，从西门庆这个人物身上我们可以看到，中国封建社会发展到明代中后期，在商品经济发展过程中，封建势力是如何与商人结合在一起的，而市侩主义也就是这样一步一步又是很自然地诞生了。毛泽东以一个政治家的眼光，在1956年2月20日听取工作汇报的谈话中，就指出：

　　《金瓶梅》是反映当时经济情况的。
　　这本书写了明朝的真正的历史。[1]

---

① 陈晋：《毛泽东与文艺传统》，中央文献出版社1992年3月第1版，第123页。

笑笑生在对西门庆的性格创造上是有贡献的。我们在前面提到笑笑生的艺术理念已不是把人物简单化地去理解，他在直面各色人等时，感悟到了人是杂色的。因此笑笑生并没有把西门庆简单地写成单一色调的恶，也不是把美丑因素随意加在他身上，而是把这些放在他所产生的时代背景、社会条件、具体语境中，按其性格逻辑，写出了他性格的多重性，他没有鬼化他笔下的人物，包括他狠狠暴露的西门庆。比如西门庆的"仗义疏财，救人贫困"就被一些人看作"没有性格上的充分依据"。事实是，西门庆确有悭吝的一面，他对财产、实利的占有欲实在惊人，但有时也肯拿出钱来接济一些穷哥们儿；而在修永福寺时他一次就捐银五百两，也算大方得很了。再有，作为地方一霸，他可以为所欲为，凶狠异常，可是亲家陈洪家出了事，他唯恐受到牵连，竟然停工闭户，足不出户。另外，在他的身上人性与兽性交替出现，有时人性与兽性还杂糅在一起。最典型的例子是我们前文提到的李瓶儿之死及当时西门庆的表现，这是很多研究者和读者质疑的焦点之一。

情节是这样的：李瓶儿将死时，潘道士嘱咐西门庆"今晚官人切忌往病人房里去，恐祸及身。慎之，慎之！"但西门庆不听劝告，还是进了李瓶儿的房间，他这时想道："法官戒我休往房里去，我怎坐忍得！宁可我死了也罢，须得厮守着，和他说句话儿。"到李瓶儿一死，西门庆不顾污秽，也不怕传染，抱着李瓶儿，脸贴着脸大哭说："宁可教我西门庆死了罢，我也不久活于世了，平白活着做什么！"后来，他还拿出巨资给瓶儿办丧事，并在她房中伴灵宿歇，于李瓶儿灵床对面搭铺睡眠，这是真情，还是假意？我的回答是，真情。这一切表现就

金瓶梅

故素

李瓶兒睹物哭官哥

金瓶梅

李瓶儿带病宴重阳

是西门庆人性一面的流露，既合理又合情。但有的论者则认为这充分表现了西门庆的虚伪，是他的假意，理由有二：一个是我在前文引过玳安的话"不是疼人，是疼钱"。此话看怎么解释了。李瓶儿嫁给西门庆是倾其所有，都给了西门庆，如果说是疼钱根本不存在这个问题，如果拿钱办丧事，仍然是两个人的感情所致，也不是心疼钱：玳安的话的真实性只有一点，爱钱如命，但这并不等于西门庆对李瓶儿没有丝毫的感情。他的哭、他的守灵是真情，我不怀疑。另一个是，西门庆为李瓶儿伴灵还不到"三夜四夜"就在李瓶儿灵床对面的床铺上，又和奶子如意儿发生性关系，因此人们很容易判定西门庆根本不是真正的悲痛，对李瓶儿之死是假情假意，是做给人看的。这是很有力的质疑。但我则认为，第一，这件事再一次暴露了西门庆的好色；第二，对李瓶儿之死他的感情表现是真的，但更多的是"此情此景"不可抑制的感情流露。他不可能像多情种子，永不能释怀。即使是"一时感情冲动"，也说明他伤心过、痛苦过、动情过，尽管短暂，尽管稍纵即逝，尽管又去寻欢作乐，但不应该否定前者表现的真实性。这就是作者笑笑生对西门庆性格、品质、情愫的真实的艺术把握，也是我所说的，西门庆的人性和兽性经常交替出现，经常夹缠在一起，于是一个活生生的人物形象才具有了可信性。黑格尔在他的《美学》第一卷中指出：

　　　　性格的特殊性中应该有一个主要的方面作为统治方面，但是尽管具有这个定性，性格同时必须保持生动性与完满性，使个别人物有余地可以向多方面流露他的性格，适应各种各样的情境，把一种本身发展完满的内心世界的丰富多彩性显现于丰富多彩的表现。①

黑格尔美学中的性格论应成为我们分析人物的参照系。不错，西门庆的品质与性格，其主导性当然是他的贪欲、权势欲和占有欲，是他的凶残、冷酷与无情，甚至我们可以按老托尔斯泰说的"人作恶是出于自己的肉欲"②。可是我们必须看到，作为小说家的笑笑生在塑造人物时，他的审美追求肯定是要求他笔下的形象是真实的、生动的、立体的，所以我们无须怀疑作者为何把"反面人物"写得如此富有人性！然而生活告诉我们，作为一个人，都会有自己的情感生活。文艺理论上的"人物性格二重组合原理"并非不适用于古典小说的创作。笑笑生的杰出正在于他没有撵离生活的真实，没有忽略人物性格的复杂性。对于我们读者来说，无论是"正面人物"还是"反面人物"，从人性的角度来观照都绝不是单一的。也正因为如此，西门庆不是扁形人物而是圆形人物。

总之，笑笑生之伟大就在于他没有把西门庆塑造成小丑，他绝对排斥脸谱化，绝对不是把他简单地当作一个抨击的对象。笑笑生告知我们的是：人，一旦涉入色欲和贪欲的怪圈，就难以逃脱命运的恶性循环。

---

① 《美学》第一卷，商务印务馆1979年1月第1版，第304页。
② 【俄】列夫·托尔斯泰《生知之路》，王志耕译，中国人民大学出版社2006年12月版，第235页。

用罪恶证明自己存在的潘金莲

道德家们最头痛的社会问题，是文学家们最好的素材。此话用来去说男女之间的性爱更为准确。

《水浒传》中潘金莲与西门庆的故事，严格地说，属于"过场戏"，两个人也是穿插性人物。写这个"俗"故事乃是为写武松的大义和逼上梁山做铺垫。然而就是这样一个故事，不管看过《水浒传》还是没看过这部小说的，都有点家喻户晓的味道，当然这也许是和很多剧种搬演《武松杀嫂》这出戏有关吧！至于《金瓶梅》，如上文所说，一经把潘金莲和西门庆的那些事儿，编成了百回大书，我们可以想象它的影响会多大！卫道士口诛笔伐；看热闹的啧啧称奇；爱偷情和窥私癖者则暗自羡慕；而学者或言不由衷，或做玄虚的理论推演，潘金莲、西门庆和这段故事，就成了最吸引人眼球的奇异对象了。戏剧界，在现代戏剧史中，欧阳予倩先生写剧本为潘金莲翻案，那是受新思潮影响，有点提倡妇女解放的味道。而在当代，改革开放了，文禁稍开，川剧编剧名家魏明伦先生以开放的眼光，巧妙地把古今中外的名女人们都抬出来，让她们站在女人的立场评说潘金莲，此一举也竟使艺坛大大热闹了一场。由于从内容到形式的改革幅度颇大，热议的文章数百篇。时过境迁，现在仍感到往事并不如烟，对潘金莲到底怎么个评价，仍存在着太多太大的空间。但是摆在评论者面前的问题仍有一个没分割清楚的事：一个是到底怎样评价潘金莲这样的人物，一个是到底怎么评价笑笑生创造的潘金莲这一形象。这两个问题，看似是一个问题，实则应加以区分。在我看来，已经流行于社会的潘金莲这些事儿，即这些现象，应当如何评价，纯属社会学的范畴。另一种是要回归文本，看看笑笑生是怎样塑造潘金莲这个人物的，成功？失败？这就需要花一点时间来考虑了。

我是属于回归小说文本一派的，所以还是让我们顺着潘金莲的命运轨迹去审视这一形象所蕴含的心理的、生理的和社会文化的内涵吧！

潘金莲是个裁缝的女儿，她从七岁上了三年女学，九岁即卖到王招宣府里，"习学弹唱"，她长得极为俊俏，所谓"脸衬桃花眉弯新月"，而王招宣府的女主人就是后来和西门庆勾搭成奸的林太太。身处这样一个人家，潘金莲很自然地学得"描眉画眼，傅粉施朱，梳一个缠髻儿，着一件扣身衫子，做张做势，乔模乔样"，难怪后来西门庆一见到她，"先自酥在半边"，吴月娘见了也惊叹"生的这样标致"，这虽然是后话，但潘金莲很早就富有一种诱人的媚态和风骚的情致，是肯定无疑的。但是，命运不济的潘金莲还没被主子注意到时男主人就身亡了，她立即被卖到了张大户家里。她十八岁时即被张大户收用，事发后为家主婆所不容，一顿毒打后，把潘金莲像一个物件似的塞给了被人称为"三寸钉，谷树皮"的武大郎。命运的不公，使金莲从内心发出了怨恨："端的那世里晦气，却嫁了他，是好苦也"。她想改变现状，然而此时此刻还没给她提供客观机会。她不甘寂寞，经常趁武大外出卖炊饼之机，打扮光鲜，招蜂引蝶，眉目传情，以便打发无聊的日子。精神上的空虚和苦闷，竟使她不择手段去勾引自己的小叔子武松，碰壁后，一出巧合的"挑帘裁衣"的小戏竟成了后来的大轴戏的前奏。她和

金瓶梅

卖富贵吴月攀新

西门庆一拍即合，但剧情的推进竟然演变为合谋毒杀武大郎的惨剧，潘金莲终于跟随着西门庆走上了邪恶的犯罪的道路。从手上染上第一道无辜者的鲜血后，潘金莲的整个命运也就发生了质变。潘金莲再不是一个受害者，从此开始了她的罪恶的一生。

几经周折，潘金莲终于如愿以偿，成了西门家族的一员。然而，西门家族可不是她的一个安乐窝。严格地说，潘金莲在这个家里既是主子又是奴隶。西门庆稍不顺心，就可以对她"赶上踢两脚"；她和正妻吴月娘口角，西门庆也会毫不犹豫地站在吴月娘一面，不给她留一点面子。这种既贵又贱、不高不低的身份地位，以潘金莲的人生阅历，她不仅可以理解，而且完全可以安之若素。但对于潘金莲的性格而言，最难的是，她依傍的这个人不仅妻妾成群，而且是一个见女人就上的花心男人，潘金莲当然无力改变西门庆的这个天性，于是她把自己的全部聪明才智，在妻妾争宠中，发挥得淋漓尽致。

潘金莲深谙软硬兼施之道。在吴月娘面前低声下气，百般奉承。在掌握了吴月娘的心理弱点后就去挑拨她和西门庆的关系，结果两个人还都认为潘金莲是大大的好人。在争宠中，她还能分清敌友，对孟玉楼采取拉的策略，对孙雪娥则采取打的战术。外围扫清以后，她把李瓶儿和宋惠莲作为争宠的重要对手，采用了阴毒的手段，制强敌于死地。从此，潘金莲在已有的邪恶和犯罪的道路上进一步陷入罪恶的深渊。

妒忌是人性中的恶德。妒忌催化着一个人的情欲、贪欲，而情欲和贪欲又激化妒忌的强烈程度。潘金莲是一个"只要汉子常守着他便好，到人屋里睡一夜儿，他就气生气死"（五十九回）的人。然而，她又知道自己没有能力阻止西门庆对女人的占有欲，因为她明白只要这样做就会自讨没趣。不过，潘金莲却有充分的信心和能力，相信自己在和对手较量时，胜利会属于她。果然，她刚刚腾出手来就对准在地位身份上本构不成太大威胁的宋惠莲下手了。因为她既不能容忍宋惠莲把拦着她的汉子，也不能容忍宋惠莲私下说她坏话和把她本有的优势比了下去。

开始，潘金莲听到了西门庆与宋惠莲偷情只是气得胳膊软了，半日移脚不动，却未大发作。但当她知道宋惠莲竟敢在背后说她的坏话，而且这坏话是如此严重！从宋惠莲方面说，她千不该万不该，在得意忘形之时竟然对西门庆说潘金莲"是个意中人儿，露水夫妻"；再加上她在西门庆面前显摆她的脚比潘金莲还小，所谓"昨日我拿他的鞋略试试，还套着我的鞋穿"。是可忍孰不可忍！潘金莲终于出手了。当宋惠莲知道潘金莲听到了她所说的话，吓坏了，双膝跪下，表示自己没有欺心时，潘金莲立即用她的两面派手法，因为她懂得欲夺之先予之的道理。她强压着心里的怒火，表现得十分大度，竟然对宋惠莲说："傻嫂子，我闲得慌，听你怎的？我对你说了罢，十个老婆买不住一个男子汉的心。"结果让头脑简单的宋惠莲觉得真是对她"宽恩"！

潘金莲深知"若教这奴才淫妇在里面，把俺每都吃他撑下去了"。所以她紧跟着实施了她的第二步计划：借刀杀人，即假西门庆之手置宋惠莲于死地。潘金莲抓住宋惠莲丈夫来旺儿酒后失言，开始了无情的报复。经过一番周折，她调唆西门庆恨上来旺儿，收到了让西门庆"如醉方醒"的效果。此后就是西门庆亲自出马设计陷害了来旺儿。结果宋惠莲夫妇"男的入官，女的上吊"。宋惠莲之死真的应了潘金莲先前赌咒发誓说的话："我若教贼奴才淫妇与西门庆做了第七个老婆，我不是喇嘴说，就把潘字吊过来哩！"是啊，宋惠莲不仅没有当上"第七个老婆"，而且惨死于潘金莲的阴谋诡计之下。如果说潘金莲在罪恶的道路上留下什么"业绩"的话，那么可以这样说，武大之死是她直接亲手用毒药害死的，而宋惠莲之死是她由妒忌而产生的歹毒心肠间接地害死的。

潘金莲出场不久就自诩"是个不戴头巾的男子汉，叮叮的婆娘"（第二回）。这种女强人性格如果走正道确实不得了，必会做一番大事业，但可怕的是，她走的是邪路。真的是"性格即命运"。她企图改变自己命运所用的手段，确实令人发指。于是，敢作敢为、机变伶俐等强人的性格竟然转化为一种恶德，即阴险、狠毒、妒忌、不择手段、无所不用其极……接下来的两条人命又跟她有着直接和间接的关系。当然，这也为她一生罪恶的命运，增添了更多的血腥味。

宋惠莲一死，潘金莲和李瓶儿的矛盾完全突显出来了。潘金莲深知自己不如李瓶儿有钱，小厮和丫鬟们都受过李瓶儿的好处，她因此颇得人心，甚至潘金莲的母亲也接受过李瓶儿的礼品，乃至经常在女儿面前称赞李瓶儿。物质方面的东西既然无法跟李瓶儿相比，那么美色就会成为较量的本钱和条件了。尽管潘金莲拥有妖娆的体态、风骚的情致、高超的枕上风月，但在翡翠轩窃听到西门庆夸赞李瓶儿皮肤白以后，在自我挫败的心态下，她更加妒忌李瓶儿，并且不惜花很多时间研制增白剂，以便在"白"肤色上争个高下。与此同时，挫败感激发疯狂性的规律也在她的内心和行动上一一显现出来，醉闹葡萄架和兰汤午战都是潘金莲内心压抑不住的妒忌催化成的纵欲活动。

更使潘金莲难堪的是，在众妻妾中，李瓶儿竟然第一个给西门庆生了一个儿子。李瓶儿的地位也因之又升一级。从此她眼睁睁地看着"西门庆常在他房宿歇"，这就更刺中了她的神经末梢。为了理顺潘金莲的心理流变，我们清清楚楚地看到了她由妒生恨的三部曲。

　　开始，李瓶儿怀孕闹肚子疼，全家人都来问候，只有潘金莲拉着孟玉楼在旁边冷眼相看，并说风凉话："也不是养孩子，都看着下象胆哩！"后来真的有了孩子，又说这是李瓶儿的"杂种"。孩子快生下来了，潘金莲自我解嘲地说："俺每是买了个母鸡不下蛋，莫不杀了我不成！"李瓶儿终于顺利地生下一个白净娃娃，这时潘金莲竟一反常态，全然没有了嘲讽和诅咒，却"自闭门户，向床上哭去了"。这种从妒忌到无奈的心理流变写得真是入木三分。但是令人毛骨悚然的是潘金莲即将实施的阴谋就此也开始了。

　　在潘金莲看来，李瓶儿"生了这个孩子把汉子调唆的生根也似的"。于是按照她的推理，要想整垮李瓶儿，就要从西门庆与李瓶儿的命根子上开刀！

　　官哥儿满月时，潘金莲就找了个机会摆弄孩子，那么点娃娃，她竟然把他高高举起，结果孩子受了惊吓，发起了寒潮热来。有时潘金莲故意打丫头秋菊，使丫头杀猪也似的号叫，吓得娃娃根本无法入睡。更有甚者，一次李瓶儿让潘金莲暂时看管一会儿孩子，而潘金莲急于和女婿陈经济去调情，就把孩子单独放了在席上，不料一只大黑猫跑到孩子身边，又把孩子吓得连打寒战、口卷白沫。岂料，这件事竟启发了潘金莲罪恶计划的进一步实施。

　　潘金莲精心喂养着一只"雪狮子"猫，每天不吃鱼肝一

第三十二回

李桂姐趋炎认女

金瓶梅

潘金蓮懷嫉驚兒

类，只吃生肉。"雪狮子"训练有素，潘金莲对它是呼之即来，挥之即去。上次大黑猫吓着了官哥，潘金莲也深知孩子特怕猫，同时还知道官哥喜穿红色衣服。因此，潘金莲平日就"用红绢裹肉，令猫扑而掿食"，对它进行反复训练。一天，官哥病情好转，李瓶儿给孩子穿上红缎衫儿，放在外间炕上，"动动的顽耍"。没想到"雪狮子"正巧蹲在护炕上，看见官哥儿穿着红衫儿在炕上玩，"只当平日哄喂他的肉食一般，猛然望下一跳，扑将官哥儿身上，皆抓破了"。官哥当场被吓得"倒咽一口气，就不言语了，手脚俱被风搐起来"，不久就一命呜呼了。

一岁多一点的孩子竟然在争宠斗争中做了牺牲品。而孩子的离世，对李瓶儿本来已很脆弱的神经不啻是致命性的打击。潘金莲在初战告捷后，乘胜追击，千方百计地折磨李瓶儿，想一举彻底击垮这个她心中的最强的对手。

此前，潘金莲已经使尽浑身解数，无事生非地和李瓶儿斗气。李瓶儿又没有潘金莲那一副伶牙俐齿，所以经常气得"半日说不出话来"。忍气吞声更给潘金莲猛攻的机会。一旦官哥儿死了，她更是肆无忌惮地用恶言毒语刺激李瓶儿，她得意忘形地、连珠炮式地、指桑骂槐地说："贼淫妇！我只说你日头常晌午，却怎的今日也有错了的时节！你斑鸠跌了弹，也嘴答谷了！春凳折了靠背儿，没的倚了，王婆子卖了磨，推不的了！老鸨子死了粉头，没指望了！却怎的也和我一般！"着了"暗气暗恼"的李瓶儿病上加病，终于断送了年轻的生命。可悲的是李瓶儿只是在咽气之前才有所悟，她对吴月娘说得十分沉痛："休要似奴心粗，吃人暗算了。"

潘金莲似乎胜利了，但与此同时，她也就永远地被钉在了耻辱柱上。《金瓶梅》这部小说之所以伟大，就在于作者对人性幽暗面的洞察之深，这不能不使人深感震撼。潘金莲一直要通过各种手段证明自己的"存在"，她不惜用毁灭别人来证明自己的"存在"，然而，她的所有行为都是用罪恶证明了自己的"存在"。那一桩桩一件件为毁灭他人所用的极端手段，都在向公认的善恶标准、是非标准挑战，也即对人性禁忌的底线挑战。在妻妾成群的大家庭进行争宠并不存在"成王败寇"的结局，女人的真正悲剧、妻妾的生死博弈是不是这样呢？

关于潘金莲这一人物形象，评论界一直有悲剧人物论和"淫妇"论的研讨。我在上面的剖析，已说明我是不赞成潘金莲是一个悲剧人物的。理由并不复杂。潘金莲为了给自己的生命留下一些印记（一直想出人头地），不是要用结束自己的生命作为代价，相反，她是让其他人为她的生命付出代价，她生命中一个一个的血腥记录是为证明，这是一。第二，潘金莲是一个有勇气弯下腰去拾取满足情欲的人，但也可以制造血案，用杀死一个又一个她不喜欢的人的方法，来证明自己是最可爱的。而这里用得着俄罗斯的心灵雕刻大师陀思妥耶夫斯基在《罪与罚》中所说："只消有胆量！"对，潘金莲制造的一个个血案都源于她有胆量，为了满足自己的一己私欲，她什么都敢干，这怎能是一个悲剧人物呢？她每害死一个人都没有过良心的谴责。

关于"淫妇"论，我的所有分析，从没把潘金莲称为"淫妇"。请问何谓"淫妇"？从《水浒传》开始，她因为和西门庆私通，所以被作者和读者称为"淫妇"，此后又被列为四大"淫妇"之首。是因为她是"肉欲狂"，是她随时随地有着"情欲冲动"，是她的不可遏制的"性亢奋"，是她的"枕上风月"令男人销魂，是她"色胆包天"，是她的"性妒忌"，还是她

302

的无休止的"放纵"……应当说这一切潘金莲都具有，可以毫不含糊地说，她有太强烈的性要求。但是，人们随之要问：女性的性要求的强烈程度是否有一个固定尺度可以来衡量？我们只能说，因人而异。这在现代性学书籍中早已说得很明白了。我们必须看清"情欲"是个灰色的东西，它作为自在之物时，没有黑白之分、对错之分。如果情欲疯狂地冲击了人性禁忌的底线，那就是罪恶，才是应该给予否定的。再有一点，潘金莲被人称为"淫妇"大多是从男人的视角审视和感受的结果，对于性能力强的男人来说，他们不会把同样性欲强的女人称为"淫妇"，只有性能力低弱的男人才惧怕性亢奋性欲太强的女人。总之，情欲强弱和性能力的高下似没有科学的尺度。潘金莲的罪恶是那些血腥的命案以及人性中最可怕的嫉妒，嫉妒才是万恶之源。性欲的强弱，我看倒也不是万恶之源吧！当然，古代小说中在男女"床笫之私"时把女方称为"小淫妇"不是昵称，就是调侃了。

最后我想引用意大利伟大诗人、《神曲》的作者但丁的一句很流行的话：

骄傲、嫉妒、贪婪是三个火星，它们使人心爆炸。

这是对贪婪、情欲、嫉妒的巨大危害最准确的描绘，它给予我们的启示更是多方面的。

渴望走出阴影，却始终走不进阳光的李瓶儿

　　20世纪60年代初，一部权威性的中国文学史著作在介绍《金瓶梅》时提到小说文本在塑造李瓶儿的形象时"性格前后判若两人，而又丝毫看不出来她的性格发展变化的轨迹"。这里所说的"性格前后判若两人"，就是说李瓶儿对待花子虚和蒋竹山是凶悍而狠毒的，但是在做了西门庆的第六妾之后却变得善良和懦弱起来。对这一观点直到20世纪80年代初才有研究者提出质疑。这样的研讨虽然只是对李瓶儿性格的逻辑发展的真实性各自表述自己的意见，但是就我的理解，它还涉及对这部小说的中心人物之一的李瓶儿社会的、心理的，特别是审美的准确的把握的问题。

　　事实胜于雄辩。还是让我们回归小说文本，一块儿考察李瓶儿命运和性格的发展轨迹吧！

　　李瓶儿长得漂亮，五短身材，肌肤白净，瓜子面皮，"细弯弯两道眉儿"，"身软如棉花"。在她还没正式登场时，作者就介绍了她的部分身世。她原是大名府梁中书的小妾，但"夫人性甚嫉妒"，婢妾多被她打死。李瓶儿在梁夫人的监视下"只在外边书房内住"，总算没被埋进后花园中。政和三年正月上元之夜，梁山英雄攻打大名府，梁中书与夫人仓皇出逃，李瓶儿趁机带了一百颗西洋大珠、二两重一对鸦青宝石，随养娘逃到东京，被花太监纳为侄儿媳妇。她名义上嫁给了花子虚，但

金瓶梅

李瓶儿迎奸赴会

金瓶梅

狎客帮嫖丽春院

实际上"和他另一间房里睡着",而被其叔公花太监霸占。

花子虚是个习性浮浪、醉生梦死的纨绔子弟,他对李瓶儿这样如花似玉的妻子并不在意,却贪恋于嫖娼狎妓、眠花宿柳、撒漫用钱,时常三五夜不回家。可以想见李瓶儿内心的孤寂,生活的无聊。就在这当口,西门庆趁虚而入。她背着花子虚同西门庆偷情,而西门庆的"狂风骤雨"又给予她迟迟得不到的情欲以充分的满足。于是她迷恋于、也想委身于他,甚至一而再再而三地倾其所有来倒贴他。就在这时,事情发生了戏剧性的变化,花子虚因房族中争家产而吃了官司,此时的李瓶儿并未落井下石,在惶惑矛盾的复杂的心情下,她去求西门庆帮助搭救自己的丈夫,跪着向西门庆哀告:

> 大官人没耐何,不看僧面看佛面……我一个女妇人,没脚蟹,那里寻那人情去!发狠起将来,想着他怎不依说,拿到东京打的他烂烂的不亏!只是难为过世老公公的名字。奴没奈何,请将大官人来,殃及大官人,把他不要题起罢。千万只看奴之薄面,有人情,好歹寻一个儿,只休教他吃凌逼便了。

这里正是写出了李瓶儿为人妻的一面,也应了俗语所说"一日夫妻百日恩"了。然而人性的复杂还在于,她确实没做落井下石的勾当,更没有幸灾乐祸。她真心诚意想把丈夫救出来,然而她对花子虚再没什么更多的感情了。即在情感的层面上,她认为自己属于西门庆了。比如她拿出三千两银子求西门庆打点官府,西门庆认为无须这么多银子,她还是强要西门庆收下,这说明她除了身体、情感以外,在钱财上已经和西门庆不分彼此了。从情感的逻辑发展来看,早先李瓶儿还多次请西门庆劝说花子虚少在妓院中胡行，早早回家，确有盼望花子虚回心转意的心愿。然而花子虚处处不争气，真的让李瓶儿心灰意懒了，情感意向倒向西门庆，不能说花子虚的软弱无能、不成器以及眠花宿柳的堕落与此无关。

设身处地地想，一个有血有肉而且有过独特命运遭际，又有着本能追求的李瓶儿，此时此刻的心理和行为产生诸多矛盾不是不可理解的，甚至我们可以说在这个时间段上，李瓶儿的行为和意念有其合理性。只是后来事情发生了变化。

花子虚经历了一场官司，从东京回到家里，房地产已分成四份，三千两银子也没了，甚至想买一所房子安身都遭到李瓶儿的拒绝。无能孱弱的花子虚整天在李瓶儿的羞辱、嘲骂声中生活，很快着了重气，人财两空，又雪上加霜，得了伤寒，李瓶儿竟然断医停药，不久就气断身亡了。这确实是李瓶儿人性的异化的开始。她对未来生活的选择没有错，她想越过花子虚这层障碍也没有错，错就错在花子虚病重期间李瓶儿从冷漠到坐视他挨延而死。有人说这是"情迷心窍"，这当然很有道理，但花子虚令她失望何尝不是一个原因呢？我感到李瓶儿在内心深处实际上是希望有一个可以依托的男人。不然的话，她不会幻想花子虚可能改邪归正，不再过那荒唐的生活；也不会以厚金求西门庆救助花子虚。这一切都或多或少地透露出一个女人起码的需求和不失为善良的心地。不容否认，性、情欲成了西门庆和李瓶儿的强力胶粘剂，但那首先是因为花子虚没在意过她，当然也就有了不能满足其情欲的缺失。花子虚在方方面面使她失望以后，才让她产生又一个幻想，希望西门庆真的在意她，所以才一步紧一步靠拢西门庆。

没想到，"好事多磨"，风云突变。朝廷内部政治斗争，杨提督被治罪下狱，西门庆深知这是危及身家性命的大祸，而且他更清楚自己民愤甚大，很怕"拔树寻根"，于是忙不迭地龟缩避祸，潜踪敛迹。李瓶儿对这场祸事毫无所知，而且对西门庆突然从生活中蒸发，也不知底细，好端端的一件事就这样被搁置下来了。这以后才有了"李瓶儿招赘蒋竹山"的故事。与其说李瓶儿轻率招赘只是因为欲火中烧，没有男人不成，不如说她的头脑过分简单，完全没考虑到后果。后来她和蒋竹山产生情感裂痕也不仅仅是蒋竹山的性无能以及性格软弱，主要是因为她心中一直有着一个"伟丈夫"西门庆的影子在缠绕着她的情感。李瓶儿何尝不像大部分妇女一样，希望有一个在意她的男人陪伴。她之所以放下身段嫁给蒋竹山，难道不能证明她的一种朴素的愿望吗？我们真的不能再简单化地把一个人的所有行为都看作是受情欲的驱使了，李瓶儿的招赘不是她的"迫不及待"，而是后面有着太多太多主客观的原因。西门庆的突然失踪，确实让她大惑不解。进一步说，她虽然对西门庆存有一份强烈的痴情，但是她难道真的不了解西门庆到底是怎样一个人，西门家族到底是怎样一个家庭吗？

上层的内斗稍一平息，西门庆也躲过了一劫，化险为夷，重新趾高气扬地走上了街市，当然很快也就知道了李瓶儿招赘蒋竹山的事。他现在已无所顾忌，立即腾出手来去惩罚蒋竹山和李瓶儿了，于是就上演了一场"草里蛇逻打蒋竹山"的闹剧。其实，此刻李瓶儿已对蒋竹山产生了厌恶之意。而西门庆的恼羞成怒，主要原因却是后来责问李瓶儿的话：

> 你嫁了别人，我倒也不恼，那矮王八有甚么起解？你把他倒踏进门去，拿本钱与他开铺子，在我眼皮子跟前开铺子，要撑我的买卖！

这就再清楚不过了，西门庆雇人打蒋竹山，砸了生药铺，还要告蒋竹山欠账不还。这绝非单纯的吃醋，而是他绝不允许在他眼皮子底下开铺子，夺他的买卖。

　　李瓶儿的可悲是在这场闹剧中，她只能是哑巴吃黄连有苦说不出。她开始先是拿蒋竹山撒气，舀了一盆水赶着泼去，撵走了蒋竹山。接着厚着面皮拉来玳安吃酒，请玳安转告西门庆求娶之意。西门庆拿腔作势，最后一顶轿子把李瓶儿抬了过来，然而"轿子落在大门首半日，没有人出去迎接"，好容易进了西门府第，西门庆一连三日都不到她房里去，她大哭了一场之后只得含羞负气自尽，被救了下来，西门庆又给她劈头来了个下马威。到了第四天晚上，西门庆提着马鞭子，气势汹汹进了李瓶儿的房间，要她脱衣跪下。虽然李瓶儿的软语柔情感动了西门庆，但她受辱的所有情节已为府里上下都知道了，甚至那些有点身份的丫鬟也敢当面拿她打趣。直到西门庆全家一次聚会，论尊卑列序坐下，她才算有了正式的名分。刁钻的潘金莲还在李瓶儿脚跟尚未站稳之时压她一头，给她难堪。总之，从此以后，李瓶儿对西门庆俯首帖耳，死心塌地，甚至对其他妻妾也显得十分谦恭，比如一进门见到吴月娘就"插烛也（似）磕了四个头"，见了李娇儿、孟玉楼、潘金莲也是磕头礼拜，一口一声叫"姐姐"，甚至见到不受待见的孙雪娥，也慌忙起身行礼。见到被西门庆宠幸的春梅，立即送她"一副金三事儿"。即便对小厮玳安也是宽厚体贴。至于对西门庆更是曲意逢迎，并说："休要嫌奴丑陋，奴情愿与官人铺床叠被，与众位娘子做个姊妹，随问把我做第几个的也罢。"李瓶儿只要一面对西门庆，性格就会变得被动，就会逆来顺受，智商也不高

金瓶梅

第十七回

宇給事劾倒楊提督

金瓶梅

李瓶儿許嫁將竹山

了。当然，这种甘愿屈居人下的心态，真的不是仅仅指望西门庆满足她的情欲（事实上，小说文本在写西门庆和李瓶儿的性活动中，几乎没有写李瓶儿过分不堪的举动，这是和作者写潘金莲和王六儿截然不同的地方），而是经过三番两次的大大小小的折腾，李瓶儿有一种安生过日子的念头。无论是甘于屈居人下也好，或是忍辱负重也好，李瓶儿确实看开了很多。她自个儿有财富可以自由支配，她经常拿出钱物进行公关，唯一的愿望就是求得上下左右能认可她。也许不是贪图她的钱物，而是她没像别人的刁钻，也不像有些人的吝啬，她在这个家口碑越来越好，这一切从性格发展以及规定情境中的具体表现，应该说是非常合乎逻辑的。我们看不到她在性格上的判若两人，我们只是体会到作家在塑造这个独特的女性时在艺术辩证法运用上的高妙。笑笑生作为小说创作大师，正如我在前面所说，他不是一个艺匠，他是一个心底有生活的人，他能准确地把握人的心灵辩证法。他坚持用自己的视角去选择那些有说服力的细节，用人的命运来记录这个特定环境，又通过这个环境来解读这个人物内心和他（她）的精神气质。于是作者笔下的人物，特别是像李瓶儿等重要人物都是"标本性"的人物，我想这才能称之为典型环境中的典型人物吧！其实后面的故事和李瓶儿的性格表现更可深一层次地证明这个人物塑造上的成功。

李瓶儿进了西门府，她曾有过的稍许的清醒头脑，只因西门庆对她的一点宠爱，不仅忘记了蒋竹山对他讲的西门庆是打老婆的班头、降女人的领袖等真心话，而且完全错误地低估了西门府内上上下下对她存有的戒心、嫉妒乃至敌视。她虽然讨好吴月娘，但她第一个得罪的恰恰是吴月娘，这中间虽和潘金莲的挑拨有关，但吴月娘嫉妒她漂亮、有钱，因此早就为李瓶儿进门和西门庆闹翻过，后来虽有所缓和，但也是面和心不和。她又特没头脑，竟然把她的第一对手潘金莲视为知己，还要求把自己的房子盖在潘金莲旁边，说"奴舍不得她，好个人儿"，这简直是一大笑话！一个一心把拦汉子的人，一个把任何女人都可以当作眼中钉、肉中刺的女人怎么可能和她的情敌坐上一条船呢？果然，李瓶儿虽然处处忍让潘金莲，但都无济于事，一场李瓶儿意料不到的残酷斗争就此开始。李瓶儿完全不能认识到她越是得宠，她在潘金莲的眼中就越是一个必须置之死地而后快的敌人。显然，李瓶儿就在阴险毒辣、步步紧逼的潘金莲一系列有计划的阴谋行动中败下阵来。这就又一次证明了一条颠扑不破的真理：在以男权为中心的一夫多妻制下，妻妾之间的争宠是必然的，谁要是最受丈夫的爱怜，就会成为众矢之的，就会成为集中打击的对象，其对抗的形式又多半是你死我活的，这里面没有丝毫温良恭俭让。李瓶儿的悲剧下场是必然的。

我在分析潘金莲的形象时已经提到，命运又安排李瓶儿生了一个儿子，这几乎使潘金莲疯狂，就在官哥儿呱呱落地时，潘金莲竟跑到自家房中失声痛哭，也就是在这种全然失控、失态的情况下，一系列阴毒计划实施了。她让官哥儿不是受凉就是受惊，最后终于放出"雪狮子"吓死无辜的小生命。本来李瓶儿已经逐渐了解到潘金莲和助纣为虐的孟玉楼对她不怀好意，但是从性格上来说，李瓶儿的懦弱和"禀性柔婉"，以及见事则迷、头脑简单也使她在乌眼鸡似的环境中失去自我保护的意识。再加上她自认为西门庆对她很宠爱，现在又为他生了儿子，于是总是抱有幻想，觉得西门庆会保护她，因此很长时间里所受的委屈和一些真相都没有告诉西门庆。直到官哥儿死了，她的精神崩溃了，而身体在西门庆的另一种形式的糟蹋下也彻底毁了，血崩症已无药可治，再加上潘金莲整天价的叫骂，使李瓶儿再也没有精神和力量与死神争斗了，她对继续生存下去已经彻底绝望了！

小说文本写得最深刻的地方是对李瓶儿在心灵冲撞下的梦境和幻觉的精彩描绘。这些梦境和幻觉的共同特点是，它出现的人物都是她的前夫花子虚，梦幻的内容又几乎都是花子虚发誓绝不宽容她。在梦幻之中，花子虚拿刀动杖找她厮闹、算账，这一切在梦境中反复出现。第五十九回写李瓶儿做梦，"见花子虚从前门外来，身穿白衣，恰活时一般……厉声骂道：'泼贼淫妇，你如何抵盗我财物与西门庆！如今我告你去也！'"李瓶儿一手扯住他衣袖，央告他："好哥哥，你饶恕我则个！"这场梦境真实地反映了她心中的痛苦。小说第六十二回，李瓶儿曾先后四次向西门庆叙述这些梦境的内容。李瓶儿的梦境和幻觉无疑是一种生前的恐惧感，但也是一种罪孽感、负疚感的表现，甚至我们可以说是李瓶儿的良心发现。如果把她此时的心态和潘金莲相比较，潘金莲亲手害死了那么多人，小说从来没提到过一次，说她受良心的谴责。而对李瓶儿的这种罪孽感和恐惧感无论如何我们都应当看作是她的自我谴责，乃至有着忏悔的意味。然而，潘金莲从未陷入良心的惩罚之中，她只知道用罪恶证明自己的"存在"，而在对李瓶儿的这种心灵冲突的展开中，作者揭示了人性的复杂性。这里我们不得不引用一句名人的经典文字来加以说明。

俄国文艺批评家车尔尼雪夫斯基在对托尔斯泰的小说进行评论时说：

> 心理分析可以采取不同的方向：有的诗人最感兴趣的是性格的勾描；另一个则是社会关系和日常生活冲突对性格的影响；第三个诗人是感情和行动的联系；第四个诗人则是激情的分析；而托尔斯泰伯爵最感兴趣的是心理过程本身，它的形式，它的规律，用特定的术语来说，就是心灵的辩证法。①

我认为，兰陵笑笑生不仅是一位对性格勾描有着浓厚兴趣的小说家，同时也是关注他笔下人物的心理过程本身，它的形式，它的规律，他同样是深谙心灵辩证法的大师。

以上的文字我几乎都是一边分析一边叙述，目的只是要申明一点，李瓶儿的性格真的不是前后判若两人。因为在李瓶儿的性格中原本就存在悍厉和柔婉的两面，而因时间和环境以及对象的不同，她性格的其中一面可以而且必然突现出来，因此在李瓶儿身上完全证实了性格组合论中的矛盾统一的规律。

故事的继续发展是李瓶儿生命的终结。

李瓶儿获得西门庆的宠爱经历了一波三折，而一旦获得了西门庆的宠爱，随之而来的就是遭祸。实事求是地说，李瓶儿进到西门庆家以后，似乎没有太大的奢望，她指望和西门庆"团圆几年"，"做夫妻一场"。但是好景不长，潘金莲像幽灵一样纠缠着她，明里暗里折磨着她。甚至西门庆到她屋里，她都不敢收留，硬是把西门庆推到潘金莲那边去睡，事后又忍不住地哭了起来。一个从来把西门庆视为"医奴的药"的李瓶儿竟然怕到这种程度，不敢让西门庆在自己屋里待上一夜，冥冥中，她知道她的生命已走到了尽头。

人们在读小说文本时，一个重要场景恐怕是任何人都不会

①　《古典文艺理论译丛》第5册，人民文学出版社第1版，第161页。

金瓶梅

装丫鬟金莲市愛

忘却甚至被感动的吧。

在弥留之际，她躺在龌龊的床上，西门庆要来陪她，但她还是拒绝了，她不愿脏了西门庆。在生命最后一刻，还双手搂抱着西门庆的脖子，有太多的话要倾诉，也有太多的叮嘱：

> 我的哥哥，奴承望和你并头相守，谁知奴家今日死去也。趁奴不闭眼，我和你说几句话儿：你家事大，孤身无靠，又没帮手，凡事斟酌，休要那一冲性儿。大娘等，你也少要亏了他的。他身上不方便，早晚替你生下个根绊儿，庶不散了你家事。你又居着个官，今后也少要往那里去吃酒，早些儿来家，你家事要紧。比不的有奴在，还早晚劝你。奴若死了，谁肯只顾的苦口说你？

人们读到这里，如果你还熟悉《红楼梦》的话，那么《红楼梦》第十三回秦可卿给王熙凤托梦，你会感到一切都太相似了。秦可卿语重心长，而李瓶儿的这番肺腑之言，可能更令你动容！难怪连西门庆也被感动得悲痛欲绝。是的，李瓶儿跟西门庆的其他所有妻妾都不同。临死都撇不下西门庆，那眷恋之情，那种撕心裂肺的倾诉，是对西门庆最后的体贴，最后的关心！

写到这儿，我认为我们可以大致了解了李瓶儿的性格和更内在的精神世界了。在此基础上，我们也可以试着商榷一个在《金瓶梅》评论界太流行的说法，即李瓶儿是情欲害了她，甚至也有评论者说她"情迷心窍"。前面我们已经指出李瓶儿不同于潘金莲。潘金莲害死人也不会受到自己良心的谴责，李瓶儿却一直被花子虚的阴影萦绕着脑际。至于情欲、性欲等，也如前文所言，这是一个没有标准尺度可以衡量的。李瓶儿虽然说西门庆"一经你手，教奴没日没夜只是想你"，这也只能说李瓶儿对西门庆的痴情，似乎还不是对西门庆的性崇拜。

我认为，生活中的任何一个人的行为、心态绝不能归结为一种内驱力。如果说李瓶儿的一切行为都是来自她的情欲旺盛，这就把一个人物看得太简单了。进一步说，李瓶儿的悲剧性的死亡，既有痴情，也有头脑的过分简单；既有外界的逼压和陷害，也有内心的恐惧；她既有人不可能没有的情欲，也有苦苦想获得真正的爱的愿望……对花子虚和蒋竹山的寡情其实也不单是李瓶儿一方的罪过。因此，把一个活生生的人物的所有行为都归结为"情欲"，不仅失之于简单化，而且不符合人物内心世界的复杂性。事实是，一个人的行为的内驱力只能是各种因素的合力。"情欲"绝不是决定人的行为的唯一动因。

我对李瓶儿的评价之所以不同于潘金莲，就在于她不是不渴望走出阴影，而是她走不进阳光。那个社会的女人的尴尬正在于此。

临下骄、事上谄的庞春梅

　　春梅本来是一个丫头，但在"金瓶梅世界"中，却是第三号女主人公，从《金瓶梅》的小说命名的第一层面来看，她也是三分天下有其一。而在小说的后十五回中，春梅不仅成了主子，更是扮演着主角的地位，"戏份"很重。无论从作者的创作构思来看，还是从我们读者的阅读行为来看，这是一个很值得玩味的现象，而春梅形象的塑造也有不少可圈可点之处，笑笑生是很认真地把他对生活、人和艺术的理念贯彻到这个人物上了。

　　如果看得仔细，《金瓶梅》还是交代了她的身世。小说讲北宋政和二年黄河下游发大水，当时只有十五岁的庞春梅，原是庞员外的四侄女，可是很不幸，周岁死了娘，三岁死了爹。庞员外从洪水中救出了春梅，可是自己却被洪水冲走。幸好春梅被好人救出沧州地界，过南皮，上运河，到临清，进入清河县城，后被薛嫂用十六两银子卖给西门家，原为吴月娘房中丫鬟，后被派到潘金莲房中，侍候潘金莲。在月娘的房里，她不是"大丫头"，小说第一回交待得十分明白，大丫头是玉箫，所以春梅肯定是个普通丫头。被派到潘金莲房中后，先是得到这个新主子的喜爱，后来又被西门庆"收用"了。据笑笑生介绍，春梅"性聪慧，喜谑浪，善应对，生的有几分颜色"。对这些特点，小说并没有一一给予展现，然而，见女人即不放，而又是潘金莲房中的丫鬟，西门庆"收用"可能既有春梅的姿色、聪明、谑浪等原因，肯定又和潘金莲为了笼络西门庆、强化自己房里的力量，有着太多的关系。因为西门庆刚刚流露有意"收用"春梅，潘金莲就顺水推舟，二话没说，痛痛快快答应了，并讨好西门庆说："既然如此，明日我往后边坐，一面腾个空儿，你自在房中叫他来，收他便了。"（第十回）这对于一个妒忌成性、绝不肯跟任何女人分一杯羹的女人来说，是不可思议的。而潘金莲却和西门庆也和春梅达成了默契，当然也是一笔交易。

值得注意的是，作者在写西门庆"收用"春梅的过程中，并没有一笔描写二人的性活动，只用了十四个字稍做点染：

春点杏桃红绽蕊，

风欺杨柳绿翻腰。

而且以后从未过多说明和渲染西门庆和春梅的性活动，即用的是隐笔和简笔，而这又是和小说"以淫说法"，大肆描写春梅与陈经济、周义的性行为截然不同了。我想，可能是笑笑生有意腾出笔墨在春梅出场后先集中地刻画她的性格特色吧！

春梅被西门庆"收用"后，潘金莲对她更是另眼相看，极力抬举她，"不令他上锅抹灶，只叫他在房中铺床叠被，递茶水，衣服首饰拣心爱的与他"。至于西门庆就更不用说了，一直把她"当心肝肺肠儿一般看待，说一句听一句，要一奉十……"这虽然是潘金莲吃醋说的话，但是还是很逼真地反映出西门庆对春梅的宠爱。事实是，"收用"前后真的是春梅"气性"不同的分水岭。"收用"前，春梅颇懂得韬晦，不显山不露水，充分显示出她是一个很有心计的人。因为我们起码没有

322

金瓶梅

妻妾玩賞芙蓉亭

看到作者铺陈她怎么谑浪、聪慧和善应对的性格优势。然而一旦被"收用",春梅的自我感觉显然更好了,因为她知道自己已经是一个"准"妾了,同时她内心潜藏着的心比天高、自傲和阴狠的品格也得到了异乎寻常的膨胀。她甚至懂得该出手时就出手,为了显示自己的地位变化,为了满足自己的虚荣心,她首先瞄准了孙雪娥作为打击和报复的对象,这也是她第一次扮演潘金莲的马前卒。

一天早晨,西门庆要到庙里去给潘金莲买珠,叫春梅到厨房告知孙雪娥操办早餐。潘金莲便阴阳怪气地调唆:

> 你休使他,有人说我纵容他,教你收了,俏成一帮儿哄汉子。百般指猪骂狗,欺负俺娘儿们。你又使他后边做甚么去!

这里的"有人说"当然指孙雪娥背后说的话,一是挑起西门庆对孙雪娥的不满和厌弃,另一方面就是提示她和春梅二人与孙雪娥的旧恨新怨。想当年春梅在吴月娘屋里时,孙雪娥曾在灶上用刀背打过春梅。可是,现在的情况发生了根本的变化,没心没肺的孙雪娥在厨房看到春梅气不顺,"捶台拍盘",于是故意戏弄她一句:"怪行货子,想汉子便别处去想,怎的在这里硬气。"春梅听了立刻暴跳起来。孙雪娥见她气不顺,再不敢开口。这次为了给西门庆做早点,孙雪娥因对潘金莲和春梅不满,心怀抵触有意拖延,在西门庆"暴跳"之下,潘金莲打发春梅去催促。春梅大吵一通后,"一只手拧着秋菊的耳朵","脸气得黄黄的",回到房里,有枝添叶地对潘金莲和西门庆诉说了一遍。西门庆在两个人的挑拨下,使孙雪娥惨遭怒骂痛打而告终。从此孙雪娥算是清醒地认识到了春梅"可可今日轮他手里，便娇贵的这等的了！"

一场以潘金莲和春梅取得胜利、占了上风的风波虽然过去了，但是春梅阴狠、恶毒的心机还留在后面。

春梅的专横跋扈还表现在对秋菊的欺凌压迫上。著名的"醉闹葡萄架"后，潘金莲丢了一只鞋，于是让秋菊去找，找不到，潘金莲就让春梅拨了块大石头顶在秋菊头上，跪在院子里，后来又叫春梅拉倒打了十下。本来这种行为已经够狠毒的了，春梅竟然还觉得不过瘾，对潘金莲说："娘惜情儿，还打的你少。若是我，外边叫个小厮，辣辣的打上二三十板，看这奴才怎么样的？"从身份上说，本来都是买来的丫头，但是只因为春梅受宠，就立即失去人性，残害同样受苦的人，成了恶人的帮凶。

春梅的地位不断上升，不但潘金莲让她三分，甚至西门庆对她也是言听计从。比如潘金莲因与琴童私通，被孙雪娥和李娇儿告发，西门庆怒火万丈，拿着皮鞭拷问潘金莲。唯一在场的只有春梅，而且坐在西门庆怀里说了一番让西门庆心动的话：

> 这个爹，你好没的说！和娘成日唇不离腮，娘肯与那奴才？这个都是人气不愤俺娘儿们，做出这样事来。爹，你也要个主张，好把丑名儿顶在头上，传出外边去好听？

真是伶牙俐齿，几句话把西门庆说得心服口服。而我们这些读者也是从这样不小的事件中，第一次领略春梅"性聪慧"和"善应对"的才能。当然这件事也反映了春梅和潘金莲非同一般的亲密关系。她没趁机落井下石，而是保护潘金莲安全过关，化险为夷。春梅潜意识里何尝没有一损皆损、一荣俱荣的认知，这就是为什么潘金莲的母亲，也说春梅和她女儿是穿一条裤子的。春梅的"聪慧"就在于该韬晦即隐而不发，该出击就绝不心慈手软，该制服对手就会狼狈为奸，在西门氏家族中，春梅的角色是绝对不可小觑的。

春梅的春风得意是慢慢显现出来的，但是心比天高、身为下贱又往往使她感到郁闷。为了化解这种郁闷，更为了证明她的地位"今非昔比"，她千方百计寻找机会说明她高人一等。明明是西门庆的掌上玩物、泄欲工具，也要装腔作势，显出她的非同一般。小说第二十二回写春梅骂李铭的一场戏充分说明了这个有心计的女人是怎样抬高自己的身价的。

乐工李铭是李娇儿的弟弟，西门庆请他来教春梅、迎春、玉箫、兰香四个丫鬟学琵琶、筝、弦子、月琴。一天，迎春等三个丫鬟正与李铭打情骂俏，一起厮混，"你推我，我打你，顽在一块"，"狂的有些褙儿"，她们几个出去玩闹了，屋里只剩下春梅，李铭教她弹琵琶时，把她手拿起，略微按重了一些，假装正经的春梅立刻怪叫起来，把李铭骂得个狗血喷头：

> 好贼王八！你怎的捻我的手？调戏我？贼少死的王八，你还不知道我是谁哩！一日好酒好肉，越发养活的那王八灵圣儿出来了！平白捻我手的来了。贼王八，你错下这个锹撅了！你问声儿去，我手里你来弄鬼？等来家等我说了，把你这贼王八一条棍撺的离门离户。没你这王八，学不成唱了？愁本司三院寻不出王八了来？撅臭了你这王八！

这一通千王八、万王八的臭骂，不仅是小题大做、大造声势，不外是要显示她的尊贵，她在西门家的不同寻常的地位，从而把她和其他几个丫鬟区别开来。可笑的是，春梅这出假撅

327

清的小闹剧，还要在潘金莲、孟玉楼、李瓶儿、宋惠莲等人面前再搬演一番。正是这一闹，达到了一石三鸟的作用：一是骂走了她不喜欢的李铭；二是打击了玉箫、迎春、兰香三个丫鬟；三是再次自抬身价，表明"我春梅不是那不三不四的邪皮行货"。

春梅的这些行为，实际上潜隐着一种想改变自己地位的心态。她聪明、好逞强、又泼辣，而且在西门庆与潘金莲的宠爱下，已经逐步形成了对和其地位相同或相似的人的轻蔑，甚至歇斯底里地发泄她的淫威，残忍地欺凌地位更为低下的丫鬟，这就为春梅后来越趋丧失人性埋下了伏笔。笑笑生即使写这样一个人物也不敢稍有懈怠。苦苦经营，目的就是想写出一个圆形的人，一个绝非单色调的人，春梅后来的行径，更可以看出这位小说家的笔底春秋。

西门庆的暴卒，没能来得及满足她的虚荣心，潘金莲与陈经济的肮脏勾当东窗事发，春梅也被遣送出去。她在被卖到周守备家后，命运之神却把她推上了"夫人"的位置。

解读小说八十五回后的春梅，有两个极为重要的关键词，不可不注意。一个是她在教育秋菊要懂得上下尊卑时说的话："做奴才，里言不出，外言不入"，绝不能"骗口张舌，葬送主子"。另一句话就是在西门家族树倒猢狲散后，她似乎若有所悟，"人生在世，且风流了一日是一日"。这两个关键词都是她亲口说的，她也的的确确这样做了。这两个关键词大大帮助了我们更好更准确地把握春梅"这一个"典型的真实心态的底蕴。

春梅先是做了周守备的妾，后来因生子得宠扶了正。而潘金莲被逐后，又"荒唐"短短一段时间，就遭到武松的凶杀。

第二十二回

蕙蓮见偷期蒙爱

金瓶梅

春梅姐正色閑邪

春梅听了这个消息以后整整哭了三天，茶饭不进。潘金莲死后没人收尸，她给春梅托梦。春梅拿出十两银子、两匹大布，打发家人张胜、李安将其装裹下葬，埋至永福寺的白杨树下，并且逢年过节去烧纸上坟。春梅对潘金莲这一系列行动，基于旧情是十分合乎逻辑的。但是对旧时主子潘金莲的忠义之心是不是也是左右她行为的一种原因呢？春梅就曾对吴大妗子说过：

"好奶奶，想着他怎生抬举我来！"这说明春梅自知是一个地位卑下的丫头，但她又不甘人下，那种强烈要求改变自己地位的心态与日俱增，真正略微满足她的这种愿望的只有潘金莲和西门庆。潘金莲被杀前，春梅曾哭泣地请求周守备把金莲娶来，并表示"他若来，奴情愿做第三的也罢"。所以春梅和潘金莲既有同病相怜、恩义不绝的一面，也始终有着主尊奴卑的思想观念在支配着她的行动，不能说春梅的态度和感情是虚伪的。

我们承认，春梅对潘金莲的感情是符合情理的。但是根据春梅的性格，特别是她那种阴毒、报复性极强乃至动不动就撒泼的性格，为什么却对吴月娘有了匪夷所思的行为呢？是她的大度，使她能怨将恩报，还是另有原因？

想当初，吴月娘打发薛嫂发卖春梅时态度极为坚决，春梅想在西门庆家再住一夜，也不被允许，而且原价拍卖，甚至"教他罄身儿出去"，不准带衣服。当时的情景很让潘金莲大大难受了一番。可是春梅在跟潘金莲说了"自古好男不吃分时饭，好女不穿嫁时衣"以后，竟"跟定薛嫂，头也不回，扬长决裂，出大门去了"。春梅倔强的性格包孕着很复杂的感情。就一个底层出身的丫头来说，人们是不能否认春梅的这份骨气的。当然被逐的愤怒、气恼以及对潘金莲下场的丝丝担心，肯定会对吴月娘构成一种强烈的怨恨。

无巧不成书。西门庆死后第二年的清明节，吴月娘等"一簇男女"到五里原给西门庆上坟，路过永福寺，而春梅也恰至永福寺，这真是狭路相逢。出乎吴月娘等人意料的是，春梅"花枝招飐磕下头去"。明确表示"尊卑上下，自然之理"，拜了大妗子，又向月娘、孟玉楼"插烛也似磕下头去"。这说明，天经地义的封建等级观念，已深入春梅之骨髓，并左右其言行。事实是，她被月娘逐出家门，出自自我人格价值的本能，她可以义无反顾，"头也不回，扬长决裂"。一旦地位变化、压力减轻，其情感化的对主尊奴卑礼数的反拨和冲击就又会逐步消失，她永远记住的是，"奴那里出身，岂敢说怪"。出身卑贱者就要永远对出身高贵者表示谦恭。春梅以主奴之礼拜见，声明自己"不是那样人"，就是要遵守"做奴才，里言不出，外言不入"，春梅的人身依附意识、等级观念和奴才性是很鲜明的。

　　其实，对春梅的"出身论"和奴才性又可以从对孙雪娥猛下毒手看得更加分明。因为她深深了解孙雪娥的出身也不过是个丫头。为了除掉孙雪娥这个"眼前疮"，她寻死觅活，大耍无赖，硬是把孙雪娥褪下小衣，打得皮开肉绽，再卖给妓院。这里不仅可见春梅报复心之重，也可见她小人得志、奴才逞威的丑陋面目和肮脏的灵魂。于是我们得到了这样的启迪：奴才一旦做了主子，比主子要更生猛更凶残更阴毒。鲁迅在他的《坟·论照相之类》中说：

　　中国常语常说，临下骄者，事上必谄。

　　我们也可以反过来说，事上谄者，临下必骄。对于奴性和奴才，鲁迅恨得最切，揭得最深。而我们也正是从春梅的形象中看得分明：奴才都有两重人格。对上是奴，对下是主。学会了当奴才也就学会了当主子，学会了服从也就学会了统治，学会了治于人也就学会了治人。

从艺术创作的角度来看，通过春梅的形象，我们又一次认知到笑笑生以性格雕刻大师的笔法，在心灵冲突和性格冲突中，揭示了人性和性格的复杂性。笑笑生突破了前人类型化、脸谱化的写作模式，就春梅对吴月娘和孙雪娥两个地位不同的人的态度，充分显示了性格多重组合的艺术力量以及那追魂摄魄、传神写照的审美效果——人性中的恶是何等可怕！

第二个关键词就是"人生在世，且风流了一日是一日"，这是春梅的人生观的表述。这种人生观不可谓不超前，时至今日不是也有不少人持有这种风流一日是一日的人生态度吗！

对于春梅来说，当她还是一个丫头时，她的"风流"应当说是在主子面前的百依百顺，似还没有怎样主动追逐过。比如，西门庆有意要"收用"她，她二话没说就被她主子"收用"了；到了后来潘金莲与陈经济私通，被她撞见，潘金莲为了不被张扬出去，拉她入伙，叫她"和你姐夫睡一睡"，她也顺从地脱下湘裙，让陈经济"受用"了。虽然春梅不断声言"我不是那不三不四的邪皮行货"，暗示他人不要将自己同那些卑贱的奴婢辈一视同仁，但在主子面前，她的灵魂深处隐藏的仍然是自卑自轻自贱的心态。

小说写到八十五回，从情节上来看，春梅虽然又被卖了出来，但好运却也随之而来。然而，春梅不仅仅因为地位发生了变化而无限制地放纵自己；在我看来，春梅人生态度的变化，其实更与她亲眼目睹西门家族的败亡毁灭有关。西门庆的暴卒对她打击很大，起码她失去了靠山，而面对西门家中的各色人等，她内心更有太多的不平，至于最后皆做鸟兽散，这种人世变迁，这种烈火烹油后的惨淡，不可能不对春梅的人生态度有着太大的影响，所以在第八十五回里，她就感慨系之地说了"人生在世，且风流了一日是一日"。

春梅嫁给周守备时，守备已是四十开外的年纪，所以小说写守备"在她房中一连歇了三夜"之后，从此再无一处提及他们之间的性生活。从小说描写来看，春梅虽然"每日珍馐百味，绫锦衣衫，头上黄的金，白的银，圆的珠，光照的无般不有"，但是"晚夕难禁孤眠独枕，欲火烧心"。于是，她下狠手清除了孙雪娥，紧跟着又把她的老情人陈经济引进家中，重温旧梦。在疯狂做爱时却被周府家人张胜发现，陈经济为张胜所杀。陈经济死后，春梅又与老家人周忠十九岁的儿子周义滥交。终因纵欲过度，得了骨蒸痨症，最后死在周义身上。春梅之死是作者借以表达这部小说"惩淫"的主旨。正如黄霖先生所说，她的死象征着金、瓶、梅一类的淫妇们死了，西门庆死了，以淫为首的万恶社会必将趋向死亡。[①]

如果我们再进一步思考，仍有很多可玩味的思想内涵。

小说八十回前极写西门庆的暴发，小说后二十回又极写作为奴婢的春梅的奇遇和暴发。然而他们都是在生命之旅上因纵欲而迅速走向死亡。西门庆死时仅三十三岁，而春梅则只是一个二十九岁的少妇，就这样以极荒唐的形式结束了自以为很风流的生命。罗德荣教授早在1992年出版的《金瓶梅三女性透视》一书中就深刻地指出：人类对于情欲的本能冲动，属于生命的主观方面，是无限的；而生命的载体，即客观方面的七尺

---

① 《黄霖说金瓶梅》，中华书局2005年9月1版第59页。

之躯，从时间和空间来说，则都是有限的。以有限的客观来负载无限的主观，就会失去平衡，造成崩溃。人类如不通过自律的办法来自我调节，便会如无限自我扩张的暴发户商人西门庆和婢作夫人庞春梅一样，导致生命内在平衡的破裂，酿成亡身败家的人生悲剧！①

---

① 见天津大学出版社1992年版第190页至191页。

符合封建规范的贤德女人——吴月娘

　　吴月娘是西门庆续娶的正妻，在封建大家庭的特殊结构中是大妇主母，同时在"金瓶梅世界"里是贯穿全书的重要人物。吴月娘的结局是除孟玉楼以外最好的了，"寿年七十岁，善终而亡"。但她们的性格和活动显然含有另外的意义，主要的已经不是表现"以淫说法"和强调"戒淫"的主旨了。

　　对于吴月娘这个人物，读过《金瓶梅》的人都是不会忘记的。但在我们的生活里，她的名字远远不像金、瓶、梅那样流行，这或许是这个人物的性格特点不像金、瓶、梅那样突出。因此，对她的看法是曾经有争论，而且现在也仍然可能有争论的。

　　比如崇祯本批评她具"圣人之心"，是一位"贤德之妇"。可是到了清代，那个把《金瓶梅》做了仔细、翔实评点的张竹坡却指责吴月娘是一个愚顽贪婪、奸诈以及纵容西门庆做坏事的婆娘。当今研究《金瓶梅》的一些学者也还是把她看作是一个有心计、很阴险的人物，"只是披了一张假正经的画皮而已"。当然也有人对吴月娘持基本肯定的态度。

　　而我对于小说中的人物和作家的倾向以及读者的态度，始终坚持一种理念，即：建立在细读文本的基础上，从作家创造的艺术世界来认识小说人物的性格特性，又从作家对人物情感世界带来的艺术启示去评定人物在作家艺术创造中的地位，最终落脚到作家比前人做出了什么新的贡献。如果这一理念和方

金瓶梅

第二十一回

吳月娘掃雪烹茶

金瓶梅

应伯爵簪花邀酒

法尚能成立的话，那么，我们可以说，对吴月娘的这种截然不同的道德判断，虽然带有批评者强烈的主观性，却从客观上反映出这一形象内涵的复杂性。

吴月娘是左卫吴千户的女儿，家庭的出身，使她深受封建道德的教养，"举止温柔，持重寡言"，事事处处以三从四德约束自己。小说借吴神仙之口称赞她："面如满月，家道兴隆"，"声响神清，必益夫而发福"，"干姜之手，女人必善持家"，"照人之鬓，坤道定须秀气"。这虽然是相面，而且又是出于吴神仙之口，夸大其词是显而易见的，但是，这些话也隐含着作者对她的褒扬。因为在西门庆这个被人称为"淫窝子"的家庭，吴月娘以顺为正，恪尽妇道，实属不易。

然而，也有一些研究者和读者认为吴月娘"虚伪""自私""奸险""盲目自大"，等等。当我看到说吴月娘"奸险"时，我立即想到20世纪50年代何其芳先生为《红楼梦》写的那篇长序，他在分析薛宝钗这一人物的复杂性时，即针对有的人说薛宝钗"奸险"时说：

> 曹雪芹如果要把薛宝钗写成个女曹操，为什么不明白写她的奸险，却让我们来猜谜呢？[1]

紧跟着他又指出：

> 是有那样一些读者，他们把小说当作谜语来猜。他们认为书上明白写的都没有研究的价值，必须习钻古怪地去幻想出一些书上没有写的东西出来，而且认

[1] 《论〈红楼梦〉》，人民文学出版社，1958年9月第1版，第95～96页。

为意义正在那里。①

这些话已经过去了整整半个世纪了，然而我至今还认为它有很重要的现实意义。我们是不是也应从小说中明白的形象描写看清楚吴月娘的思想、性格和行为呢？

现在我们先不妨选一则典型的事例，看看笑笑生是怎样写吴月娘的。

由于潘金莲的挑拨，吴月娘同西门庆两人连话都不说了。吴月娘的哥哥来劝她说：

> 你若这等，把你从前一场好都没了！自古痴人畏妇，贤女畏夫，三从四德，乃妇道之常，今后姐姐，他行的事，你休拦他……才显出你贤德来。

我们可以肯定，除了她受着家庭的教育以及信奉的三从四德外，仅从身份来说，她作为西门庆正式娶过来的妻子，在那个社会，她必然要顺从丈夫乃至是忠诚于丈夫，只有这样才符合"贤德"的标准。进一步说，在西门庆这样的家庭里，她能洁身自好，西门庆死后又不受物欲与情欲的引诱，保持清清白白到最后，这就与西门庆的几个妾形成鲜明对比，即使和孟玉楼也很不同。

按照书中的描写，吴月娘主要是一个忠实地信奉封建正统思想，特别是信奉封建正统思想给妇女们所规定的那些奴隶道德，并且以她的言行来符合它们的要求和标准的人，因而她好像是自然地做到了"四德"俱备。如果我们不喜欢在她身上的虚伪，那也主要是由于封建主义本身的虚伪。她受到西门家族

---

① 《论〈红楼梦〉》，人民文学出版社，1958年9月第1版，第95～96页。

上上下下的敬重，主要是她这种性格和环境相适应的自然的结果，而不是她的虚伪与"奸险"。认为吴月娘的一切活动都是有意识地实施她的奸险的计划，不符合小说中的描写，又缩小了这个人物的思想意义。当然，她的言行也不可能完全没有矫揉造作、妄自尊大和虚伪之处，但这和奸险还是有程度上的差别。

当然，最为读者诟病的是她帮助西门庆出主意如何拐骗李瓶儿的财物，她提出：

> 那箱笼东西，若从大门里来，教两边街坊看着不惹眼？必须如此如此：夜晚打墙上过来，方隐密些。

后来西门庆果然就是按照吴月娘这个法儿办的。而且吴月娘领头并且亲自接运，运来的箱笼财物又藏在吴月娘的房里。这件事，吴月娘有助纣为虐之嫌，但是西门庆与李瓶儿关系的发展，吴月娘事先对西门庆是有过提醒的，可是作为西门庆的妻子，她的"贤德"的"忠诚"，只能让她和西门庆一块儿坑人。对这一类事无须为她辩解。

作为西门庆这个大家庭的大妇主母，我看她主要做两件大事：一是在经济上助夫理财；二是协调各房的关系。在理财上不用多说，吴月娘一直掌控西门庆的家财，西门庆送件衣服，也得先向吴月娘打招呼。一次潘金莲向西门庆要皮袄，没有事先告之吴月娘，结果惹她老大的不高兴。不过西门庆每遇大事都是要和她商量，李瓶儿财产转移一事处处是按照吴月娘的主意办的，而蔡京府中的大管家翟谦要西门庆帮助买妾，也都是吴月娘出主意，妥善地解决的，尽管余波未尽，但还是显示出吴月娘的心计，应当说她是个有头脑的人。在那个社会，那样的家庭，让她这样的主妇大公无私是不可能的，她只能做到为西门庆这个家的财产"自私自利"。她的人生哲学也如一般管家之人和当妻子的人一样，"逢人且说三分话，未可全抛一片心。老婆还有个里外心儿，休说世人"。听了这些话，你也许很不喜欢这样的女人，但是西门家族后来还能坚持一段时间，和吴月娘的治家有方不无关系。

关于协调各房的关系，这可是个大艺术。西门庆可算是妻妾成群了，可是他仍不满足，包占妓女李桂姐，一下就花五十两银子，他又一个接一个地迎娶新妾，吴月娘也只能睁一眼闭一眼，有时加以规劝，提醒他要保重身子。与五妾相处，"亲亲哒哒说话儿"，也算够大度了。对于李瓶儿，原来她反对西门庆把她迎娶家中，后来娶进来了，还怀上了西门庆的孩子，后来又生下来，吴月娘真是关怀备至，如同己出；她对潘金莲的态度矛盾，也是因为潘金莲常给她下绊子，弄得她非常生气。西门庆死后，潘金莲越发不堪，吴月娘忍无可忍，才把她打发出去；而孙雪娥受了潘金莲的气以后，也是向吴月娘哭诉。这都证明吴月娘在协调几个妾的关系上还是很有办法的。后来西门庆和奶妈如意儿通奸，潘金莲又去告发，她下定决心不闻不问，至于西门庆和林太太的糗事她竟浑然不知！总之，你无须把"正面人物"的桂冠戴在吴月娘头上，但我们也无须把她看成是个品质很坏的人。我们看到了吴月娘有心机，从她身上也看到了封建主义的虚伪，但她在这样的时代、这样的家庭，在多重复杂的关系里，保清白于最后，也算不容易了。作者对她的宽容，更让我们看到这位符合封建道德规范的贤德的女人，是一个很真实的、有说服力的现实"存在"！

列夫·托尔斯泰为了总结自己对生活的思考，并把这一思考传达给众人，写了一本非常有趣的书——《生活之路》。其中有一段话很值得我们玩味：

> 任何一个人都有自己的思想和自己的话语。在一个人看来是不好的，在另一个人看来就是好的；对你来说是毒药，而对另一个人来说则是甘甜的蜂蜜。话这样说无所谓。我看的是那找我来的人的心。[①]

《生活之路》是托尔斯泰的绝笔之作。生命经验和人生体验是他创作智慧的基石。他言简意赅的话语让我们感到太多的文化蕴涵、哲理。上引的话，我觉得对我们理解人生、艺术和人物形象大有裨益，对一部始终有争议的小说，包括其中的人物，我们有必要思考他的话。

---

① 《生活之路》王志耕译，中国人民大学出版社，2006年第1版第49页。

社会的毒瘤，人性的腐蚀剂，前无古人的帮闲

——应伯爵

笑笑生在他的小说里最不齿的一个人就是应伯爵。也许出于他的深刻的人生体验，他对应伯爵之流的讽刺之尖刻简直不留丝毫情面。应伯爵式的人物，千百年来在社会生活中真是不绝如缕，时至今日仍然可以看到此类人物的面影。

笑笑生的《金瓶梅》，对中国小说史的贡献是多方面的，而在人物塑造上，应伯爵这一典型的创造在明代小说之林中是首屈一指的，说"前无古人"绝非夸张之语。也许熟悉文艺理论的读者认为作者对此类人物的批判不应由作者直接出面，而应是自然流露的"倾向性"。然而我们还是看到作者那溢于言表的愤激之情，也许应伯爵这样的人伤害过作者？但是，我想，作者绝不会如此心胸狭窄，而是看到应伯爵式的人物，或是应伯爵之流，乃是社会的毒瘤。"帮闲"这一特殊称谓和他们的行径，其危害性也许不仅仅限于对某一个人、某一个小集团的腐蚀，其实，它对整个社会有着太大的破坏力，这一点，具体到《金瓶梅》还不可能全面表现出来。但一经把这种应伯爵现象延伸、延续地来看，他真的是生活和人性的腐蚀剂。

应伯爵在小说中确实没有自己独立的故事，这不是因为他不是小说中的主角，而是因为他扮演的角色不可能构成自己独立的故事。

帮闲就是帮主子消闲。主子要吃喝玩乐，主子要显摆自己的富有、权势，就不可能没有帮闲分子去"打托儿"。应伯爵是一个把一份家财都嫖没了的家伙，为了生存他很自然地追随有权有势有钱的子弟帮嫖贴食，"在院子中顽耍"，这个破落户就获得了一个"雅号"——应花子。一般地说，帮闲人物多不是蠢材，而是往往有不可小觑的聪明劲儿，且奇技淫巧样样皆通。但是，帮闲必须具备一种品性，这就是厚颜无耻。正是在这一点上，笑笑生把应伯爵的丑行勾画得真是淋漓尽致。

　　既然应伯爵没有自己独立的故事，我们就不妨取其片段，看看这位帮闲人物是何等模样。

　　应伯爵傍西门庆，主要是在妓院，他既可打诨凑趣，也可以揩油抽头。他第一次亮相就是随西门庆到丽春院去梳拢李桂姐。第二次是元宵夜，和西门庆逛灯后又到丽春院。西门庆出钱摆酒，应伯爵则摇那如簧之舌营造欢笑气氛，他临场发挥，讲了一个关于老鸨的笑话，逗得大家哄堂大笑。这段情节之所以重要，是因为应伯爵第二次出场就把一个帮闲的复杂心情表现出来。他既嘲讽了老鸨儿的趋炎附势以映衬自己家势败落后人情冷暖带给他的心酸，同时也透露了笑笑生对他的讽刺只因为他不过是为有钱有势的主子插科凑趣，为他们堕落的生活再添加点佐料。帮闲的哲学就如应伯爵所说："如今时年尚个奉承。"这是认识他的关键词。"奉承"乃是时尚。应伯爵的全部聪明才智就是为西门庆寻欢作乐服务的，而他竟也在这一场场逢场作戏中求得一点点满足。在陶醉于自己的小聪明发挥得很成功时，也要揩点油，补偿一下他可鄙可悲的无聊付出。

　　应伯爵的帮闲生涯，还有一个很突出的特点，即为了谄媚求生而不惜糟蹋自己。最典型的例子是他在妓女郑爱月面前的表演。一天他跟随西门庆到郑爱月处，倒上酒后请郑爱月喝，而郑爱月故意刁难他："你跪着月姨儿，教我打个嘴巴儿，我才吃。"应伯爵几经周折还是"直撅儿跪在地下"。而郑爱月却乘胜追击说："贼花子，再敢无礼伤犯月姨儿……你不答应，我也不吃。"最后应伯爵彻底投降，挨了郑爱月两个嘴巴，还要连声说："再不敢伤犯月姨了。"这虽然是帮闲与妓女打情骂俏的小小闹剧，但应伯爵真是丑态百出。从中我们深切地了解到一切帮闲都是为了博得主子的欢心而自轻自贱，这种为了精神和物质揩点油的行为，只能付出作为人的最后一点点尊严。

帮闲之流更让人不齿的可能是他们的背叛意识和背叛行为，这也许是他们从事这类行当的必然性格。因为"地位决定性格"（培根语），从事帮闲这份"职业"的几乎没有不懂"背叛经"的。以奉承、拍马、揩油等为生的人，一旦失去旧主子必然千方百计投靠新主子，这是符合帮闲的人生逻辑的。不同的是，在"金瓶梅世界"里，应伯爵是众帮闲的带头人，出谋划策的是他，下手最狠的是他，当然最无耻的也是他。

西门庆死了，到了"二七光景"，就以应伯爵为首，纠集了西门庆的生前好友，为西门庆搞了一次别开生面的祭奠活动。他们每人出一钱银子，经仔细核算，仍可以从死鬼身上揩出一点油水，而且深表遗憾的是西门大官人怎么只"没了"一次！这些讽刺虽失之油滑，但勾勒应伯爵之流的无耻倒也是入木三分。

西门庆尸骨未寒，应伯爵就投奔了张二官，"无日不在他那边趋奉，把西门庆家中大小之事，尽告诉他"。他知道李娇儿又回到妓院，立刻告诉张二官，一手促使张二官花了三百两银子，把李娇儿娶到家中，做了二房娘子。紧跟着，他又重点

金瓶梅

第四十五回

应伯爵劝当铜锣

金瓶梅

李瓶儿解衣银姐

介绍潘金莲生得如何标致，如何多才多艺，如何好风月，把个张二官忽悠得想马上把潘金莲娶到家中，为自己受用。想当初，他在西门庆面前"百计趋承"，而今却是"谋妾伴人眠"，帮助新主子挖旧主子墙脚的奴才。

应伯爵卑劣的背叛行径其实更重要的是坑害西门家族中的弱妇寡女，这就是民间指斥的那种缺德行为了。

事情是这样的：西门庆死前，由李三、黄四两个人牵线，做一笔古董生意，由家人春鸿、来爵和李三到兖州察院找宋御史讨批文。可是在带回批文的路上，他们就听说西门庆已死。李三顿生歹意，他和来爵、春鸿商议，想隐下批文去投张二官。如来爵、春鸿不去，就给他们十两银子，让他们回去后隐瞒实情。来爵见钱眼开，同意了。而春鸿则不肯欺心，但迫于形势，含糊地应承下来。到家后，春鸿把真情告之吴大舅。吴大舅和吴月娘，也告诉了应伯爵，提到李三、黄四在西门庆死前尚欠本利六百五十两银子，准备通过何千户告李三、黄四的状。应伯爵得知这个情报后，先稳住了吴大舅，回过头来找到了李三、黄四，通风报信，并出谋划策，巧施诡计，提议先收买吴大舅，孤立吴月娘。应伯爵的这个"一举两得"，"不失了人情，又有个终结"的主意让人听后真是不寒而栗。本来投奔张二官，既是应伯爵的自由，也是他的身份、性格的必然，然而，一旦反过来成为一种破坏力量，那就真真是人们所说的"中山狼"了。

作者笑笑生似乎还是压不住他的义愤以及对帮闲者的厌恶，终于发表了一大段议论，表达他对帮闲者的认知：

看官听说：但凡世上帮闲子弟，极是势利小人。见

349

他家豪富，希图衣食，便竭力承奉，歌功颂德。或肯撒漫使用，说是疏财仗义，慷慨丈夫。胁肩谄笑，献子出妻，无所不至。一见那门庭冷落，便唇讥腹诽……就是平日深恩，视如陌路。当初西门庆待应伯爵，如胶似漆，赛过同胞弟兄，那一日不吃他的，穿他的，受用他的？身死未几，骨肉尚热，便做出许多不义之事。正是：画虎画皮难画骨，知人知面不知心。

笑笑生这番话，说不上多深刻，但正如前面我所说，似乎作者有一种切肤之痛！本来，世态炎凉并不仅仅见于帮闲小人。本来"火里火去，水里水去，不求同日生，只求同日死"的誓言还在耳边回响，然而一转眼就会视若陌路之人。难怪有人感慨万端地说：只要天下还存在财富、权势、地位之悬殊，就免不了大大小小的应伯爵式的人物滋生蔓延，并在社会上成为最活跃的角色。

余　话

反思：我的《金瓶梅》阅读史

我最崇敬的现年一百一十一岁的周有光先生在他的诞辰会上说：

> 年纪老了，思想不老。
>
> 年纪越大，思想越新。

周老的人生境界，我们这些凡夫俗子不可能达到，只能高山仰止。但是可以如实地交代的，我这个八十六岁的老汉在历经人生坎坷后，确实常常内省，希望自己的心灵重建，这种心灵的自觉，也就常常指引我反思人生、学术中的诸多问题。我承认我的反思的第一道坎，就是几十年来的教学与科研活动，仍然没有或缺乏以个体生命与学术一体化的追求，从而回应时代对学人的文化使命的呼唤。

当然我也不否认我三十多年来对《金瓶梅》研究的关注，从而也就有了回顾自己对《金瓶梅》的阅读史。今天，在面对已经步入辉煌的"金学"，我不可能不反思自己对"金学"建构中存在的诸多误读和在阐释上的偏差。今天，我遗憾地不能参加咱们学会的国际盛会，但我还是想表达一下我是怎样反思的，和反思了哪些误读和阐释上的错误。

是的，我确实一直想通过小说美学这一视角去审视《金瓶梅》，并打破世俗偏见，参与同道一起提升《金瓶梅》在中国小说史和世界小说史上的地位，还其伟大的小说尊严。但是我在很多论著中恰恰出现了"悖论"，落入传统观念的陷阱。

第一、关于对"丑"的审视的问题

一般常说，《金瓶梅》是一部暴露社会黑暗的小说，是谴责小说，是作者孤愤灵魂的外化。这些论断无疑是合理的。但是我则以"审丑学"来阐释《金瓶梅》，把它视为作者就是要把笔下的生活写成"漆黑一团"，《金瓶梅》就是一部某种意义上的"黑色小说"。这话虽有比喻性，但完全失之于偏颇。这不是因为我宁宗一老了，而说出了这样幼稚的话，写出这样的文字，而是我一直倡言回归文学本位时忘却了小说乃是要表现五光十色的人生图景，是要写出生活的"秘史"，和人的心灵史。兰陵笑笑生心灵历程是感受、是煎熬、是黑暗影子的纠缠，但更是生活记忆的思考。笑笑生的创造智慧，就是立足于反传统。他要全景式地勾画出他所处时代的生活史、人性史。他看重的是，人在生命发展中是怎样不断变化的：比如人会面临不同的挑战；比如人生的是非曲直；比如人的爱与恨。这些都是通过人物的心路历程和行动一步步表现的。正是在这些方面暴露了我分析阐释《金瓶梅》的简单化倾向。小说是要勾绘出审美化的生活史和心灵史，作者必须是通过众多人物，写出他们的形态：一个人哭，一个人笑；一个人坚强，一个人软弱；一个人的磨难，一个人的幸运；一个人在走，一个人在跑；一个人流浪，一个人飞腾……

于是我在反思中开始有点清醒。哦！《金瓶梅》的宏大叙事，是一种对历史、对生活、对灵魂的宏观与微观的交融，是作者哲学式观察所产生的总体性描述。我过去的"漆黑一团"的简单化概括必须扬弃，因为我的前提就错了：一部史诗性的作品，怎么会是如此单一的叙事？所以我真诚地承认了我在面对《金瓶梅》这部不朽的伟构时，我的思维的僵化，写作上的旧套路，只是变换了述说的方式和语言，这是极不可取的。今天，我懂得了，没有理想的写实精神一样有力量。

第二、关于《金瓶梅》的性描写

关于这个问题我也曾自设陷阱，做出了违背常识的论述。我专门写过几篇小文论述《金瓶梅》中的性。说到小说中的性描写，我说过，你既看到了裙袂飘飘，也看到了佩剑闪壳，又说"性"是一把美好与邪恶的双刃剑。也曾反对过把"性"沦为卑下，也反对提升到伟大的崇高。这些观点虽都有可议之处，但问题是对《金瓶梅》的性描写，特别是它的一万九千多字的直率的述说，官方、准官方和民间中的卫道士都曾用这些打压《金瓶梅》的出版和流传。于是我却似捍卫《金瓶梅》的伟大不朽，用了另一方式、另一种语言，屈从于这些伪善者的论调。我和有些人说过阿城在《闲话闲说——中国世俗与中国小说》①中就说过类似的话。《金瓶梅》即使删去了这一万九千字

---

① 阿城：《闲话闲说——中国世俗与中国小说》，他认为："《金瓶梅词话》历代被禁，是因为其中的性行为描写，可我们若仔细看，就知道如果将小说里所有性行为段落搞掉，小说竟毫发无伤。"作家出版社，1997年第1版，第106页。

的性描写也不失为伟大的作品，它绝不会因没有这一万多字而失去它的光彩。这些话，如从表面上看仍是在肯定《金瓶梅》的永恒不朽性。但是这是一个自相矛盾的命题，因为《金瓶梅》就是一部有这一万九千字性描写的《金瓶梅》；如果没有了这近两万字的性描写，还是兰陵笑笑生的《金瓶梅》吗？是不是会演变为伪善者可以接受的"伪"《金瓶梅》呢？其实，正是我在一种调和的、中庸的论调中，也参与了阉割《金瓶梅》的重要内涵，而迁就的正是伪善者的虚伪愿望。在这个论调后面，我竟然忘却了杰出的小说评点家张竹坡的提醒：他一再说的是《金瓶梅》不可零星看。而我却把性描写也认为可以从全书割裂了开来，这一切可说是"零星看"的一个变种。《金瓶梅》之所以是《金瓶梅》就是因为作者敢于大胆直率地进行性描写。事实是，历史行程已走到了今天，人们对性已失去了它的神秘性、隐讳性，我们为什么就不能以平常心对待呢？性不需要任何理由，它只是存在着。因此对《金瓶梅》的性描写的任何删削都是错误的举措，如果说《金瓶梅》删去了性描写也不失其伟大，同样是对《金瓶梅》的阉割乃至玷污。因为《金瓶梅》是客观的存在，它不需要清道夫，更反对碾压机。它永远是一个整体，一个永远不应该分割的整体，性描写正是《金瓶梅》的整体性中的有机部分。至于我在旧作《说不尽的金瓶梅》中说，《金瓶梅》的性描写缺乏分寸感，过于直露，其实也是另一种对《金瓶梅》的性描写的不够尊重。还是聂绀弩先生说的好，笑笑生之所以伟大就在于不是不讲分寸，他是"把没有灵魂的事写到没有灵魂的人身上"。[①]这话就纠正了我的缺失"分

---

① 《读书》1984年第4辑。

寸"、过于"直露"的说教。当然，我也接受精神同道的指点，有个别研究者就认为性描写在《金瓶梅》中是不可或缺的，但不能说《金瓶梅》的性描写就是很成功的。我现在能接受这个意见。

事实是，所有中外古今涉及性描写的文学作品，都不可避免地接触到自然的、社会的和审美的三个层次。纯生理性的描写容易流入庸俗的色情，但是社会性的描写，则是有一定的意义。《金瓶梅》的性描写我认为属于第二层次：我们区分色情与情色之不同就在于，色情全然无文化内涵，而情色的价值在于有一定的文化内涵。《金瓶梅》的性描写被朋友指出是不很成功，可能就是因为《金瓶梅》对性没有进行审美的审视和更完美的表现。

第三、关于《金瓶梅》是什么"主义"

反思这个问题，涉及一个世纪以来我们学界在引进西方文艺美学时，总是离不开现实主义、批判现实主义、自然主义、浪漫主义（还分积极的、消极的）、象征主义等等概念。这种引进的积极意义自不待言，但是，我们也不应该否认，我们在教学和科研中太多地被这种"主义"所框定、被裹胁，什么都往"主义"里面套，这就大大戕害了我们对文学作品的自由认知，最后陷入了教条的"主义"中去。我在几十年写的论著中，在这方面表现得很突出。我在跟随"金学"建构的脚步中，同样是否定了把《金瓶梅》打成什么自然主义一类，而是赞成精神同道相对认同的"现实主义小说《金瓶梅》"的说法。

可是在我的研究过程中却始终没有摆脱"主义"的束缚。最幼稚的是把《金瓶梅》中叙事表现等缺点都笼而统之地认为是"不是充分的现实主义"，书中有"许多非现实主义成分"等等词语，这当然是一种文字的游戏，更是"主义"的游戏。既然用了"主义"，又说不充分、非主义成分，这种论断是毫无价值而且直接损害了对《金瓶梅》更全面深刻的认知。事实是，小说的某些瑕疵只能是小说技艺方面的，在章节布局方面做得不理想并不影响它是伟大的小说。然而小说艺术，特别是《金瓶梅》这样的小说，其艺术不仅仅是技巧之类，而是一种精神，只有独特的精神和卓尔不群的姿态才能成就文学。而且这种精神必须是个人的，独一无二的。"主义"形成不了独特、原创，只有小说精神，真正属于个人的小说精神才能是唯一的。小说不管写得多么精彩，失去了精神层次，缺乏洞见和第二视力，终究不会成为经典。精神和创作智慧的层次，永远不会简单地由文字表达出来，它永远存在于人物故事的心灵结构中。

　　还有就是风格。"风格即人"是真理。好的小说要有独特的风格，它像一个作家身上的气味，是个人独有的，不是"主义"可以强求出来的。经过这段时间的反思，我要求自己再也不要用什么什么主义去框定伟大史诗《金瓶梅》了。兰陵笑笑生的小说精神在书中的体现已经足够超越多种"主义"的说教了。刚才恰好看到木心的一句话，竟然不谋而合，他说"王尔德不错的，但以标榜唯美主义，露馅了，你那个'唯'是最美的吗？""人说陀思妥耶夫斯基是现实主义，他光火了。"木心又说"凡概括进去的，一定是二流、三流，不要去构想，更不要去参加任何主义，大艺术家一定不是什么主义，莎士比亚是什么主义？"

　　好了，让我们在解读上抛弃"主义"的模式，多点活生生的感悟和心灵自由吧！

第四、关于对《金瓶梅》人物塑造的认知与阐释的反思

在上届学会上，我提交的论文（《论〈金瓶梅〉的原创性》）已经提到一点，即我曾以《人原本是杂色的》为标题说到《金瓶梅》给世界小说史增加了几个不朽的典型人物，也认同金学界所说，它打破了之前那种写人物好就好到底，坏就坏到底的模式，提出过笑笑生已经完全意识到现实生活中的人是复杂的，不是单色素的，人"是带着自己的整个复杂的人"。我也没有回避在小说研究界多种流传的说法，如"圆形"与"扁平"，"立体"与"平面"人物，以及以后的"性格组合"论等等，这些无疑是对古典小说解读的大进步。但是，在今天的语境下去用这些概念审视《金瓶梅》的人物形象创造，却发觉远远不够了。

从我的阅读经验看，从前读《金瓶梅》的写人生、写人物，一直认为它似乎都是直击式的，几乎都是不加掩饰的，和盘托出的。今天，仔细打量，深感它有太多有待我们仔细品味的东西，有太多的隐秘有待我们揭开的东西，比如真有一种"密码"，那就是人性的隐秘；比如，人们可以批判西门庆这个人物，但你又会发现你身边原来有不少西门庆式的人物影子，甚至我、你、他的内心隐秘竟与这一典型人物有着或多或少的相似点。正像《鲁滨孙漂流记》的作者笛福，在他的《肯特郡的请愿书·附录》中，径行直遂地道出：

只要有可能，人人都会成为暴君，这是大自然赋予人的本性。

笛福的论人性无法和马克思、恩格斯论人性相提并论，然而他的人生阅历，使他对人性善恶转化的发现还是有深刻价值的。走笔至此，突然想起了英国前首相丘吉尔，他生前说过一句人们耳熟能详的话：

　　人性，你是猜不出来的。

　　（有人又译为：人性，你是不可猜的。）

　　《金瓶梅》中的人物的人性真是不可猜的吗？我是在认知潘金莲和李瓶儿的心灵史时才发现，这两个人物如果仅从性格史上来认知，那是不会有太多新发现的，只有提升到心灵层面，特别是人性层面，才能更深入地看到这两个人物是何等不同。对于潘金莲，不管有多少人为她的行为辩解乃至翻案，无论千言万语也说服不了我的就是这人性。我的人性底线是不能杀害无辜者，而潘金莲突破了我的这个心理底线，她从来没对自己的两次直接谋杀有过罪恶感、负罪感，并进行忏悔；相反，她的一切反人性的行径都是为了证明她的"存在"。而李瓶儿则是在走向死亡的过程中，充满了罪恶感、负罪感，她的忏悔意识正是通过她的几次梦境，反映了她的人性的复杂性，因为她毕竟没有突破人性的底线去谋杀无辜者，包括花子虚！

　　所以，在我的阅读史中，我充满了反思意识，我是逐渐靠近笑笑生的内心生活的。这也才能使我比较准确地看到站在我们面前的这位小说巨擘不是一个普通的艺匠，他是真正心底有生活的人，是他才如此准确地把握到人性的变异，正如法国伟大思想家帕斯卡尔所说：

人性并不是永远前进的，它是有进有退的。

人的复杂多变提供给小说家探索隐秘密码的可能，也给我们提供了研究《金瓶梅》的广阔空间。今天我牢牢记住了先贤的叮嘱，人性才是你骨子里的东西，是会自然流露了的那个东西。美好的人性可以穿越黑暗；反之，它只能进入黑暗。

总之，过去对《金瓶梅》的阐释其实是先验性的，正是"审丑"的理念，让我掩盖了认知人性的复杂性。作为一个小说史研究的学人，我缺乏的是对人、对作家的"爱之不增其美，憎之不易其恶"的审视小说与小说中的人物，犯了绝对化、先验性的毛病。

进一步说，我犯了方法论上的错误，我没有跳出从"原则"和模式去审视《金瓶梅》的人物。恩格斯在《反杜林论》中指出：

原则不是研究的出发点，而是它终了的结果。

又说：

不是自然界和人类要适合于原则，而是相反的原则只是在其适合于自然界和历史之时才是正确的。

正确的方法是，文本比原则重要，小说文本提供了小说研究的出发点，也是检验小说研究著作最科学性最重要的标准。今后我要吸取这一教训，切不可在《金瓶梅》研究上再重复"从原则出发"的僵化与教条的毛病。

事实是，《金瓶梅》致力的正是表现人性的复杂。没有人之初性本善，也没有人之初性本恶。正像莎士比亚说的：人，毕竟是用尘土做出来的，所以他会老、他会死，容易生病，而且会产生邪念，会做坏事。这就是人性的两面性、多面性和复杂性。

今天，在匆忙中，写上我的《金瓶梅》研究反思录，这是我为了寻找一个继续前进的门口。这两年我只写了不到两万字的小文章，一篇是《还〈金瓶梅〉以尊严》（《南师大文学院学报》2016年第1期），一篇是《论〈金瓶梅〉的原创性》（《明清小说研究》2016年第2期），一篇是作为我的《〈金瓶梅〉十二讲》[①]的自序——《伟大也要有人懂》。

这是我反思后的实验性的写作。我希望自己从现在起重新上路，对《金瓶梅》进行深入的研究，参与"金学"的科学建构。

---

① 北京出版社2016年1月收入"大家小书"丛书。

附　录

作者·书名·争议

尚未破解的作者之谜

《金瓶梅》在我国小说史上是一部里程碑式的作品，它的诞生标志着我国古代长篇小说艺术发展到一个新的阶段。

然而，关于《金瓶梅》的作者问题，从这部奇书横空出世，震惊文坛之时一直到今天，仍然是一个尚未破译的谜。之所以较难破译，是这部小说设下了一道难题，即它有大量的性描写，而作者又千方百计掩盖自己的姓名。现知最早论及《金瓶梅》作者的是屠本，他在万历三十五年（1607年）时写道："相传嘉靖时，有人为陆都督炳诬奏，朝廷籍其家，其人沉冤，托之《金瓶梅》。"（《山林经济籍》）万历四十二年（1614年）袁中道则说："旧时京师，有一西门千户，延一绍兴老儒于家。老儒无事，逐日记其家淫荡风月之事，以西门庆影其主人，以余影其诸姬。"（《游居柿录》卷九）到了万历四十四年（1616年），谢肇又说："相传永陵（嘉靖）中，有金吾戚里，凭怙奢汰，淫纵无度，而其门客病之，采摭日逐行事，汇以成编，而托之西门庆也。"（《小草斋文集》卷廿四《金瓶梅跋》）但是他们都没有确切地说出小说作者的真实姓名，而且所用大多均为"相传"。《金瓶梅词话》刊刻面世后，论及它的作者的有两家影响最大：一是沈德符，他在万历四十七年至四十八年（1619-1620年）时说："闻此为嘉靖间大名士手笔，指斥时事。"（《万历野获编》卷廿五》）二是晚出的欣欣子《新刻金瓶梅词话序》："窃谓兰陵笑笑生，作《金瓶梅》，寄意于时俗，盖有谓也。"于是，从明末清初始，人们都以此两点为据，去探寻《金瓶梅》的作者之谜，提出了众多作者名单，如王世贞、徐渭、卢楠、薛应、李卓吾、赵南星、李渔等。其中王世贞说最为盛行，直至20世纪30年代吴晗先生著文详论其不可靠，王世贞一说才发生了动摇。然而，有趣的是，最近（2008年4月5日）中央电视台科教台在《探索·发现》专题节目中推出了谁是"兰陵笑笑生"，讲述《金瓶梅》与王世贞的关系。论据之一仍是从李时珍请王世贞为其《本草纲目》书稿写序，而王世贞十年后才写就。关键是《本草纲目》中的"三七"是李时珍首次刊于自己的书稿中。人们现在看到的《金瓶梅》竟然提及"三七"这一味当时并不为人所熟知的云南生产的中药。于是，这又给我们留下了一个遐想的空间。

关于《金瓶梅》的作者，近年又有不少研究者，在验证前人诸说基础上，提出了不少新说，如李开先说、贾三近说、屠龙说、汤显祖说、冯梦龙说等等，形成了旧说犹存、新说迭起的热烈局面。迄今，提出《金瓶梅》作者的主名者已达53位之多。

根据目前掌握的材料，想对《金瓶梅》作者的真实姓名做出确切的判断还为时过早。倒是《金瓶梅》本身大致向我们证明了它的作者的身份、阅历和学养。比如说，《金瓶梅》写了大量的人物，其中塑造得最出色的主要是市井人物：商人、伙计、荡妇、帮闲诸色人等，有许多都达到了传神的境界。而上层人物，如宰相、太尉、巡按、状元等大都写得比较单薄和平板，至于描写生活场面和事件，也是贩卖经营、妻妾斗气、帮闲凑趣等场景写得活灵活现，而对朝见皇帝、谒见宰相等礼仪显得生疏。因此，仅就人们的直观感觉来看，写作《金瓶梅》的人，固然有丰富的生活阅历，却不可能是身居高位的大官僚。如果再从全书中穿插的各种时令小曲、杂剧、传奇、宝卷及话本等材料看，作者对此十分熟稔，然而作品中作者自己写的诗词大多不合规范。因此他不大可能是正统诗文功底深厚的"大名士"。仅就小说本身加以观照，他很可能是一位沉沦的士子，或以帮闲谋生的下层文人，也说不定竟是一位"书会才人"。

和这些说法很不同的是，有的研究者认为，《金瓶梅》是纯粹的文人小说，它不同于瓦舍勾栏的说书人，在大庭广众中讲述着一个古老的带传奇色彩的梦，而是由书斋窥视市井，窥视着说书人离之不算远，却难免有几分隔膜的人情世界，它的心态因而不是神往的，而是谐谑的或讽喻的；不是遵从公众的日常道德的，而是隐秘的和带点玄学味的。由这种特殊心态带来的新的叙事情调、角度，才推进了中国章回小说成规的转型。[①]

时至今日，关于究竟谁是《金瓶梅》的作者的争论仍然在继续，谁也没有拿出确凿的证据，证实这位"兰陵笑笑生"究竟是谁。

在《金瓶梅》的作者破译过程中，在众说纷纭中，我的看

---

① 杨义《中国古典小说史论》，中国社会科学出版社1995年，第339页。

法始终如一。在没有确凿的资料和证据面前，我宁肯把"兰陵笑笑生"这个明显的作者笔名就认作是一个永远的天才的象征，他无须还原某一个实在的某某人。事实上，中国通俗小说的作者之谜不仅仅是一部《金瓶梅》，甚至连妇孺皆知的罗贯中是《三国演义》的作者，吴承恩是《西游记》的作者，现在也遭到了质疑，论文、专著一大摞，但我至今存疑。原因只有一个，中国小说，特别是通俗小说一直被认为是邪宗，是小道，是街谈巷议，因此无论是作者个人有意地化名，或历朝历代的读者善意地把一部小说安在一位文化名人的名下，我想都是事实。所以与其捕风捉影，进行徒劳的考证，不如索性把中国的通俗小说家们的署名只当作一个文化符号，在不影响理解文本内容、意义和艺术成就的基础上，给予更宽容的处置。

下面附带介绍一下《金瓶梅》的版本：

《金瓶梅》的版本也较复杂。在这部小说刊本问世之前，社会上已有各种抄本在不同地区流传。据文献记载，当时拥有抄本的有徐阶、王世贞、刘承禧、王肯堂、王稚登、董其昌、袁宏道、袁中道、丘志充、谢肇、沈德符、文在兹等人。这些抄本都未能传世。《金瓶梅》初刻于万历四十五年（1617年），但初刻本不传。现存世最早的刊本《新刻金瓶梅词话》一百回系初刻之翻印本。其正文前顺序列欣欣子《金瓶梅词话序》、廿公《跋》和东吴弄珠客《金瓶梅序》。东吴弄珠客序署"万历丁巳季冬，东吴弄珠客漫书于金阊道中"。此后，约刻于崇祯年间（1628—1644年）的《新刻绣像批评金瓶梅》一百回，有图一百零一幅，首东吴弄珠客序。此本据《金瓶梅》初刻本从回目到内容做了大量删削、增饰和修改工作。如删去了原书约2/3的词曲韵文，砍去一些枝蔓，对原书明显的破绽之处做了修补，加工了一些文字。另外，结构上也做了调整，如《新刻金瓶梅词话》第一回是《景阳冈武松打虎》，此本改为《西门庆热结十兄弟》。此本传世有数种，首都图书馆藏有初刻本。其中值得注意的是此本有题词半页，署"回道人题"。明末清初戏曲小说家李渔所著小说《十二楼》刻本有"回道人评"，《合锦回文传》传奇又有"回道人题赞"，故"回道人"或可能与李渔有关。有论者认为李渔即回道人，也就是本书的写定者和做评者。另外还有一部清初通行本，即《皋鹤堂批评第一奇书金瓶梅》一百回，也就是彭城张竹坡评本，本书初刻于康熙乙亥年（1695年），首有序，署"康熙岁次乙亥清明中浣秦中觉天者谢颐题于皋鹤堂"。正文前有《竹坡闲话》《金瓶梅寓意说》《苦孝说》《批评第一奇书金瓶梅读法》《冷热金针》等总评文字。正文内有眉批、旁批、行内夹批，每回前又有回评，均出自张竹坡之手。清乾隆以后出现了各种低劣的《金瓶梅》印本，且大多标榜"古本""真本"，然而均系据《第一奇书》大删大改之本，完全失去《金瓶梅》原貌，可称为伪本。

那么今天的读者应当看哪一种版本显得更为可靠呢？提出这个问题确实由于目前图书市场经常有鱼目混珠的现象。有些书商针对一些读者的猎奇心，采取多种营销手法，特别是用五花八门的包装来迷惑想真正阅读《金瓶梅》的读者，结果确有不少读者买了一些不伦不类的版本，在吃亏上当的同时主要是没有真正看到这部旷世奇书的真实面目。

为此我想借此机会介绍几种经过研究者严肃整理标点的本子，供读者和听众参考：

1.人民文学出版社1985年版戴鸿森校点《金瓶梅词话》。

2.齐鲁书社1987年版王汝梅、李昭恂、李凤树校点，张竹坡评批第一奇书《金瓶梅》。

3.岳麓书社1995年版白维国、卜键校注《金瓶梅词话校注》。

4.人民文学出版社"世界文学名著文库"2000年版陶慕宁校注《金瓶梅词话》。

为了更好地了解《金瓶梅》中的词语，可参考以下工具书：

1.王利器主编《金瓶梅词典》。

2.黄霖主编《金瓶梅大词典》。

3.白维国《金瓶梅词典》。

4.傅憎享《金瓶梅隐语揭秘》。

颇有讲究的书名

古今中外所有的作家对自己的著作的命名都是很讲究的，除了注意切合书的内容和体现自己的风格以外，对于通俗性和世俗化很强的小说著作，在商业性市场化的驱动下更是需要挖空心思去找寻吸引读者眼球的书名。比如一部小说有了一个好书名，可能对于它的成功出售就占有不可小觑的分量。中国古典小说的命名一般来说都注意和内容合榫，不会出大格的。《三国演义》就是写魏蜀吴，据地称雄；《水浒传》就是写山林草莽，梁山聚义；《西游记》就是写西天取经；《儒林外史》就是写知识分子的众生相。那么今天我们说《金瓶梅》的书名有没有讲究呢？

就我视野所及，世情小说在书的命名上多多少少有了一些讲究。关于《金瓶梅》，鲁迅在他的讲演录《中国小说的历史的变迁》中就说："因为这书中的潘金莲、李瓶儿、春梅，都是重要人物，所以书名就叫《金瓶梅》。"《金瓶梅》之所以得名，就是以书中三个女主角姓名中的一个字连缀而成。事实是，《金瓶梅》以后的作品中主要人物的名字连缀成为书名还成了一种时尚，在世情小说和才子佳人小说中就有《玉娇李》《平山冷燕》等等。

有的研究者则是从文本意蕴上发现了书名的隐喻，认为"金瓶梅"就是美丽的金瓶中插着盛开的梅花。因为小说中曾多次写到金瓶和梅花。比如第十回、第三十一回描写西门庆设宴，桌上摆设均有"花插金瓶"；第六十七回写西门庆藏春阁书房摆设有"笔砚瓶梅"；第七十二回写西门庆书房里贴着一副对联："瓶梅香笔砚，窗雪冷琴书。"由此可以看出，书名《金瓶梅》似确有喻意在。①

又有的学者认为，《金瓶梅》的含义，如果从修辞学借代的意义去理解，《金瓶梅》就是指书中的三个主要女性；如果从修辞学象征的意义去领悟，就不仅指这三个女性了，它可以扩大到一切被男性玩弄的美艳的女性。研究者指证，作者反复慨叹的"为人莫作妇人身，百年苦乐由他人"，就是最好的说明。②

我对目前的各种说法，采取的态度其实很简单，从外显层次上来看，书中的三女性是重要人物，书名就叫《金瓶梅》；而从深隐层次来看，特别是作者在全书中所体现出的情感倾向，它的象征意蕴似也不能忽视，也许它确实是一切被男性玩弄的美艳的女性的象征。

从作者的署名到书的命名，严格意义上来说，在它流传过

① 杨鸿儒《细述金瓶梅》，东方出版社2007年，第233页。

② 杨鸿儒《细述金瓶梅》，东方出版社2007年，第233页。

程中都会变成一种文化符号，它既是实实在在的存在，成为神圣不可侵犯的"权利"，而不可随意更改；但与此同时，它也会成为这人、这书的一种标志，成为文学发展过程和出版印刷过程的证明，而成为大众所共有、共享，这对于中国的古典小说来说都是这样吧！

永远打不完的笔墨官司

一个国家的文学历史，实际上是一部又一部，一批又一批，一代又一代的作家作品产生、流通与承继的过程，归根结底，可以说就是作品的出现史。然而有趣的是：作品的出现史也就是作品的争议史。因为每一部作品一旦成为社会精神产品并为社会所有以后，它就再由不得作者去掌控了。读者不妨思忖一下，中外文学发展史不断证明，不知有多少作品都在读者和研究者心中、书中、文章中不断地被争论着。而且越是名著，越是伟大的作品，对于它的争议就会越大。我想，这除了读者所处时代、所属阶层、认识水平、价值观、感情体验、审美力等等差异而造成仁智相异的诸多原因以外，其实，是不是还有一个更值得研究的现象，那就是文学文本本身体现的情感的复杂性、题旨的多层次性，以及尤为重要的作为语言艺术的文学，所独有的特质造成的解读上的多元性和歧义性？于是，针对一部作品的争论就成了不可避免的事。眼下我们要研究的《金瓶梅》就可以看作是两极价值观的典型。

《金瓶梅》还在钞本流传时，就有了一个淫书的恶谥，沈德符在《万历野获编》中说此等书"坏人心术，他日阎罗究诘始祸，何辞置对？吾岂以刀锥博泥犁哉！"《金瓶梅》一经刊刻问世，袁照就说"其书鄙秽百端，不堪入目"（《味水轩日记》）。到了清代禁书之风日炽，认为是书"决当焚之"，预言谁印了它，谁就要被打入地狱，永世不得翻身。申涵光《荆园小语》就说："世传作《水浒传》者三世哑。近时淫秽之书如《金瓶梅》等丧心败德，果报当不止此。"到了现当代，还是有人说它是"淫秽恶札"，而国外的汉学家，如美国著名学者夏志清在他的《〈金瓶梅〉新论》的长文中还是把它打入"三流"小说的行列，横挑鼻子，竖挑眼。当下也有学者运用新的文艺理论去观照《金瓶梅》，把对立于现实主义的"自然主义"又扣在这本小说的头上。

与此完全相反，最早记载《金瓶梅》钞本的袁中郎，看了以后备加赞赏，他说："伏枕略观，云霞满纸，胜于枚生《七发》多矣。"他还将《金瓶梅》和《水浒传》与他称为"外典"的《庄子》《离骚》《史记》《汉书》等书相并列，同称之为"逸典"（《锦帆集》卷四）。明谢肇淛和《金瓶梅》的序言作者欣欣子同样给予该书以很高的评价。

到了清初，李渔把《金瓶梅词话》写定为《新刻绣像批评金瓶梅》并为之作评时，也明确表示"读此书而以为淫者、秽者，无目者也"。

继李渔之后，清康熙年间的青年批评家张竹坡，第一次写下了《第一奇书非淫书论》，清末的文龙又进一步阐述，在观点上毫不含糊，《金瓶梅》绝不是淫书，是"淫者见之谓之淫，不淫者不谓之淫"。

到了20世纪，鲁迅著《中国小说史略》则把《金瓶梅》推之为"人情小说"的代表作，认为它对世情描写之真实和深刻，"同时说部，无以上之"。郑振铎著《插图本中国文学史》，在《长篇小说的进展》一章也明确表示，"在始终未尽超脱过古旧的中世纪传奇式的许多小说中，《金瓶梅》实是一部可诧异的伟大的写实小说"，还认为它的成就实在"水浒""西游"之上，甚至是"中国小说发展的极峰"。

是的，较为准确、客观地评价一部有影响的小说是一件很困难的事情，特别是一部在文学史上带有争议的作品更是如此。中国人喜欢用"盖棺论定"一词来论说历史人物，而事实上，历史人物往往并不就是可以"盖棺论定"的。历史人物的所作所为似乎已被定格，不会再有新的言行，后人本可以给予一份客观、中肯的评价了，但是随着历史文化的发展，新资料的发现，乃至政治的需要，历史人物虽已"盖棺"，但却难以"论定"。君不见多少似乎被"盖棺论定"的历史人物不是一而再再而三地被重新评估吗？历史人物尚且如此，遑论一部小说的作者和一部用文字组成的语言文本了。

在说《金瓶梅》这部小说的笔墨官司时，我想也不妨把自己摆进去，聊一聊我是怎样被搅进这场官司里面去的。20世纪80年代初我陆续写了一些有关《金瓶梅》的论著。在我的《说不尽的〈金瓶梅〉》中曾有一段话："书中所写，无论生活，无论人心，都是昏暗一团"，"不是他无力发现美，也不是他缺乏传播美的胆识，而是他所生活的社会过分龌龊。所以他的笔触在于深刻地暴露那个不可救药的社会的罪恶和黑暗，预示当时业已腐朽的封建社会崩溃的前景。至于偶尔透露出一点一丝的理想的微光，也照亮不了这个没有美的世界"。这段话，至今我也没发现有什么错，但是却招来了一位学者的批评，并认为这种观点代表了对《金瓶梅》的一种"溢美倾向"！而论者的理由则是："怎能把全书的'昏暗一团'委过于作者所生活的社会背景'过分龌龊'呢？《西游记》的作者与《金瓶梅》的作者几乎生活在同一时代，为什么《西游记》又没那样'昏暗一团'呢？就是吴敬梓、曹雪芹所生活的雍乾时代，其龌龊程度也不见得比《金瓶梅》最后写定者所生活的隆万时代逊色多少，《儒林外史》和《红楼梦》也都极深刻地暴露了他们那个社会的过分'龌龊'，但他们的书却绝不是'昏暗一团'的。"这段批评文字写来十分蹊跷，也颇令人困惑。

真理愈辩愈明。我们不妨试着把这个问题较为深一层次地探讨一下。众所周知，《西游记》和《金瓶梅》的作者，虽然"几乎生活在同一个时代"，但是，一写神魔，一写世情；一个是把创作的兴趣放在虚拟的、非现实的情节上，一个是追求现实性、纪实性；一个是浪漫色彩极浓，一个则是写实精神极强。严格地说，完全是两种不同类型的小说，可比性不大，它们只是分别代表当时小说创作的"两大主潮"（鲁迅《中国小说的历史的变迁》）。即使如此，我们也不能忽略吴承恩在他的小说中"讽刺揶揄则取当时世态"（鲁迅《中国小说史略》）的内容和特点。因为任何有责任感、使命感的小说家都不可能忘情于现实社会。在《西游记》的两类故事中，就有一类故事明显带有影射明代黑暗政治的内容，如特别耐人寻味地在取经路上直接安排了九个人间国度，明确地指出有些国家就是"文也不贤，武也不良，国君也不是有道的"。吴承恩在这里只是撩起了幕布的一角，让人们看到所谓人间诸国到底是什么货色。它和小说中的那另一类属于涉笔成趣、信手拈来的讽刺小品很是不同。所以前者所写的故事就是作家生活时代徇私舞弊、贪赃枉法等黑暗腐败现象的折射，它因超越了题材的时空意义而具有象征意蕴，让读者产生诸多的现实联想。这就是说，即使是神魔小说的《西游记》也没有忘情于对他生活的时代的暴露和讽刺乃至于无情的鞭挞。至于说到我对《金瓶梅》所提及的那段话，即"无论生活，无论人心，都是昏暗一团"，其实鲁迅先生早就有言在先，即所谓《金瓶梅》"描写世情，尽其情伪，又缘衰世，万事不纲，发苦言，每极峻急"（鲁迅《中国小说史略》）。看来，"昏暗一团"是明中叶以后现实社会的真实情况，"昏暗一团"正是当时社会的产物，何来"溢美之词"呢？

俗话说得好，一棵树上没有两片相同的叶子。那么在同一时代背景下，也不会有两部完全相同的小说。因为相同的个性、相同的性灵、相同的审视生活的角度、相同的审美力是不可能存在的。

至于对一位读者、一位研究者来说，首先我们要承认一个事实，即我们无权也不可能干预一位古代作家对他生活的时代，采取的是歌颂还是暴露的态度。事实是，歌颂其生活的时代，其作品未必伟大，暴露其生活的时代，其作品未必渺小。在我看来，《金瓶梅》的作者，这位"另类"的笑笑生先生似乎永远站不到阳光下，压抑他的是黑色的网络，于是他总是执拗地不愿写出人们已写出了那样众多的伪理想主义、伪乐观主义的"诗"，他不愧为小说界一条耿直的汉子，他没有流于唱赞歌的帮闲文人的行列。人们试想，彼时彼地，一个生而有才的人，只要写出了伪理想主义的"诗"，就意味着他加入了现实中丑的行列，那么《金瓶梅》就再也不属于这位笑笑生所有，而小说史和小说界也就会抹掉这位作家的光辉名字。

总之，我看笑笑生建构的"金瓶梅"的艺术世界，是他对他所生活的现实和人心深深凝视的结果。而在这种深深的凝视里，我们的读者就会随着他的笔锋运转，每读一句，停顿一下，发现一点新意，领略一下生活，深思一下灵魂深处，于是，作为读者会蛮有兴味地一直读了下去，合起来感受一个艺术世界，一个有着作者自己发现的艺术世界，一个我们和作者一样发现的黑暗而丑恶的景象。

《金瓶梅》研究的"伪考证"现象应尽快收场

为了参加第七届国际《金瓶梅》学术研讨会，我近来读了一些有关《金瓶梅》的研究论著，包括田晓菲《秋水堂论〈金瓶梅〉》、黄霖《〈金瓶梅〉讲演录》、吴敢《张竹坡与〈金瓶梅〉研究》、王汝梅《王汝梅解读〈金瓶梅〉》、霍现俊《〈金瓶梅〉艺术论要》《〈金瓶梅〉与清河》《〈金瓶梅〉研究》八到十辑等。这种类似"恶补"的集中阅读让我发现了25年"金学"（指中国《金瓶梅》学会成立和第一届全国《金瓶梅》学术研讨会的召开至今）一路走来的得与失。一方面，《金瓶梅》的文献学、历史学、美学和哲学的研究已初步形成多元化格局，研究起点已被垫高，研究的难度也就越大；但另一方面，站在学院派立场，我也发现有些"金学"研究者有很多学术失范之处，其中最突出的是破译作者之谜的"考证"。本来，"兰陵笑笑生"只是作者的别号或化名，可是现在却被"演绎"成近70种面孔的人物了。这种作者研究的无序状态，理所当然地会被一些研究者所批评，甚至个别不厚道的人把整个"金学"讥诮为"笑学"。这当然又会招来一些严肃的"金学"研究者的不快。一波未平一波又起，近年两省三市"上演"的抢夺"西门庆故里"的闹剧，竟然荒谬地把小说中的虚构人物也抢来抢去，一时间闹得乌烟瘴气，以致招来文化部门严禁以"负面人物"建立主题文化公园。在面对"笑学"之讥和"抢夺"之风，"金学"界自身是否也应进行深入地反思呢？

说句实话，我非常尊重一些文史学家从微观角度研究《金瓶梅》作者问题。他们以敏锐的眼光与鉴别能力，审视史料中的一切疑难之点，以精细入微的考证，进行汰伪存真的清理。然而，在作者考证中，有些学者先验地定位（颇有"地方主义"和抓住商机之嫌），只见树木不见森林，进行无关宏旨的一事一考、一字之辨，用力虽勤，其弊在琐屑苍白，虽竭研究者之精思，却毫无说服力，其根本原因是功利目的在作祟，从而把重大文化现象和中国小说的特性置之脑后，这当然是考证的歧途。所以我也不厚道地把这些看作是"伪考证"。

在《金瓶梅》的作者破译过程中，我的看法始终如一。在没有确凿的证据面前，宁肯暂时把"兰陵笑笑生"这个明显的作者笔名认作是一个天才的象征，无须被还原成某一个人。所以与其捕风捉影进行徒劳的"考证"，不如索性把署名只当作一个文化符号，在不影响理解文本内涵、意味和审美价值的基础上，给予更宽容的处理。这样"笑学"之讥也就不会轻易落在我们"金学"的头上了。

米兰·昆德拉在其《小说的智慧》一书中，特别欣赏奥地利小说家赫尔曼·布洛赫所一再坚持强调的观点：小说存在的唯一理由就是唯有小说才能发现的东西。两位小说家都看到了小说思维有别于其他文体的特点，他们都发现了小说的特性与优势。如果衡之以《金瓶梅》研究，我认为已有了"金外线"的倾向，据我最近粗略的统计，一个不小的数字是在文本之外大做文章。这种脱离了小说文本细读的致命弱点不是误读，就是过度诠释。针对这种倾向，我一直呼吁"回归文本"，在细读上下功夫。20世纪末，我还为了一次"金学"研讨会，专门写了《回归文本：21世纪〈金瓶梅〉研究走势臆测》，表明我的小说立场。到了今天，我还是老调重弹。

古今中外的小说家总是有一种文本本位的信念。事实上，兰陵笑笑生得以表明自己对世道人心和小说艺术的理解的唯一手段就表现在他的文本之中，同时也是他可以从人生、心灵和艺术中得到最高报偿的手段。所以，每一位优秀的小说家，只有通过文本才能证明他的人格、才情，特别是他的道德和审美的倾向。这也是我在教与学的过程中，在面对作家和他创制的文学文本时，宁肯从作家创造的艺术世界来认识作家，从作家给人类情感世界带来的艺术启示和贡献来评定作家与文本的艺术地位的原因所在。我想，这是不是一种对小说艺术的审美感悟永不失去耐心的路径？是否也是一种回归文学本体的正道呢？

编后絮语

我从事研究《金瓶梅》起步很晚。其实，"金学"已经开始热闹起来了，老树新花，各逞风采，我厕身其间，难免战战兢兢，跌跌撞撞，甚至有不得其门而入的感觉。后来，走了几步，有欢乐和兴奋，也有诸多困惑和烦恼，有时还有过一种莫名的寂寞和孤独。

倘若有好心人问我正式从事《金瓶梅》研究的动因，我只能回答这是一个偶然的机会。1983年，春风文艺出版社林辰先生在大连组织了一次明清小说研讨会，为了参加这次会议，我还是相当认真地思考了一些问题，最后以《〈金瓶梅〉萌发的小说新观念及以后之衍化》为题，第一次比较全面地表述了我对《金瓶梅》的基本评估。说实话，在论述《金瓶梅》在小说史上的地位及其对小说美学的贡献时我充满了学术激情，我深感《金瓶梅》沉冤数百载，而我的教书生涯又时不时地和它结下了不解之缘，所以文章写开去，在理论思辨中又多融进了自己的感情因素。我意识到了，我写这篇文章时的内驱力实际上是几十年前那张曾令我心慌腿软的大字报，以及那以后围绕着《金瓶梅》的风风雨雨的日子，所以我是在为《金瓶梅》进行辩护，似乎也是为自己过去的理念和认知而辩护。

更重要的是，我在座谈会上刚刚发完言，身后坐着的章培恒先生就小声对我说："请你尽快在你校学报发表一下，我正在编高校学报中有关《金瓶梅》研究论文，你的文章一定是要收到我主编的《金瓶梅研究》论文集中去！"培恒先生一声令下，我回校，紧锣密鼓，争取在学校学报发表。没想到好事多磨，这时正赶上"清除精神污染"。校宣传部明令暂缓发表我的文章！直到半年后，禁令解除，我的小文才得以在校学报上发表！令我感动万分的是，培恒先生来电话说："就等你这篇文章呢！"章先生主持的这部书出版后，我看到了拙文竟紧紧在章培恒先生大文之后，来了一个排名"第二"。这不是我小家子气，也不是得意忘形，当时油然而生的是对培恒先生的感激之情。今天回想，没有章先生的一句鼓励的话，不是他的敦促与提携，我会开始迈向"金学"研究圈儿吗？

其实，我不是没有怀疑过自己要为《金瓶梅》辩护这一命题的必要性和不可解的"金瓶梅情结"。因为《金瓶梅》的"行情"一直看涨，而且大有压倒其他几部大书之势。至于对于一部书的评价，那是一个永远不会取得完全一致意见的事。不过我还是看到了《金瓶梅》无论在社会上、人的心目中都是最易被人误读的书，而且我自己就发现，我虽然为之辩护，我仍然可能是它的误读者之一。因为，我在读我自己的那些文稿时，就看到了自己内心的矛盾和评估它的价值取向的矛盾。这其实也反映了研究界、评论界的一种很值得玩味的精神现象。我就曾看到一个很大差别，就是研究者比普通读者显得"虚伪"。首先，因为读者意见往往是口头的，而研究者的意见往往是书面的。文语本身就比口语多一层伪饰，而且口语容易个性化，文语则易模式化；同时研究者大多有一种"文化代表"和"社会代表"的自我期待，而一个人总想代表社会公论，他就必然要掩饰自己的某些东西。在这方面读者就少有面具，往往想怎么说就怎么说，怎么想就怎么说。对《金瓶梅》其实不少研究者未必没有感到一些批评话语在作假，甚至一看题目就现出了那种做作出来的义正词严。但这种做作本身就说明了那种观念真实面强大的存在，它逼得人们必须如此做作，且做作久了就有一种自欺的效果，真假就难说了。比如对待《金瓶梅》的性爱的描写，我从前的文章何尝没有伪饰？现在到了写编后语时，我应该说出自己的认知和基本理念：即，我既不完全同意弗洛伊德的性本能说，也不能苟同以性为低级趣味之说教，而更无法同意谈性色变之"国粹"。性爱活动所揭示的人类生存状态往往是极深刻的。因为，在人类社会，性已经是一种文化现象，他可以提高到很高的精神层面，得到美的升华，绝不仅仅是一种动物性的本能。所以，我认为《金瓶梅》可以，应该，也必须写性，但由于作者笔触比较直露，因此才常为人持之以异议。我喜欢伟大喜剧演员 W.C.菲尔兹说的一句有意味的话：

　　有些东西也许比性更好，有些东西也许比性更糟，但是，没有任何东西是与之完全相似的。

　　关于我研究《金瓶梅》的策略和方法，那是在我进行了理性思考以后，选择了"让文本自己说话"的策略。这是因为：第一，在文学领域一个不争的事实是，无论古今，作家得以表明自己对社会、人生、心灵和文学的审美感悟的手段主要是在文学文本中。因此，对于任何一个真诚的研究者来说，尊重文本都是第一要义；第二，归根结底，只有从作家创造的艺术世界来认识作家，从作家对人类情感世界带来的艺术启示，去评定作家的艺术地位。比如笑笑生之所以伟大，准确地说，是因为他找到了一个俗世社会作为表现的对象。在他笔下呈现出的各色人物，几乎都是毛茸茸的原汁原味。这是一个崭新的前所未有的叙事策略，而这一切却被当时大多数人所认同，乃至欣赏。而且由于这一文本的诞生，才迅猛地把原有的小说秩序"打乱"了。从此，很多作家都不同程度地卷入到这一场小说变革的思潮中来。而这一切都是小说文本直接给我们提供出来的。

总之，凡经典文本，永远都不是一个"封闭"的文本，而是永远"开放"的"活的文本"。对于每一位希望深阅读的朋友来说，都是和这部和那部"活"的文本进行或浅或深的心灵对话和潜对话，并在欣赏中进行审美体验后的"再创造"。

我承认，我从不满足"文学是人学"的命题和理念，而更看重文学实质上是人的灵魂学、性格学，是人的精神活动的主体学。因为，真正伟大的作家最终关怀的始终是人类的心灵自由。他们的目标往往也是回归心灵，走向纯净的尽善尽美的心灵。《金瓶梅》像一切中外古今伟大小说文本一样，乃是"我心"的叙事。笑笑生的心灵，就在于他在生活的正面和反面、阳光和阴影之间骄傲地宣称：我选择反面和阴影！这当然是他心灵自由的直接产物和表征。

歌德说过一段很耐人寻味的话：

> 人靠智慧把许多事情分出很多界限，最后又用爱把它们全部沟通。

所以对《金瓶梅》的生命力必须以整体意识加以思考和把握。

1988年年底我已完成了《说不尽的金瓶梅》的书稿，但由于各种原因，直到1990年初，这本地道的小册子才得以正式出版。我深知拿到读者特别是"金学"研究专家面前，这本小书过分寒碜，可是我还是送给了许多"金学"研究专家，目的就是在征求意见的同时向同道告知：这是我对《金瓶梅》的探索解读过程的一个小小的总结，只是我研究《金瓶梅》的一个阶段的浅薄体会和诸多困惑。

感谢精神同道，感谢中国《金瓶梅》学会和后来的中国《金瓶梅》研究会。因为这个学术团体非常正规，学术活动和研讨会总能正常进行。或年年或隔一年总会有全国性或国际性的《金瓶梅》学术讨论会，而我为能参加会议几乎也都事先预备好论文，而且始终是沿着过去的研究思路和理念，希望把《说不尽的金瓶梅》充实一些，逐步成为"增订本"水平。但，这竟然是三十年后的事了！

我在这里要特别感谢挚友逯彤先生。

逯彤先生1960年进入泥人张彩塑工作室，在泥人张第四代传人张铭所主持的彩塑工作室里开始了他的彩塑艺术生涯。五十多年来，创造了形神兼备的诸多大型彩塑。他的《金瓶梅》和《红楼梦》的组塑享誉国内外。这次拙作有望出版，我热切希望逯彤兄给予支持。逯彤兄慷慨地把精心创作的《彩塑金瓶梅》原始彩照授权给我，任由我和出版社采用。这不仅表达了逯彤兄对我的深情厚谊，给拙作增光添彩，同时，对读者来说也可以更好地欣赏逯彤彩塑的高超艺术创造，从而获得审美享受。在此我要再一次以诚挚的谢意，感谢他为图书出版事业做出的重要奉献。

最后，不能不感谢我们院办的小宋，是她利用休息时间为我整理了书稿，也要感谢北方文艺出版社能给予正式出版"增订本"的机会。

宁宗一

2018年元月于南开寓所